河出文庫

十二月の十日

G・ソーンダーズ
岸本佐知子 訳

河出書房新社

目次

十二月の十日

ビクトリー・ラン

十五歳の誕生日を三日後に控えて、アリソン・ポープは階段のいちばん上で立ち止まった。

これは大理石の階段、のつもり。で、わたしが降りていくと、みんながいっせいにこちらを振りかえる、つもり。さあ〔特別な誰か〕はどこかしら？　近づいてきた一人が小さくおじぎをして、感きわまった感じで言う、おお、その華奢な肢体にたたえた、なんとあふれんばかりのエレガンスよ！　ちょい待ち。いまこの人〝華奢な肢体〟って言わなかった？　そこに突っ立って？　間の抜けた大きな王子様面をぶらさげて？　お気の毒さま、わるいけど超ありえない。どう考えたってこの人は〔特別な誰か〕じゃない。はい、退場。

じゃあこの人はどうかしら、ミスター〝華奢な肢体〟のすぐ後ろ、テレビ・オーディオ収納家具のそばに立ってる彼？　農夫のように実直そうな太い首、大きく柔らかそうな唇。その彼がわたしの腰の後ろに手をそえて耳元でささやく、先ほどの華奢な肢体の一件、非礼をおわびいたします。さあ僕といっしょに月の上に立ちましょう。えと、月の中に。月の光の中に。

いまこの人〝月の上に立ちましょう〟って言った？　だったらこっちがやるのはこれね、〔眉を高々と上げる〕。それでも相手があきらめの苦笑いを浮かべてくれないようならこう言う、あの、ごめんなさい、わたしの今日のドレス、月の上に立つのにはあまり向いていなくて。だってあそこ、すっごく寒いんでしょう？

さあどうしたのみんな、こっちだっていつまでも脳内大理石の階段をしずしず降りつづけるわけにいかないんですけど！　白髪にティアラかぶった貴婦人たちも、**この王子候補たち、いつまであの麗しい娘にうんざりするほど一か所で足踏みさせておく気かしら？**って言いだしてる。それに今夜はリサイタルがあるから、早く乾燥機からタイツを取ってこなくちゃ。

ややや？　気づくとなぜかまだ階段のいちばん上にいるじゃありませんか。

階段を後ろ向きになって手すりをつかみ、一段ずつぴょんぴょん降り。さいきん足が毎日大きくなってるっぽくて、どんどん難易度が上がってるけど。

パ・ドゥ・シャ、パ・ドゥ・シャ。

シャンジマン、シャンジマン。

廊下のタイルとリビングのカーペットを仕切ってる金属の線みたいのをぴょんとひと越え。

入口で鏡の中の自分に向かってうやうやしくおじぎ。

さあお母さま、早くいらして。でないとまたキャロウ先生に舞台袖でお灸をしぼられちゃう。

あ、でもキャロウ先生のことは大好き！　すっごくきびしいけど！　お教室のほかの子たちも大好き。それに学校のクラスの女の子たちも。ほんとにいい大好き。みんなすっごくいい子。あとクラスの男子も。あと学校の先生たちも。みんなせいいっぱいがんばってる。ていうかこの町ぜんぶが大好き。お店のレタスに殺虫剤スプレーしてるお茶目な八百屋さんも！　巨大なお尻が頼もしいキャロル牧師も！　クッション入り封筒をぱたぱた振りまわす太っちょの郵便屋さんも！　ここは元は〝ミルタウン〟だったの。それってすごくない？　よく意味わかんないけど！

それにこの家も大好き。裏の小川の向こう側にはロシア教会があって。超エキゾチック！　わたしがプーさんの赤ちゃん服着てたころから、あの玉ねぎドームはずっとお部屋の窓の向こうにあった。このグラッドソング通りも大好き。この通りの家はみんなコロナ・デル・マーの分譲住宅なんだけど、それってほんと最高！　だってもし同じ通りにお友だちがいたら、その子の家のどこに何があるか、見なくても知ってるってことじゃない？

ジュテ、ジュテ、ロンドジャンブ。

ジュ・スィ・小腹。

急に気分が乗って前転一回、即立ちあがってパパとママの写真にキス。石器時代にJCペニーの前で撮ったやつ。わたしもまだこんなにちびっちゃくて｛チュッ｝、屋外看板ぐらい巨大なリボンを頭につけてる。

　こんなふうに気分がいいときは、たまに森でぷるぷるふるえてる子鹿ちゃんのことを考える。

まあおチビさん、ママはどうしたの？

わかんないよ、と子鹿はヘザーの妹のベッカの声で言う。

あなたこわいの？　お腹がすいてるの？　抱きしめてあげましょうか？

うん、と子鹿は言う。

そこにお母さん鹿の角をつかんでずるずる引きずって、狩人が登場。内臓が飛び出てぐちゃぐちゃになっている。まあ、大変！　わたしは子鹿を両手で目隠ししてから言う、じめっと暗い狩人さん、なぜそんなひどいことをするの、この子のお母さんを殺すなんて！　けっこういい人そうに見えるのに。

ぼくのママしんじゃったの？　子鹿がベッカの声で言う。

ううん、ううん、そうじゃないの。このおじさんはもう帰るところだからね。

　娘の美しさに心を打たれた狩人は帽子を取って片膝をつき、そして言う、もしもわっちにこの鹿を生き返らせることができたら、何としてでもそうしましたものを。そうしてこの老いぼれの額にやさしく口づけを賜（たまわ）りましたものを。

お行きなさい、とわたしは言う。ただしせめてものつぐないに、その鹿の肉を食べてはなりません。クローバーの野にそっと横たえて、バラの花びらを上からかけておあげなさい。そして彼女のひどい死にざまを歌にしたため、やさしく歌い上げるのです。

だれをよこたえるの？　子鹿が聞く。

誰でもないのよ。気にしないで。そんなに質問ばっかりしないの。

パ・ドゥ・シャ、パ・ドゥ・シャ。

シャンジマン、シャンジマン。

そうだ、きっと〈特別な誰か〉はどこか遠くから現れるんだわ。このへんの男子たちはほんとちょっといろいろ問題あって、正直**トレ・ボン**すてきじゃない。だって自分のタマタマに名前つけてたりするし！　こないだちらっと聞こえちゃったのだ。おまけにいかす作業服がタダでもらえるからっていうだけの理由で、地元の電気会社に就職するのが夢とか言ってるし。

だからローカルボーイたちはほんとムリ。とくに超絶ムリなのがあの地球一おっきい口の持ち主、マット・ドレイだ。ゆうべのペップ・ラリーでキスされたけど、まるで地下道とキスしてるみたいだった。こわっ！　あれはキスっていうより、セーター着た牛がとつぜん有無を言わせない勢いでおおいかぶさってきて、巨大な牛頭の中でホルモンが洪水おこしてて、もともとちょっとしかない理性が完全に溺死（できし）しちゃってるみたいだった。

わたしは自分で自分の主導権をにぎっていたい。自分の体も、頭も。心も、キャリアも、将来も。

それがわたしの理想。

それはさておき。

われらは少しく空腹であるぞよ。

アン・プティ・スナック。

わたしは特別なんだろうか？　自分で自分のこと、特別だって思えるだろうか？って、そんなのわかりっこない。人類の歴史にはわたしよりずっと特別な人がたくさんいた。ヘレン・ケラーはすごかった。マザー・テレサもすごい。ローズベルト大統領夫人も、旦那さんが下半身不随だったのにハイパー元気で、歯なんかすごく大きくて、おまけにファーストレディがゲイだなんて考えもつかない時代にゲイだった。そんな人たちとわたしとじゃぜんぜん比べ物にならない。すくなくとも、今はまだ！

ああ、わたし知らないことがいっぱいある！　車のオイル交換のしかたも知らない。オイルのチェックのしかたも知らない。ボンネットの開け方もわからない。ブラウニーの焼き方も知らない。女子なのにそれって、かなりまずい気がする。あと、ローンって何？　家といっしょについてくるもの？　赤ちゃんに母乳をあげるときって、力（りき）んでおっぱいを出すの？

ややや？　リビングの窓の向こう、グラッドソング通りを猛ダッシュで走ってくる、あの細っちい人は誰かしら？　カイル・ブート？　あの地球いち色の白い？　あいも変わらず妙ちきりんなジョギングパンツをはいて？

なんだか痛々しい。ださへアスタイルのガイコツみたい。それにあのジョギングパンツ、もしかして『チャーリーズ・エンジェル』の時代のやつかなにか？　筋肉ほぼゼロなのに、どうしてあんなに速く走れるんだろう。毎日ああやって上半身裸にバックパックしょって、全速力で走って帰ってきて、ファンさんの家のあたりまで来るとリモコンを押してシャッターを上げて、全力疾走のままガレージに走りこむ。

キモいけど、ちょっと感心しちゃう。

カイルとわたしは幼なじみで、ちびっこのころはよく裏の川べりの共同の砂場で遊んだ。おしっこかなんかをもらすとかして、いっしょにお風呂に入ったこともあったんじゃなかったっけ？　このことは誰にも知られないようにしなくちゃ。だって友だちランクでいくと、カイルはフェディ・スラヴコ、あの異常に後ろにそりかえって歩く、歯にはさまったものをほじくり出しては、そのものの名前をギリシャ語で言ってからまた食べなおすクセのあるフェディ・スラヴコと同レベルだからだ。つまり最底辺。カイルは親に禁止されてるので、体育の時間にスクワットをやらない。「世界の異文化」の授業の映画で裸のおっぱいが出てそうなときは、いちいち家に電話しないといけない。お弁当の中身一つひとつにきっちり品目のラベルが貼ってある。

ジュ・スイ・小腹。

膝を軽く曲げておじぎをひとつ。

中が仕切りになった、昔なつかしのタッパーウェア的なやつに、チーズ・ドゥードルをざらっとあける。

ありがとうママ、ありがとうパパ。うちのキッチンって最高クールよね！　砂金をより分けるみたいにタッパー的なのをざらざら揺すり、それを集まってきた脳内の貧しい人々に差し出す。

さあ、召し上がれ。ほかに何か、してほしいことはあるかしら？

いえアリソン様、もったいなくもあっしらに話しかけてくだすっただけで、もう十分でごぜえます。

だめよ、そんなことを言っては！　人は誰でも尊敬に値する存在なのよ、わからない？　わたしたち一人ひとりが虹なの。

本当に？　じゃあ、このみじめな脇腹のひどいただれを見てやっておくんなせい。

ちょっとヴァセリンを取ってくるわね。

ありがたや。ほんとに痛くてたまらねえんで。

でも、さっきの虹のことだけどね？　あれって本当にそう。人間ってすばらしいの。ママもすばらしいし、パパもすばらしいし、学校の先生たちだって、自分にだって子どもがいるのにすごく一生懸命授業をしてくれて、なかにはディース先生みたいに離婚寸前の人もいるけど、生徒たちのためにすごく時間を割いてくれてる。なんといってもディース先生がりっぱなのはね、先生は旦那さんがボウリング場経営の女の人と浮気してるんだけど、それでもディース先生の倫理の授業はすばらしくって、たとえばこんな質問をするの、〝善は悪に勝てるか？　それとも善良な人々はいつもひどい目にあって、悪がやりたいほうだいなのか？〟。この最後の部分は、もしかしたらボウリング場の女の人を当てこすってるのかも。ま、それはいいとして。人生は楽しいのかおっかないのか？　人間は善なのか悪なのか？　かたや、骨と皮だけの死体の山がローラーでぺちゃんこにされるのをドイツの太った女の人たちがガムをくちゃくちゃ嚙みながらながめてる映像がある。でもかたや、どこかの田舎の人たちが、自分の農場は丘の上にあるのに、夜中までかかって土のうを詰めたりしてる。

模擬投票で、わたしは「人生は楽しいし人間は善だ」のほうに票を入れたけど、ディース先生はあわれむような目でわたしを見てから、自説をのべた。善をなすには、それだけの決意が必要なんです。勇敢でなければならないの。正義のために戦わなければならないのよ。この最後の部分で先生は、ぐう、とうなるような声を立てた。でもいいの。ディース先生はたしかにつらい思いをたくさんしてる。でもね？　それでも先生はぜったい人生は面白いし人間は善だと思ってるはず、だってそうじゃなきゃ、どうして夜うんとおそくまで採点してへとへとになって、朝まだ暗いうちに起きたもんだからブラウスなんか裏返しで、それでもちゃんと学校に出てきたりなんかするの？　もうほんとおっちょこちょいさんなんだから、先生ったら！

ドアをノックする音がした。裏のドア。ふ・う・む。誰かしらん？　裏のディミトリ神父さん？　それともＵＰＳ？　フェデックス？　パパンあてのアン・プティ小切手？　ジュテ、ジュテ、ロンドジャンプ。ジュ・スィ・小腹。

ドアを開けると、そこには――

見知らぬ男が立っていた。大きな体で、ガスの検針係みたいなベストを着ている。外に出ちゃだめ、早くドアを閉めて、アリソンの本能がそう叫んだ。でもそれではひどく失礼な気がする。

かわりに彼女は立ちすくんだまま笑顔を作り、〔眉を高々と上げる〕をやった。こう言ったつもりで――何かご用？

カイル・ブートはガレージをダッシュで駆け抜け、そのまま居住スペースに走りこんだ。リビングには時計に似た大きな木製の表示盤があり、針は〈全員不在〉のところを指していた。ほかの選択肢は〈父と母　不在〉〈父　不在〉〈母　不在〉〈カイル　不在〉〈父とカイル　不在〉〈母とカイル　不在〉そして〈全員在宅〉。

でも〈全員在宅〉って必要なくない？　全員在宅なんだったらわかってるはずだよね？　父さんに質問してみようかな？　完璧に無音の地下の木工室で、この〈家族在宅状況表示盤〉を設計／制作した僕の父さんに？

は。はは。

無理。

キッチンのアイランド・カウンターの上に〈作業指示書〉が置いてあった。

〝スカウト〟へ。デッキに新しい晶洞（ジオード）がある。これを下記の図に従って庭に設置せよ。ヘマは許されない。まず当該箇所を掃き清め、前に手本を示した通りにビニールを敷く。しかるのち白い石を置く。**非常に高価なジオードである。**注意に注意を重ねよ。父の帰宅時までに必ず作業を終えているように。今回＝五（5）ワークポイント。

ちょ、父さん。おれついさっき440を十六本、880を八本、一マイルタイム走、ドレーク・スプリントを百億万回、それに五マイルのインディアン・リレーをやってきたばかりなんだけど、こんだけハードにクロスカントリーの練習をした僕に、このうえさらに暗くなるまで庭で汗水たらして働けっていうの？　ちょっとあんまりすぎない？

おっと少年、靴を脱いでくれたまえよ。

ぎゃん。遅かりし。もうテレビの前だ。動かぬ証拠の微細土粒子の筋が、外からここまでばっちりついてしまった。これは重大な違反行為（ヴァーボテン）だ。微細土粒子は手でつまんで取れる？　だが問題がある。微細土粒子を手でつまみながら引き返すことで、さらなる微細土粒子の筋を残してしまうことだ。動かぬ証拠の上塗りだ。

彼は靴を脱ぎ、その場に立ったまま、いつものように頭の中で小芝居のリハーサルをしてみた。名づけて〈もし今この場で○○だったら？〉。

もし今この場で父さんと母さんが帰ってきたら？

聞いてよ父さん、それが変なんだ！　何にも考えないで入ってきちゃったんだ！　で、気づいたらこうだったんだ！　でも僕思うんだ、即座に自己修正できたことが、我ながらすごくよかったなって！　それに、どうして何も考えずに家に入ってきちゃったかっていうと、早く父さんの指示書に従って仕事がしたくてたまらなかったからなんだ！

靴下だけでガレージまで走っていき、靴をガレージの中に投げ入れ、掃除機をひっつかみ、微細土粒子を掃除機で吸い取り、そこで気がつく、うわしまった、靴はガレージに投げ入れるんじゃなく、所定の〈靴シート〉の上に、次回の着用が容易になるよう外を向けて揃えて置かなきゃならないんだった。

ガレージに入り、靴を〈靴シート〉の上に並べ、家の中に戻る。

〝スカウト〟よ、頭の中で父さんの声がする。どれほど清潔に保たれたガレージであっても、床には必ず油がついていると誰かから教わらなかったか？　そしてそれが靴下に付着し、ベージュのモロッコ絨毯が油だらけになると？

があ。終わった。

いや、ちがう――グッドな時をセレブレイトしようぜ、カモン――絨毯に油なんかついてない。

ソックスを脱ぐ。居住スペースで裸足になるのは完全にヴァーボテンだ。帰ってきた父さんと母さんが、どこかのプアホワイトみたいに裸足でべたべた歩き回ってる僕を見たらそれがなんだってんだファックシットあほボケカス――

頭の中で汚い言葉を吐くのか？　父さんが頭の中で言う。どうした、男だろう。汚い言葉を使いたいんなら堂々と声に出して言ったらどうだ。

声に出してなんか言いたくないよ。

なら頭の中でも言うのをやめることだな。

僕がときどき頭の中で言う汚い言葉を聞いたら、きっと父さんも母さんもものすごく悲しむだろうなウンコチンコマンコ糞ボケ死ねカスケツの穴ファック。どうしてやめられないんだろう？　二人とも僕のことをすごく高く評価してくれてて、毎週のように両方の祖父母に息子自慢メールを送ってるっていうのに。カイルは勉学とクロスカントリーの両立でとても忙しくしています、二年生なのにもうレギュラー選手です、それでも毎日時間をやりくりしては素晴らしい創作活動をチンカスウンカスゲロおっぱい死ね。

いったいどうしちゃったんだ？　父さんと母さんに心から感謝しなきゃいけないのに、どうしてこんな――

腐れマンコの金玉つぶし。

フェラチオ猿がマラ出し踊りで糞糞糞糞糞殺す。

こんなときは、ほとんどないも同然の脇腹の肉を思い切りつねれば正気に返る。いでで。

待てよ。今日は火曜日、てことは〈大報酬デー〉だ。今日ジオードを設置してもらえる五（5）ワークポイントに、すでに持ってる二（2）ワークポイントを足して計七（7）ワークポイント、さらに通常家事ポイントが八（8）ポイント貯まってるから全部で十五（15）トータル報酬ポイント。これだけあれば〈大報酬〉（例としてヨーグルトレーズン二つかみなど）にプラスして、好きな番組を二十分間観る権利を取得できるはず。ただし一部の番組については、ポイント交換時に父さんと交渉する必要があるけど。

『毒舌ダートバイカー親父、もの申す！』、あの番組だけは観ることは許されないぞ、〝スカウト〟。

いいけど。

うん。いいけどね。

ほう、〝いいけど〟？　そんなふうに従順でない態度を見せるようなら、お前の〈報酬ポイント〉をすべて取り上げ、前にも何度か警告したようにクロスカントリーをやめさせることもできるわけだが、それでも〝いいけど〟か？

やだやだやだ、やめたくない。お願い。走るのは得意なんだ。見ててよこんどのシーズン初戦。マット・ドレイだって僕のこと――

マット・ドレイとは誰のことだ？　アメフト部のあのゴリラのことか？

うん。

彼の言葉は法律か何かなのか？

いいえ。

そのマット・ドレイが何と言ったんだ？

〝くそチビけっこう走れんじゃん〟。

じつに上品な言い草だな。さすがはゴリラだ。どのみち、このままではお前にはシーズン初戦などないかもしれんな。どうも最近のお前はエゴが膨(ふく)れ上がって堤防を越えかけているようだ。なぜか？　ちょっとばかり走れるからか？　走るくらい誰でもできる。野の獣でも走れる。

いやだ、やめたくないコックファック尻穴カスボケウンコチンコマンコ！　お願いです父さん、僕のたった一つの取柄(とりえ)なんだ！　母さん、もし父さんが僕をやめさせるなら、僕もう――

泣いたり騒いだりはあなたらしくありませんよ、〝愛するひとり子(ご)〟。

チームスポーツで競技したいなどという贅沢を望むなら、お前を育成指導するために考案された、完璧に理に適ったわが家の指令系統をまずはきちんと守ってみせろ、〝スカウト〟。

ちょい待ち。

聖ミハイル教会の駐車場にバンが来て停まった。

カイルは抑制のきいた紳士の足取りでキッチンのカウンターに向かった。カウンターの上にはカイルの〈車両記録〉。これには二つの目的があり、（1）ディミトリ神父は駐車場に防音擁壁を設置するべきであるという父さんの主張の傍証とするため、そして（2）将来的にカイルが学校の研究発表会（サイエンス・フェア）で提出するであろう研究のデータ収集も兼ねるからで、研究のタイトルもすでに父さんによって『教会駐車場の利用台数と曜日の相関関係　付・年間を通じた日曜日の利用量に関する考察』と決められていた。

心の底から楽しんでこの記録をつけているといった微笑みを浮かべつつ、カイルははっきりと読みやすい字で〈記録〉に記入した。

車種：バン
車体の色：灰色
メーカー：シボレー
年式：不明

中から男の人が降りてきた。毎度おなじみ〝露助（ルースキー）〟だ。〝ルースキー〟は言っていいスラングだ。〝ちきしょう（ダング・イット）〟も。あと〝ぶったまげた（ホーリー・ゴーリー）〟も。あと〝ホラ吹き（クラッパー）〟も。ルースキーはフードパーカーの上からジーンズの上着をはおっていたが、経験上、ルースキーがこういう服装で教会に来ることはそう珍しくない。自動車整備のつなぎ服のまま直接来るなんてこともあるくらいだ。

〈運転者〉の欄に〝おそらく信徒〟と記入。

まずいな。てかムカつく。あいつは知らない人間だから、おれはあいつの姿が見えなくなるまで家の中にいなくちゃならない。てことはジオード設置が全然できないってことだ。もしかしたら夜中までずっと帰らないかもしれない。大損害だ！

男が蛍光カラーのベストをはおった。そうか、ガスの検針の人かなんかか。

検針係が左を見、右を見、小川を飛び越え、お隣のポープさんちの裏庭に入り、サッカーのリバウンドネットとプールのあいだを抜け、裏口のドアをノックした。

ナイスジャンプだったぜ、ボリス。

ドアが開いた。

アリソンだ。

とたんに心臓が歌いだした。これって昔はただの慣用句だと思ってた。アリソンは国宝みたいなもんだ。辞書の〈美〉の項目に、あのジーンズのキュロットをはいたアリソンの写真をのっけるべきだ。でも最近はなんだかちょっと避けられてるみたいな気もするけど。

検針係が何かを見せ、それを見るためにアリソンがデッキに出てきた。屋根の上の電気の何かが壊れてたとか？　男はずいぶん熱心にそれを見せようとしてる。つうか、アリソンの手首をつかんでる。でもって引っぱってる。

変だぞ。そうじゃないか？　でもこのあたりで何かが変だったことは一度もない。てことはこれでいいのかも。もしかしたらまだ新人の検針係なのかもしれない。

なぜだかカイルはどうしてもデッキに出たくなった。デッキに出た。男がはっとなった。アリソンの目はおびえた馬の目だった。男は咳払いを一つして体の向きを少し変え、カイルに何かを見せた。

ナイフだった。

検針係がナイフを持っている。

いいかお前、と男は言った。おれたちがいなくなるまでそこを動くな。ちょっとでも動いたらこいつの心臓を刺す。本気だぞ。わかったか？

口の中がからからで、「はい」と言うときにする口の形をするのがやっとだった。

二人が庭を横切っていく。アリソンが地面に倒れた。男が引っぱって立たせた。アリソンが倒れた。男が引っぱって立たせた。彼女のお父さんが彼女のために完璧にこしらえた聖域みたいな庭で、アリソンがぬいぐるみの人形みたいにこづき回されているのを見るのは変な感じだった。彼女が地面に倒れた。

男が鋭く何か言うと、急に彼女はおとなしくなって立ちあがった。

カイルの胸の中にいくつもの指令がわきあがった。自分がたったいま違反している大小さまざまの指令が。裸足のままデッキに立っていること、上半身裸でデッキにいること、知らない人間がいるときに外に出たこと、その知らない人間と接触したこと。

先週、ショーン・ボールが学校にカツラを持ってきて、ベヴ・ミレンが緊張すると自分の髪を噛む癖を、より効果的に意地わるく物真似してみせた。カイルは一瞬やめろよと言おうとした。その日の〈夜のミーティング〉で、そのとき止めないという判断をしたあなたは賢明だったと母さんは言った。お前とは関係のないことだからな、と父さんも言った、ひどい怪我をさせられたかもしれないんだ。わたしたちがあなたにつぎ込んだ時間と労力のことを忘れないでね〝愛するひとり子〟、と母さんは言った。わたしたちは少し厳しすぎるとお前は思うかもしれないが、お前は文字通りわたしたちのすべてなんだからな、と父さんが言った。

二人がサッカーのリバウンドネットのあたりを移動していく。アリソンは片腕を背中のほうにねじりあげられている。自分の身にこれから起こることを察知した今の気分を表現する音声を新しく作り出すかのように、口から低い拒絶の声をくりかえし洩らしている。

僕はまだ子どもだ。できることは何もない。そう思った瞬間、指令に屈したときにいつも起こる、あの重圧からの解放感がわっと胸に広がった。足元にはジオードがあった。あの二人がいなくなるまでこれを見張ってなきゃ。すごく貴重なやつなんだ。過去最高に貴重なやつかもしれない。ジオードの断面の水晶が陽を受けてきらめいている。庭に置いたらきっと素敵だろうな。あの二人がいなくなったらすぐに置こう。あんなことが起こったあとでも忘れずにジオードを設置した僕を、きっと父さんはほめてくれるだろう。

それでいいんだ、〝スカウト〟。

わたしたちは大満足よ、〝愛するひとり子〟。

でかしたぞ、〝スカウト〟。

なんてこったなんてこった。本当に始まっちまった。女はおれの筋書きどおり、人形みたいにおとなしくついて来る。なんとかいう名前のガキの洗礼式のときから、この女に目をつけてた。セルゲイんとこのガキ。そこのロシア教会で。この女は自分ちの庭に立って、父親か誰かに写真を撮られてた。

おれは言った、すげえ別嬪(べっぴん)だな。

ケニーが言った、まだ子どもじゃねえか。

おれは言った、お前にゃそうだろうよ、爺(じい)さん。

歴史を、さまざまな文化の歴史をひもとけば、自分のいま生きてる時代がいかに窮屈であるかがわかる。合意なき服従を是(ぜ)とする理論はいくらでもある。聖書では、王が馬で野を旅していて「あの女」と言う、するとその女が王のもとに連れてこられる。そして二人は正式に夫婦の契りを交わし、もしも女が男子を産めば、でかした、万々歳、城に旗ひるがえり、女は王の手元に残される。その最初の夜に、女は納得ずくだったか？　たぶんちがう。木の葉のように震えていたか？　どうだっていい。大切なのは子産みであり、血統の存続発展なのだ。加えて王の喜悦と、それによってさらに高まる偉大なる王の権力と。

　小川まで来た。

　女を引きずって川を渡る。

　実行工程表にはまだ以下の項目が残っている。バンのサイドドアまで行く、押し込む、続いて乗り込む、手首／口にテープ、鎖につなぐ、そして訓話をする。訓話は完全に諳んじている。頭の中でも練習しテープにも録ってみた——**ダーリン、心を落ちつけてほしい。君はおそらく恐怖を感じているだろう、君はまだ私のことを知らないし、今日こうなるとは予想していなかっただろうから。だが私を信じて任せてくれれば、きっと二人で最高にハッピーになれる。ここに当てているナイフが見えるだろうか？　できればこれを使うようなことはしたくない、いいね？**

　女がおとなしく車に乗ろうとしない場合は、腹に一発くらわす。そして抱え上げ、バンのサイドドアまで運び、押し込み、手首／口にテープ、鎖につなぐ、訓話、以下同、以下同。

　待て、止まれ、と男は言った。

彼女は止まった。

クソが。バンのサイドドアがロックされてる。なんたる体たらく。ドアの解錠の確認は、実行前工程表にしっかり明記されてたはずなのに。メルヴィンが頭の中に現れた。その顔に激しい失望の色が浮かんでいる。この顔つきの後には必ず尻への打擲があり、その後にはさらに別のことが待ち受けていた。両手を上げろ、メルヴィンが言う。せいぜい身を守れ。

ああそうさ。たしかに小さなミスをした。実行前工程表を二重にチェックしておくべきだった。

だが大したことじゃない。

楽しめ、恐れるな。

メルヴィンは十五年も前に死んだ。おふくろは十二年前だ。

ビッチが後ろを振り返り、自分の家のほうを見ている。こういう身勝手は許されない。芽のうちに摘み取っておかねば。基礎を固めるために、早い段階で忘れずに痛めつけておく必要がある。

こっちを向け、と男は言った。

女がこちらを向いた。

男はロックをはずし、ドアを開けた。ここが正念場だ。もし女が中に入って、おとなしくテープを巻かれてくれれば、もう勝ったも同然だ。場所はすでに選んである。サケットのくそでかいトウモロコシ畑、農道が中まで延びている。ファックがらみのことが首尾よくいけば、そこからフリーウェイで二人でどこかに行く。基本、バンは盗む。ケニーのバンだ。今日だけと言って借りてきた。知るか。ケニーは前におれをバカ呼ばわりしやがった。気の毒にな、あの一言でバン一台なくすことになるとは。もしファックがらみのことがうまくいかず、女がおれを満足に勃たせられなかった場合は、ただちに行為を中止し、対象を処分、ブツをどこかに捨て、必要とあらばバンを掃除し、行ってトウモロコシを買い、ケニーにバンを返してこう言う、よう兄弟、見ろよこのすげえトウモロコシ、バン助かったぜ、おれの車じゃとてもじゃないが適切な量のトウモロコシを買えなかったよ。それからしばらく身をひそめて新聞をチェックする、前におれを勃たせやがらなかったあの赤毛の時みたいに——

小娘がすがるような目でおれを見る、お願いやめて、みたいに。

今がその時か？　先手を打って腹に一発くらわす時なのか？

そうだ。

くらわせた。

このジオードはきれいだな。なんてきれいなジオードなんだ。なぜジオードはきれいなんだろう？　きれいなジオードの主たる特性は何なんだろう？　考えろ。ほかのことを考えるな。

時があの子を癒してくれるわ、〝愛するひとり子〟。

うちには関係ないことだ、〝スカウト〟。

あなたの正しい判断にわたしたち感心しているのよ、〝愛するひとり子〟。

漠然とアリソンが殴られたらしい気配が伝わってきた。ジオードに目をやったまま、カイルはうっというかすかな声を聞いた。

自分が何もしないことでこれから起こるであろう出来事を思って、彼は胸が苦しくなった。二人で金魚の形のスナックをお金がわりにした。石で橋を作った。あの小川で。遠いあの日。ああ、ああ。外になんか出なきゃよかった。あの二人がいなくなったら僕は家の中に入り、外になんか一度も出なかったようなそぶりで鉄道の町の模型を作り、父さんと母さんが帰ってきてもまだそれを作ってる。そして誰かからそのニュースを聞かされたら？　そしたら僕はなにがしかの表情を作るんだろう。自分が作るであろうその表情が、もう顔の上に浮かんでいるのがわかる。え？　アリソンが？　レイプされて？　殺された？　信じられない。あの子がレイプされて殺されているあいだ、僕は何も知らずに床の上に座って鉄道の町の模型を作ってただなんて、このさもしい、姑息な、卑怯者の――

だめだだめだめだ。もうすぐ二人はいなくなる。そしたら家の中に入る。９１１に電話する。でもそれだと僕が何もしなかったことがみんなにわかってしまう。おれの人生はもう暗黒だ。一生ずっと何もしなかった奴として生きることになる。それに警察に電話したって無駄だ。二人はとっくにどこかに消えてる。パークウェイをちょっと行けばフェザーストーンで、そこから脇道やら立体交差が無限に枝分かれしてる。もうお手上げだ。家の中に入ろう。あいつらがいなくなったら。早く、早く行ってくれ、そして家の中に入って、何もかもぜんぶ忘れて――

気づくと走っていた。芝生の上を。なんてこった！　なんだよおれ何やってんだ？　くっそやべえよ、いったいいくつ指令を破ってんだこれ？　庭を走る（土壌にもたらすダメージ）、覆いなしにむき出しでジオードを運ぶ、フェンスを飛び越える、それによって少なからぬ金額を投じたフェンスに負荷を与える、庭の外に出る、裸足で庭の外に出る、許可なしに〈二次区域〉に入る、裸足で小川に入る（ガラスの破片、危険な微生物）、それに加えてああなんてことだ僕はいま気づいてしまった、ぐらぐらに酩酊したみたいな僕の中のもう一人の僕が今やろうとしていることに、それはもう指令を破るなんてもんじゃない、あまりに明白すぎてもはや指令ですらない、誰かに言われなくたってこんなこと絶対にヴァーボテンに決まっている、人を――

彼は小川を飛び出した、男はまだこちらを振り向いていない、その頭にジオードを思いきり投げつける、頭蓋はまだ陥没したように見えないのに変な感じに縁にじわっと血がにじみ、男はすとんと尻もちをつく。

やった！　ストライク！　気ん持ちいい！　大人を倒すのって気ん持ちいい！　人類

史上類を見ないこの輝かしいガゼルの脚力でもって音もなく宙を駆け、間抜けな巨人を制覇するのは気持ちいい。もし僕が来てなければ、こいつは、こいつは――

もし来ていなかったら？

くそっ、もしおれが来てなかったらこいつ何をしてた？

ありありと絵が浮かんだ。男がアリソンを生気のない衣類袋みたいに二つに折り曲げ、髪をつかみながら荒々しく突き上げ、そのあいだ僕は床に座ってちっちゃな鉄道の高架橋を作ってる、すっかり怖じ気づいて、おとなしい臆病ないい子ちゃんの――

ちっきしょおおお！　彼は弾かれたように跳んでジオードをバンのフロントガラスに投げつけ、ガラスは内側に向かって粉々に割れて、何千もの小さな竹のウィンドチャイムみたいな音をたてた。

カイルはボンネットの上に飛び乗り、ジオードを拾った。

マジでか？　マジでなのか？　アリソンの人生を壊し、おれの人生を壊す気なのかよこのカントファッカーうんこ食いケツ穴ケダモノ野郎？　どっちがボスか教えてやろうか、この八つ裂き尻のチンポ頭のウンコ脳の――

かつてないような力／怒り／狂気が体じゅうにみなぎってる。この男は誰だ？　誰がお前の父親なんだ？　おれはあと何をやるべきだろう？　このケダモノ野郎がこれ以上の悪さをしないようにダメ押しする？　まだ動きやがるか、この化け物？　まだなんか企んでんのかよハナクソ野郎？　ぐちゃぐちゃの頭をもっとぐちゃぐちゃにしてほしいのかケダモノ？　おれにやれないと思ってんのか？　おれのことを——

おちつけ〝スカウト〟、お前は自分を見失っている。

お願いだからブレーキをかけて、〝愛するひとり子〟。

黙れ。僕の、ボスは、僕だ。

くそっ！

なんなんだ？　なんでおれ倒れてる？　転んだのか？　誰かに殴られた？　枝が落ちてきた？　ちっきしょう。頭をさわってみる。手が血まみれになった。

あのひょろひょろのガキが屈(かが)んでる。なんか拾い上げた。石だ。なんでポーチから出てきやがった？　ナイフどこいった？

女はどうした？

カニみてえに小川のほうに這ってく。

自分ちの庭を走って。

家に入った。

くそっ何もかもおじゃんだ。早くずらかったほうがいい。何を持ってく、この素敵なイケメン顔か？　金は八ドルしか持ってない。

ああくそ！　ガキめフロントガラスを割りやがった！　あの石で！　きっとケニーに

とっちめられる。

立ち上がろうとしたがだめだった。血がだらだら垂れてくる。もう刑務所には戻りたくない。いやだいやだいやだ。手首を切ってやる。ナイフどこいった？ 胸をナイフで刺そう。名誉ある死だ。そして民の心におれの名が永遠に刻みつけられる。あいつらの中に、自分の胸にナイフを刺してサムライする度胸のあるやつがいるか？

いやしない。

一人もだ。

さあプッシー、どうした早くやれよ。

いや。王は自らの命を絶ったりしない。高貴な者は愚かな民衆のいわれなき咎めを黙って受け入れる。そして身を低くして、新たな戦いの機運がめぐってくるのをじっと待つ。ナイフどこいきやがった。いいや要らないあんなもの。森に入り、素手で何かを殺す。それか草で罠を作る。おえ。おれ吐くのか？ ああもう吐いてた。膝の上に。

こんな簡単なこともしくじるとはな、メルヴィンが言う。

ひどいよメルヴィン、ぼく頭が血だらけなんだよ、見えないの？

ガキにやられたんだろ。いいザマだな。ガキにしてやられるとはな。

はは。サイレンか。上等じゃねえか。

今日はおまわりたちにとっちゃ悪夢の日になるぜ。接近戦で勝負してやる。ぎりぎりまでここに座って、あいつらを引きつけておいて、心の中で死のマントラを唱えつつ、全人生のパワーを両の拳に集める。

彼はへたりこんだまま自分の拳を思った。おれの拳は巨大な花崗岩の塊だ。二頭の凶暴なピットブル。彼は立とうとした。だが脚が言うことをきかなかった。早くおまわりが来ればいいのに。頭がひどく痛む。手で触ってみると、何かがずるっと動いた。ぬるぬるの帽子をかぶってるみたいに。きっと何針も縫うだろうな。あんまり痛くないといいな。でもきっと痛いんだろうな。

ひょろひょろのガキはどこいった？

ああ、いた。

おれの目の前に、太陽を背に立ちはだかり、石を両手で高々と持ち上げて何か叫んでる、でも何を言ってるのかわからない、耳ががんがん鳴って聞こえない。

ああ、おれの頭に石を振り下ろそうとしてるんだ。男は目を閉じてその時を待った、だが心は少しも穏やかではなかった、ただ腹の底からすさまじい恐怖がふくれ上がりつつあるのを感じた、そしてもしこの勢いのまま恐怖がふくらみつづけるのなら——彼は一瞬のうちに悟った——おれを待っている場所には名前がある、それは「地獄」だ。

アリソンはキッチンの窓の前に立っていた。失禁していた。でもいい。こういうことは誰にでもある。死ぬほど怖い目にあったときは。電話をかけているときに気がついた。

手が馬鹿みたいにふるえた。まだふるえてる。片っぽの足がディズニーのあのウサギみたいにぱたぱたぱたぱた止まらない。ああ、あの人に言われたこと。殴られた。つねられた。腕に大きな青あざができている。なぜカイルはまだあそこにいるの。あの変てこな短パンはいて、余裕でふざけてる、握りこぶしをボクサーみたいに高くあげて、まるで痩せっぽちの子どもがナイフもった大人を打ち負かせるキュートなパラレルワールドみたいに。

待って。

こぶしを握ってるんじゃない。石を持ちあげてあの人に向かって何か叫んでる。あの人はひざまずいている、前に歴史の授業のビデオで見た、ヘルメットかぶった軍服の人にこれから剣で処刑される目隠しされた囚人みたいに。

カイル、やめて、彼女はささやいた。

それから何か月かのあいだ、彼女はカイルが石を振りおろす夢を見て何度もうなされた。デッキに立って彼の名前を叫ぼうとする、でも声が出ない。石が振りおろされる。すると男の頭がなくなる。一瞬で、文字通り消滅してしまう。そして体がどさりと倒れ、カイルがこちらを振りむいて悲しげな顔で彼女を見る。僕の人生、終わったよ。人を殺しちゃった。

なぜなんだろう、と彼女はときどき思う。どうして夢の中では、うんと簡単なことができないんだろう。たとえば割れたガラスの上で子犬が泣いてて、抱きあげて肉球の破片をはらってあげたいのに、頭の上にボールをのっけてて落とさないようにしなきゃいけなくてできない、とか。車を運転していたら道に松葉杖をついたお爺さんがいて、迂回したほうがいいですか?と運転教習のフェイダー先生に訊くと、先生はうん、そうだね、と言って、なのにどすんと大きな音がして、先生がノートに×印をつける、とか。

ときどきカイルの夢を見て、泣きながら目を覚ますこともある。こないだのときはママとパパがもうそこにいて、言った、本当はそうじゃなかったでしょう。思い出してごらんアリー。本当はどうなったの? さあ言って、声に出してしっかりと。本当はあのあとどうなったのか、ママとパパに言ってごらんなさい。

わたし走って外に出た、と彼女は言った。

そうだよ、とパパが言った。お前は叫んだ。そして叫んだ。

そしてカイルはどうしたの? ママが言った。チャンプみたいに叫んだんだ。

石を下に置いた、と彼女は言った。

お前たち二人は不運な目にあった、とパパが言った。でも大事には至らなかったんだ。

もっとひどいことになっていたかもしれなかったのに、とママが言った。

だがお前とカイルのおかげでそうはならなかった、とパパは言った。

あなたたちはよくがんばったわ、とママが言った。

すばらしく立派だった、とパパが言った。

棒きれ

毎年感謝祭の夜になると、おれたちはサンタの衣装をひきずって歩く親父の後ろにぞろぞろくっついて道路に出た。庭には親父が鉄パイプで作った十字架みたいなものが立っていて、親父はそれにサンタ服をかぶせた。スーパーボウルの週には、アメフトのジャージとロッドのヘルメットが鉄パイプに着せられた。ロッドがヘルメットを使うときは、いちいち親父の許可が必要だった。建国記念日にはアンクル・サム、復員軍人の日(ヴェテランズ・デイ)には軍服、ハロウィンにはお化け。鉄パイプは、浮わついたことを許さない親父の唯一の譲歩だった。おれたちは一度に一色のクレヨンしか使うことを許されなかった。ある年のクリスマスにはリンゴのスライスを一枚むだにしたといって、キミーが親父にめちゃくちゃに怒鳴られた。ケチャップをかけるおれたちの周りをうろついて、かけすぎだかけすぎだかけすぎだと言った。誕生パーティはカップケーキだけ、アイスクリームもなしだった。初めてガールフレンドを家に連れていったとき、あなたのお父さんとあの鉄パイプ、何なの?と彼女は言った。おれはただ目をぱちくりさせただけだった。

おれたちは家を出、結婚し、それぞれに子供を作り、そうして自分たちの中にもしみったれの種が芽吹いているのを知った。親父が鉄パイプに着せる衣装はより複雑に、より意図がわかりにくくなっていった。グラウンド・ホッグ・デー*には毛皮みたいなものを鉄パイプにかけ、影を強調するためにわざわざ家から投光機を運んできた。チリの大地震のときには鉄パイプを横に倒し、地面にスプレーペンキで地割れを描いた。おふくろが死ぬと死神の衣装を着せて、横木におふくろの子供時代の写真を並べて貼った。おれたちがたまに訪ねていくと、根元に親父の若いころの種々雑多な宝物が護符のように並べられていた。軍隊の勲章。映画の半券。よれよれのトレーナー。おふくろの口紅。ある年の秋、親父は鉄パイプを真っ黄色に塗った。冬になると寒くないようにとちぎった綿でくるみ、棒きれを十字に交差させて作った子供たちも六つこしらえてやり、それを庭のあちこちにハンマーで立てた。そうして鉄パイプとその棒きれたちをヒモで結び、そこにインデックス・カードにのたくるような字で殴り書きした謝罪の手紙、過ち（あやま）の告白、理解を求める訴え、そんなものをテープで吊り下げた。ペンキで〈愛〉と書いたプラカードを鉄パイプに吊るし、もう一つ〈許す？〉というプラカードも吊るし、それから親父は玄関間でラジオをつけっぱなしたまま死んで、おれたちは家を若い夫婦に売り、

＊　二月二日。この日に冬眠から覚めたグラウンド・ホッグ（ウッドチャック）が穴から出て自分の影を見ると、春はまだ遠いとされている。

夫婦は鉄パイプを引っこ抜いて粗大ゴミの日に道端に出した。

子犬

マリーがみごとなトウモロコシ畑にふりそそぐ秋の日差しのきらめきについて口にするのは今日これで三度めで、それはなぜかというと、みごとなトウモロコシ畑にふりそそぐ秋の日差しのきらめきを見るたびに幽霊屋敷が頭に浮かんで――といってもそれは実際に見たことのある幽霊屋敷ではなく、お約束のイメージ上の幽霊屋敷（隣は墓場、塀の上に猫）で、みごとなトウモロコシ畑にふりそそぐ以下略を見ると、たまにそれが彼女の頭に浮かぶのだ――それで、もしかしたら子どもたちの頭の中にも、みごとなトウモロコシ畑以下略以下略を見るたびに思い出すお約束のイメージ上の幽霊屋敷があって、いままさにそれを思い出しているんじゃないかと確かめたくなるからだった。だって、もしそうならわたしたちみんな同じ経験を分かち合ってることになるじゃない、まるで友だちどうしみたいに、ドライブ旅行中の大学の仲間どうしみたいに、もちろんマリファナは抜きでね、くすす！　でもちがった。マリーが三度めに「ねえ見て見て」と言いかけると、アビーは「わかってるママ、トウモロコシでしょ」と言ったし、ジョシユにいたっては「ちょい後にして、いま〈パンだねをふくらます〉をやってんだから」だった。でもいいの。全然オーケー。ジョシュが最初欲しいって言ってた「おっぱいプルンプルン」ゲームに比べれば、こっちの「パン焼き名人」ゲームのほうがずっと健全だし。

でも、そうじゃないのかも。もしかしたら、この子たちの頭の中には幽霊屋敷のお約束イメージなんて全然ないのかもしれない。あるいはお約束イメージはあるけれど、彼女の頭の中にあるのとはぜんぜん別ものなのかもしれない。でもそれってすばらしいことよね、だってこの子たちも小さいなりに一人の人間だってことだもの！　わたしはただお世話をする係。この子たちがわたしと同じものを感じる必要なんてない、大切なのは、二人が感じるものをわたしが受け止めてあげることなんだわ。

それにしても、ワオ、ほんとに絵に描いたようなトウモロコシ畑。

「ママこういう畑を見るとね」と彼女は言った。「なんか幽霊屋敷のこと考えちゃうのよね！」

「〈パン切りナイフ〉！　〈パン切りナイフ〉だってば！」ジョシュが叫んだ。「このばか機械！　ちゃんと〈えらぶ〉を押したのに！」

ハロウィンといえば、去年のことを思い出す。茎のままのトウモロコシをカートに積んだら、カートごとひっくり返ってしまったのだ。あのときはみんなで大笑いしたっけ。ああ、家族で笑えるってすばらしい。わたしの子ども時代にはそんなのなかった。苦虫を嚙みつぶしたような父さんと、隠しごとをしてる母さん。もしも両親のカートがひっくり返ったら、きっと父さんは癇癪をおこしてカートを蹴とばし、母さんはこれ幸いと父さんから離れてどこかで口紅を塗りなおし、そしてわたしはブレイディと名前をつけたあのみすぼらしいプラスチックの兵隊人形をおどおどしながらしゃぶっただろう。

でもうちの家族はちがう、うちではどんどん笑っていいことになっているもの！ ゆうべもジョシュが後ろから来て、わたしのお尻にいきなりゲームボーイで〝カンチョー〟をしたので、わたし思わず歯みがきのしぶきを鏡に吹いちゃって、それでみんなで床を転げまわって大笑いしてたらそこにグーチーまで加わって、するとジョシュが急にしんみりした声で「ママ、グーチーがちっちゃかったときのこと、覚えてる？」と言ったのだった。するとアビーがいきなり泣きだした。まだ五歳だから、子犬だったころのグーチーを知らないのだ。

で、今日の家族ミッションというわけ。ところでロバートの意見はどうなのかって？ ああ、ロバート！ ほんとに優しい夫。あの人はこの家族ミッションにまず反対しないだろう。マリーは、何か新しい突飛なものを家に連れて帰るたびに夫が言う「ほ・ほう！」が大好きだった。

「ほ・ほう！」家に帰ってきてイグアナを見たとき、彼はそう言った。「ほ・ほう！」イグアナのケージに入ろうとしているフェレットを見たときもそう言った。「ぼくらみんな、ミニ動物園のゆかいな園長になったみたいだね！」

マリーは彼のお茶目なところがとても好きだった。もしもカバをクレジットで買ってきたって（フェレットもイグアナも同じくクレジットで買った）、きっと彼は「ほ・ほう！」と言って、これは何を食べるんだいとか、いつ寝るんだいとか、みんなこいつに何て名前をつけるんだいと訊くだろう。

後部座席で、ジョシュが「ぎ・ぎ・ぎ」という声を出した。これは〈パン屋〉が〈パン焼きモード〉に入ったときにいつもやる癖で、これが始まると〈森の腹ぺこ族〉どもの攻撃をかわしながら〈パン〉をかまどに入れなければならない。〈森の腹ぺこ族〉には、お腹がぽこんと突き出た〈キツネ〉だとか、隙あらば〈パン屋〉の頭に〈ごっつんこ石〉を落として、自分よりも大きな〈パン〉をくちばしに刺して持っていこうとする小悪魔めいた〈コマドリ〉などがいる……というようなことを、マリーはジョシュが寝ているすきに「パン焼き名人」の説明書を読みこんで、ひと夏かかって学習したのだった。

これは大正解だった。本当にやってよかった。自分の殻に閉じこもっていたあのジョシュが、彼女が後ろから画面をのぞきこんで「あらすごい、いつの間に〈ドイツ黒パン〉をマスターしたの？」とか「そこは〈ぎざぎざ刃〉を使うともっと速く切れるよ。〈窓をしめる〉をやりながら使うのがコツ」とか言うと、ボタン操作していないほうの手を後ろにまわして、親しみをこめてぴしゃりと彼女を叩くようになった。きのうなんかうっかり彼女の眼鏡をはたき落として、それで二人でまたひとしきり笑ったのだった。

マリーの母親が見たら、子どもを甘やかしているとか何とか、ここぞとばかりに責めたてるだろう。この子たちは甘やかされてるんじゃありません。きちんと愛されてるんです。すくなくともわたしは中学校のダンス部の練習が終わった子どもを、吹雪のなか二時間も待たせたりしない。子どもに向かって酔っぱらって「あんたに大学に行く価値なんか、あるわけないでしょ」なんて言わない。子どもをクローゼットに（クローゼットにだ！）閉じこめておいて、居間で溝掘り作業員（比喩じゃなく）とよろしくやったりしない。

ああ、世界って、なんて美しいんだろう！　あざやかに色づいた木々、きらきら光る川、丸っこい下向きの矢印みたいな形の鉛色した雲、そしてその下の、国道九十号線沿いにお城みたいにそびえる改装途中のマクドナルド。

今度こそきっと大丈夫、そう彼女は自分に言い聞かせた。子どもたちも今度のペットはちゃんと自分たちで面倒を見るだろう、だって子犬にはウロコもないし嚙みついたりもしないから。（初めてイグアナに嚙まれたときも、ロバートは「ほ・ほう！」と言った。「どうやら君は、何かがお気に召さないようだね？」）

神よ、感謝します――トウモロコシ畑の中を一路レクサスを走らせながら、マリーは心の中で言った。あなたはわたしに多くのものを与えてくださいました。困難と、それを乗り越える強さを。慈愛と、それを周囲に分け与える日々あらたなチャンスを。世界は美しい、自分はついにその中に居場所を見つけたんだ。そんな気持ちが高まるたびに心の中であげる歓喜の声を、いままた彼女は高らかに叫んでいた――「ほ・ほう、ほ・ほう！」。

キャリーはブラインドを指で押し下げた。

うん。ばっちし。我ながら今のところカンペキな解決策だ。

あそこなら、あの子も退屈しない。庭だって気持ちひとつで世界になる。あたしが子どものころも、庭は世界のすべてだった。木の塀にあいた三つの穴からは、エクソンのガソリンスタンド（穴1）と、みんなが〝事故辻（アクシデント・コーナー）〟って呼んでる角（穴2）が見えたし、穴3はじっさいは横に並んだ二つの穴で、そこにうまく両目を合わせると、寄り目になったみたいな変な感じがして、その目のまま千鳥足でそのへんを歩きまわりながら「ピース、ヘイ、ピース！」と言う〝ひゃあすげえハイになっちまったぜ〟ごっこをやることだってできた。

ボーが大きくなったら、これじゃ済まなくなるだろう。もっと自由を欲しがるだろう。でも今は、とにかくあの子が死なないことが最優先だ。一度はテスタメント通りで見つかった。テスタメント通りなんて九十号線の向こうだ。どうやって九十号線を渡ったんだろう。いやわかってる。ダッシュだ。道を渡るとき、あの子いつもダッシュするから。ハイタウン・プラザのぜんぜん知らない人から電話がかかってきたこともあった。ブライル先生（ドクター）にも言われた、「息子さん、何か手を打たないとそのうち命を落とすよ。ちゃんと薬は飲ませてるの？」。

薬は、正直飲んだり飲まなかったりだ。飲ますと歯をギリギリくいしばって、急にげんこつを力まかせに叩きつけるから。そうやって皿を割ったこともあったし、一度なんかガラスのテーブルを叩き割って手首を四針縫った。

でも今日は薬も必要ない、だってボーは庭で安全にしてるから。あたしがカンペキな解決法を見つけたおかげで。

いまはヤンキースのヘルメットに小石をたくさん入れて、それを木に投げて投球練習をしている。

彼が振り向いてこっちに気がつき、いつもやる投げキスの真似ごとみたいなのをした。

かわいい子。

さてと、これであとは子犬のことだ。電話してきたあの女の人が、ちゃんと来てくれるといいんだけど。すごくいい犬だ。白くて、片っぽの目の周りが茶色くて、すごくかわいい。来てさえくれれば、ぜったい欲しいと言うだろう。もし持っていってくれれば、ジミーがあれをやらずにすむ。子猫のとき、あの人はひどくいやがった。でも誰ももらってくれなかったら、やるしかない。いやだろうが何だろうが。親がやると言ったことをやらないと子どもがドラッグに走るようになる、というのがあの人の考え方だから。それにジミーは農場育ちで、というか育ったところの近くに農場があって、農場育ちの人間なら誰だって、病気になったりいらなくなった動物についてはやるべきことをやるしかないとわかってる。この子犬は病気じゃなく、ただいらないのだ。

　子猫のときは、ブリアンナとジェシが父親を猫殺しとなじり、ボーはパニックを起こすし、とうとうジミーはどなった、「いいかお前ら、父さんは農場で育ったんだ、やることをやるっきゃねえんだよ！」。そのあと彼は寝床で泣いて、池まで連れてくあいだ猫がずっと袋の中でミュウミュウ鳴いてた、なんでおれは農場なんかで育っちまったんだと言い、彼女はあとちょっとで「農場の近くで、でしょ」と（彼の実家はコートランドのはずれで洗車場をやっていた）言いそうになったけれど、彼女がそうやって聞いたような口をきくたびに、ジミーは彼女の腕をぎゅっとつねり上げるみたいにして、まるでそこがハンドルかなんかででもあるみたいに、そのまま部屋の中をぐるぐる引きまわして「ちょっとよく聞こえなかったんだがよ、いまなんつった？」と言う。

　だから彼女も子猫のときは何も言わずに、ただ「いいのよあんた、あんたはやるべきことをやったんだもの」とだけ言った。

　すると彼は「ああ、まったくガキをまっとうに育てるのは生易しいことじゃねえな」と言った。

　彼女が聞いたような口をきかなかったおかげでジミーの機嫌がよくなったので、そのあと二人してベッドに寝そべったまま、この家を売ってアリゾナに引っ越して洗車場を買おうとか、子どもらに「フックト・オン・フォニックス*」を買ってやろうとか、庭にトマトを植えようとか、先のことをいろいろ語り合っているうちに組んずほぐれつが始まって、そのとき彼が急に（なんでこんなことを覚えてるのか自分でも謎だけど）彼女をきつく抱いて髪に顔をうずめて、笑ってるのと切迫した鼻息の中間みたいな、くしゃみみたいな、泣きだす一歩手前みたいなものを髪の中に吹きこんだ。

そのとき彼女は思った。彼がここまで心を許す自分は特別な存在なんだって。

さてと、今夜は何をしようか？　まず子犬をうまいこと売っぱらって、子どもたちを早めに寝かしつけて、帰ってきたジミーが子犬問題にうまく片をつけたあたしを見て、そしたらまた二人でじゃれ合って、そのあと寝そべったまま先のことを語り合って、そしてまたあの人があたしの髪の中に、あの泣き笑いの鼻息みたいのを吹きこんでくれるといい。

なんであの泣き笑いの鼻息がこんなに大事なことに思えるのか、自分でもイミがわからない。これもまた〝あたしという名の神秘〟ってやつ？　なんてね。

外でボーが何かに気づいてぴょこんと立ちあがった。もしかして（待ってました！）電話かけてきたあの女の人の車が着いたとか？

うん、やっぱそうだ。えらく高級そうな車。しまった、「お安くゆずります」なんて広告に書かなきゃよかった。

靴箱の中からきょとんと見あげている子犬を見て、アビーが金切り声をあげた。「かわいいい！　ママ、この子ほしい！」その隙にこの家の女の人は部屋の中をのそのそ歩きまわり、床の敷物から一つ、二つ、三つ、四つ、犬のフンをつまみ上げた。

そうね、うん、子どもたちにとってはまたとない社会見学かもね、ほほ、とマリーは心の中で思った（そこらじゅうのゴミ、カビくさい臭い、干あがった水槽の中になぜか一巻だけ入っている百科事典、本棚に置かれたパスタ鍋からシュールに突き出した、空気でふくらませるキャンディ・ケイン）。たしかにこういうのを見て嫌悪感をもよおすのは簡単だけれど（食卓にのっている車のタイヤ。床のフンの犯人とおぼしき陰気な母犬が、部屋の隅の衣類の山の上に大儀そうにのぼり、脚をだらしなく開いたお座りのポーズでとろんとした恍惚の表情を浮かべている）、でもマリーは気づいた（流しまで走っていって手を洗いたくなるのをぐっとこらえつつ——ただしそれは流しにバスケットボールが入っていたせいもあったけれど）。これは、ただただ痛ましい現実なのだと。

どうかどうかお願いだから何にもさわらないで、と彼女はジョシュとアビーに言ったが、それを頭の中だけにとどめておいたのは、自分が公平でおおらかな母親であるところを二人に見せたかったからだった。最悪あとであの改築中のマクドナルドで手を洗わせればいいし、ああでもどうかどうかその手を口に入れないでね、あと頼むからその手

＊（51ページ）音と映像で学ぶ、子ども向けの読み書き教材セット。

で目をこすらないでちょうだい。

　電話が鳴り、家の女の人がどすどすキッチンのほうに行き、ペーパータオルに包んで捧げ持っていたフンを調理台の上に置いた。

「ママあ、この子飼いたあい」アビーが言った。

「ぼく、ぜったいに日に二度とか散歩させるから」ジョシュも言った。

「〝とか〟じゃないでしょ」

「ぜったいに日に二度散歩させるから」ジョシュが言いなおした。

　オーケイ、つまりプアホワイトの犬をうちの子にするというわけね、ほほ。いっそアメフト選手の名前でもつけて、コーンパイプに麦わら帽でもかぶせようかしら。床の敷物に粗相(そそう)をした子犬がこっちを見上げて**マジやべえ**、と言う図を、マリーは想像した。いえいけない。そういうあなたはどんなご立派なお家(うち)の出なの？　この世に変えられないものなんて一つもない。成長したこの子犬が、家に招いた知人を前にきれいなイギリス英語で言うところを彼女は思い描いた——**私(わたくし)の生家は、まあ、いわゆる非の打ちどころのない家柄というわけではありませんでしたが……**。

　うふふ、人間の脳ってすごいわね、どんなときでもこんな——

　マリーはふと窓のほうに寄っていき、人類学者の手つきでブラインドを横にずらしてみて、愕然(がくぜん)となった。あまりのショックにブラインドを取り落とし、目を覚まそうとするみたいに頭をぶんぶん振った。庭に男の子がいた、ジョシュよりほんの二つ三つ下の子だ、それがハーネスをつけられ鎖で木につながれて、あれ何ていうんだろう、金具が——マリーはもう一度ブラインドを指で下げた。そうよきっと何かの見まちがいに決まって——

男の子が走ると、鎖がくり出される。いま彼はこっちを見ながら走っている、実演してみせているのだ。鎖がいっぱいまで伸びきると男の子はがくんと引っぱられ、撃たれたみたいに地面に倒れた。

それから起き上がってお座りをし、鎖にさからい、鎖をにぎって右に左に振りまわし、それから四つんばいになって水の入ったボウルのところまで行き、それを両手で持って水を飲んだ。犬の餌皿から。

ジョシュが横に来て窓の外を見た。

彼女はそれを止めなかった。

世界は学校の授業とイグアナとニンテンドーだけでできているんじゃないっていうことを、この子も知っておくべきだ。動物みたいにつながれた、こんないたいけな泥まみれの子どもも、この世には存在しているのだ。

彼女は思い出していた。クローゼットから外に出て、脱ぎ散らかした母親の下着と、オレンジ色のびらびらがたくさんついた溝掘り作業員の金属の吊り具を見た日のことを。凍えるほど寒い夜に中学校の門の前に立ち、雪がますます降りしきるなか、こんど二百まで数えて来なかったら家までの遠い道のりを歩きだそうと自分に言い聞かせながら、何度も何度も一から数えなおした日のことを。

ああ、あのとき誰か一人でも心ある大人が母親の肩をつかんで揺さぶり、「あんた正気か？　子どもだぞ、自分の子どもなんだぞ？　それをよくも――」と正面きって言ってくれていたら。そのためだったら、わたしはどんなことだってしただろう。

「じゃあお嬢ちゃんたち、この子にどんな名前をつける？」女がキッチンから戻ってきて言った。

口紅のはみ出した太った顔に、無知と冷酷がありありとにじんでいた。

「申し訳ないけれど、やっぱりやめることにしました」マリーが冷ややかに言った。

とたんにアビーがすごい悲鳴をあげた。けれどもジョシュは――あとでうんとほめてあげよう、なんなら課金アイテムの〈イタリアパン・セット〉を買ってあげてもいい――アビーに小声で鋭く何か言い、そして一家はそそくさとゴミためみたいなキッチンを通り抜け（オーブンの天板の上に置かれた車のクランクシャフトらしきもの、緑色のペンキ缶の中に浮かぶ赤ピーマンのかけら）、その後ろを家の女があわてて追いかけながら、ちょっちょっ待って、じゃあもうタダでもいいわ、お願い持ってってよ、と言った。もらってくれなきゃうちほんとに困るのよ。

いいえけっこう、とマリーは言った。ここで受け取るわけにはいきません。自分でまともに面倒も見られないものを持つべきではないというのが、わたしの考えですので。

「そう」女はそう言って、戸口にだらしなく寄りかかった。その肩の上で子犬がもぞもぞ動いていた。

レクサスに戻ると、アビーがしくしく泣きだした。「あたし、ああいうワンちゃんがずっと欲しかったのに」

たしかにかわいい犬だった。でもあんな状況に、ほんの少しでも加担することになるのはいやだった。

絶対に。

男の子がフェンスのところまで寄ってきた。マリーはまなざし一つで彼に伝えたかった、**ねえ、人生はずっとこのままとはかぎらないわ。あなたの人生だって、ある日とつぜんすばらしくいい方向に変わるかもしれない。本当よ。わたしがそうだったんだから。**

でも、いくらこっそりまなざしを向けたところで——そしてそこにきれいごとを山ほどこめたところで——そんなのはしょせんは無意味なたわごとにすぎない。たったひとつ無意味でないこと、それは児童福祉課への通報だ。あそこのリンダ・バーリングはおそろしく仕事が早い。きっと目にもとまらぬ早わざであの気の毒な子どもをかっさらって、あのデブの母親の目を白黒させるだろう。

キャリーは「ボー、すぐ戻っからね！」とどなってから、子犬を抱いていないほうの手でトウモロコシをかき分けかき分け進み、やがてトウモロコシと空のほかは何も見えないところまで来た。

子犬はあまりにちっぽけで、地面におろされてもその場を動かず、ただ鼻をくんくん鳴らして転ぶだけだった。

いいさ。袋の中でおぼれるのもトウモロコシ畑で飢え死にするのも、そう変わりゃしない。とにかくこれでジミーはあれをやらずに済む。そうでなくともあの人は悩みごとが多すぎる。出会ったころは髪を腰まで伸ばしていた若者が、気苦労であんなにしわしわの年寄りになってしまった。お金は、へそくりの六十ドルがある。あの中から二十ドル渡してこう言おう、「犬を買ってくれた人、すごくいい人たちだったのよ」。

ふりむくな、ふりむくな、ふりむくな、彼女は頭の中でとなえながらトウモロコシのあいだを駆けぬけた。

それからティールバック通りを、痩せるために毎晩ウォーキングしているどこかの奥さんみたいに早足で歩いた。ま、じっさいは痩せのヤの字もないけどね。だいいち、こんなひものほどけたハイキングブーツとジーンズでウォーキングする人なんかいるわけない。は。あたしは馬鹿なんじゃない。ただ選ぶ道をまちがえただけ。シスター・リネットにも言われたっけ、「キャリー、あなたは賢い子なのに、自分のためにならないことばかりしてしまう癖があるわ」。**そうだねシスター、ほんとにそのとおりだったみたい**、頭の中の尼僧(にそう)に向かって彼女は言った。でももういい。いまさらしょうがない。お金のことがもうちょっと楽になったら、ちゃんとしたスニーカーを買って、痩せるためにウォーキングを始めよう。それから夜学に通う。痩せてから。臨床検査技師とか。ほんとは痩せるなんて、たぶん永遠にムリ。でもジミーは今のままのあたしが好きなんだ。あたしも今のままのあの人が好き。それが愛ってものなのかも。ありのままのその人を好きでいて、その人がもっと良くなるように助けてあげること。

げんに今だって、ジミーの気を楽にしてあげるために代わりにあれを――だめ、考えるな。あたしはただ歩いてるだけ、歩いてあれから――

待って、いまあたし何て言った？　すごくいいことを言った気がする。**愛とは誰かをありのままに好きでいて、その人がもっと良くなるように助けてあげること。**

ボーはいろいろ問題ありだけど、あたしはあの子をありのままに愛してるし、あの子が良くなるように助けてあげてる。このままずっと死なないようにしてあげてれば、大きくなるまでに落ちつくかもしれない。そうすれば、いつか結婚して子どもだってもてるかもしれない。今だってほら、庭でじっと動かずに花を見てる。バットをこんこん鳴らして、ごきげんだ。こっちを振り向いて、バットを振ってみせ、いつものあの笑い方をした。きのうあの子はいちにち家に閉じこめられて、ひどく苦しんでた。外に出たくても出られずに、ベッドの中で一日じゅう叫んでた。それが今日はお花をながめてる。誰があの名案を思いついたっていうの？　きのうのあの子を今日こんなに良くした、あの名案を？　うんと愛してなきゃ、こんなこと思いつけやしない。いったい誰が、この世でいちばんあの子を愛してるというの？

あたしだ。
ぜったいに。

スパイダーヘッドからの逃走

I

「注入？」スピーカーからアブネスティの声がした。

「中身は？」おれは訊いた。

「最高にハッピーなやつだ」と彼が言った。

「オーケー。承認する」おれは言った。

アブネスティがリモコンを操作した。おれのリモートパック™がかすかに振動した。

やがて室内庭園がすごくきれいに見えだした。何もかもが超クリアに見える。

おれは感じたことをそのまま口に出して言った。そうする決まりになっているのだ。

「庭がすごいきれいだ」そう言った。「超クリアっつうか」

アブネスティが言った。「ジェフ。言語中枢をちょっとパワーアップしてみてもいいだろうか」

「いいよ」とおれは言った。

「注入を？」

「承認」

注入液にボキャブラリン™が追加されると、じきにおれは感覚は同じまま、それを表現する能力だけが向上しはじめた。庭はあいかわらずきれいだった。植え込みがぐっと凝縮され、日光があらゆるものを際立たせてる、みたいな。今にもヴィクトリア朝の人々がティーカップ片手に現れそうな、というか。あたかもこの庭が人間の意識の中に恒久的に自生している内なる夢を具現化したかのような。あたかも、目の前のこの現代的な小景の中に、突如として古代より連なる道筋が現れ、今にもそこを通ってプラトンとその同時代人がこちらに歩み出てくるかのような。すなわち、おれは刹那的なものの中に永遠を見ていた。

そんな思考と心地よく戯れているうちに、ボキャブラリン™の効力が薄れてきた。すると庭はふたたび、ただきれいなだけに戻った。茂みが、えーとなんだっけな。ただそこに寝っころがって日の光を浴びて楽しいことだけ考えてたくなるような感じっていうか。うまく言えないけど。

やがて注入液に入っていたほかの薬も切れはじめ、庭はもう特別よくも悪くも感じられなくなった。ただ口の中がからからなのと、ボキャブラリン™から覚めたあとの、いつものあの腹の中の変な感じが残った。

「この薬の何がすごいかというとだね」とアブネスティが言った。「たとえば夜どおし境界線を警備しなければならない人なんかがいるだろう。あるいは、学校に子供を迎えに行って待つあいだがひどく退屈な人とか。そんなとき、周りにちょっとした自然さえあれば？　あるいは二交代制で勤務しなければならない森林警備員なんかはどうだ？」

「すごいだろうな」とおれは言った。

「今のはＥＤ７６３だ」とアブネスティは言った。「商品名は〈ネイチャー・ハイ〉というのを考えている。〈アース・アドマイア〉もいいかもしれない」

「どっちもいいよ」とおれは言った。

「ご協力に感謝するよ、ジェフ」

彼のいつものセリフだ。

「あとたったの百万年さ」

おれもいつものセリフを返した。

するとと彼が言った。「ではジェフ。室内庭園を出て、〈小ワークルーム２〉に行ってくれたまえ」

II

〈小ワークルーム2〉にいると、色の白いひょろっとした女の子が入ってきた。

「どう思う？」スピーカーからアブネスティの声がした。

「おれに聞いてんの？」とおれは言った。「それともこっち？」

「どっちもだ」アブネスティが言った。

「うん、まあ可愛いと思うよ」とおれは言った。

「いいんじゃない」と彼女は言った。「ふつうっていうか」

アブネスティは、互いをもっと数値化できる形で評価するようにおれたちに言った。どの程度美しいかとか、どの程度セクシーかとか。

その結果、おれたちは互いをだいたい平均的に好きだということがわかった。特別いいとも思わないかわりに、すごくいやってわけでもない。

アブネスティが言った。「ジェフ、注入いいか？」

「承認」とおれは言った。

「ヘザー、注入？」彼が言った。

「承認」ヘザーも言った。

そしておれたちは、何が始まるんだろ？みたいに顔を見合わせた。

何が始まったかというと、ヘザーが急にむちゃくちゃきれいに見えだした。彼女もおれのことを同じように思っているのがわかった。あまりに突然だったので、おれたちはなんだか笑ってしまった。こんなにキュートな人が目の前にいるのに、なんで今まで気がつかなかったんだろう？　うまい具合に部屋にはカウチが一つあった。どうやらおれたちの注入液の中には治験中のやつに加え、羞恥心をほとんどゼロにするＥＤ５５６も入っていたらしい。おれたちはさっそくカウチの上でヤりはじめた。最高にセクシーなバイブスが二人のあいだに流れていた。しかもただエロいだけじゃなかった。いやエロいんだけど、なんていうか、運命って感じがした。子供のころからずっと夢みてた理想の女の子がいきなりこのワークルームに現れた、みたいな。

「ジェフ」アブネスティの声がした。「きみの言語中枢を強化する許可をもらいたい」

「ああ、いいよ」おれは彼女の下になりながら言った。

「注入を？」

「承認」

「あたしもなんでしょ？」ヘザーが言った。

「ご明察」アブネスティが笑いながら言った。「注入？」

「承認」ヘザーがあえぎあえぎ言った。

注入液に加わったボキャブラリン™の効果はすぐにあらわれ、おれたちは最高のファックをしながら雄弁に語りだした。さっきまで月並みなセックス語を口走っていたおれたちが（「ああ」とか「もっと」とか「いい」とか）、いま感じていること考えていることを、八〇パーセント増強された語彙を駆使して細密に実況しはじめた。こうして明確に言語化されたおれたちの思考は記録され、データとして分析されることになっていた。

そのときおれの脳内で起こっていたことを言葉にすると、おおむねこうなる‥たったいま、自分の心の奥底の欲望から直接この女性が形作られるところを目の当たりにしている——その気づきは徐々に歓喜の驚きに変わっていった。何十年と待ちつづけて（そのときは思った）、ついに望みうるすべてをそのまま人の形にしたような最高の肉体／顔／精神の組み合せにめぐり会ったのだ。彼女の唇の味わいも、ふっくらと愛らしくも小悪魔めいた顔のまわりに後光のように広がる（こんどは彼女がおれの下になって脚をたかだかと上げていた）ブロンドがかった髪も、彼女の（これはけっして下品な意味でも、この至高の体験を貶めるものでもないと信じるが）彼女のなかをふかぶかと貫くおれのペニスにヴァギナがもたらすぞくぞくするような感触も、すべては——今の今まで自分がそんなものを渇望していたことに気づいていなかったにもかかわらず——生まれてこのかたずっとおれが渇望していた、まさにそのとおりのものだった。

あるいはこうも言える。一つの欲望が喚起され、それと同時進行でその欲望の充足もまた喚起されていった。それは譬えるなら（a）いまだかつて味わったことのない味覚への尽きせぬ願望があり、（b）その願望がほとんど耐えがたいまでに高まったその瞬間、（c）気づくとまさにその通りの味覚をもたらす一片の食べ物がすでに口中にあり、当該の願望が完璧に満たされていることを知るような。

おれたちの発する言葉の一つひとつ、挑む体位の一つひとつが、同じ真実を繰り返し証明していた。おれたちは太古の昔から互いを知っている、おれたちはまぎれもないソウルメイトだ、これまでに幾度となく転生を繰り返しては出会いそして愛し合ってきたし、これからも幾度となく転生を繰り返して出会いそして愛し合うだろう、そして何度でも人知を超えた同じ忘我の境地に達するのだ、と。

やがていわく形容しがたい、だが非常にリアルな意識の変容が起こり、ある種の非言語的心象風景としか言いようのない一連の夢幻がつぎつぎと眼前に立ち現れはじめた。それらは一度も訪れたことのない場所の漠然とした脳内イメージで（高くそびえる雪山にいだかれた松林の谷、袋小路（カル・デ・サック）の奥にたたずむ山荘風の家、その庭に野放図に生い茂るドクター・スースの絵本に出てくるような寸詰まりの奇妙な木々）、一つの風景が現れるごとに心の深い部分に眠る渇望がまたあらたに呼び覚まされ、それら無数の渇望はやがて合体し束ねられ、ついには核となる一つの渇望に収斂（しゅうれん）していった――ヘザーへの、ヘザーただ一人への焼けつくような渇望に。

この心象風景現象は、三度目（！）のまぐわいの際に最も顕著にあらわれた（どうやらアブネスティはおれの注入液にエレクチオ™まで仕込んでいたらしい）。

事後、われわれの口からは言語学的複雑さと豊穣な比喩（ひゆ）をともなって、高らかな愛の讃歌が同時にとめどなくほとばしり出た。言うなれば、そのときわれわれは二人（ふたり）の詩人だった。おれたちは体をからみあわせたまま、一時間ちかくも誰にもじゃまされることなく横たわっていた。まさに法悦、至福の時だった。充足はいつかは萎（しお）れてその下から新たな餓（かつ）えの新芽をのぞかせるのが常なのに、そうはならない充足が、奇跡のようにそここにはあった。

おれたちは性交時の熱意と激情に引けをとらない熱意と激情でもって、事後のいちゃつきを行った。なんとなれば事後のいちゃつきは、性交それ自体に比して何ら遜色のない営みだったからだ。おれたちは二匹の子犬がじゃれつくように、死の淵から生還した人とそれを出迎えるきょうだいのように、超親密に互いの体に触れ合った。何もかもがしっとりと潤み、浸透性に富み、はっきりと言葉にできた。

やがて薬の効果が切れはじめた。アブネスティがエレクチオ™を止めたんだろうか。ついでに羞恥心を抑えるやつも？　とにかく、すべてが〝しぼみ〟はじめた。おれたちは急にばつが悪くなった。でもまだ愛はあった。おれたちは何とか会話を続けようとした。ボキャブラリン™が切れたあとに来るこの場面は、いつもえらく気まずい。

それでも彼女の目を見れば、まだおれに愛を感じてくれているのがわかった。

そしておれもまちがいなく彼女にまだ愛を感じていた。

だって当然だろ？　三回もヤッたんだぜ？　セックスのことをなんで〝メイク・ラブ〟って言うと思うんだ？　おれたちはたったいまそれを三回も作（メイク）ったんだ。つまり、愛（ラブ）を。

するとアブネスティが言った。「注入？」

マジックミラーの向こうに彼がいたことを、おれたちは今の今まで忘れていた。

おれは言った。「いや、必要ないよ。いま二人ともすごくいい感じなんだけどな」

「きみたちにはスタートラインに戻ってもらわねばならない」と彼は言った。「今日はまだまだやってもらうことがあるんでね」

「くそ」おれは言った。

「ちぇ」彼女も言った。

「注入を?」アブネスティが言った。

「承認」おれたちは言った。

すぐに何かが変わりはじめた。もちろん彼女はわるくなかった。シュッとした色白の女の子。でもそれだけだった。彼女もおれのことを同じように思っているのがわかった

——さっきまでのあれ、一体なんだったわけ?

ちょ、なんでおれたち裸なの? 二人ともあわてて服を着た。

恥ずかしいなんてもんじゃない。

おれがこの子を愛してた? この子がおれを愛してた?

はっ。

ないわ。

やがて彼女の退出時間になった。おれたちは握手した。

彼女は出ていった。

昼食が来た。トレイにのって。スパゲッティとチキン。

どえらく腹ぺこだった。

昼休みのあいだ、おれはずっと考えた。妙な感じだった。たしかにヘザーとヤッた記憶はあったし、彼女にああいう気持ちになったことも、彼女に言ったこともぜんぶ覚えていた。喉だってまだヒリヒリしてた。言いたいことが山ほどあって、それを猛烈な速さでまくし立てずにいられなかったから。でも、気持ちのほうはどうだ？　なあんにも、残っちゃいなかった。

ただアブネスティの見ている前で三回もヤッちまった、そのこっ恥ずかしさで顔から火が出そうなだけだった。

III

昼休みが済むと、ちがう女の子が入ってきた。

今度もそこそこって感じだった。髪は黒。まあまあの体つき。特にどうってことはない。ちょうどヘザーが最初にこの部屋に入ってきたときにそうだったみたいに。

「レイチェルだ」スピーカーからアブネスティの声がした。「レイチェル、こちらジェフ」

「どうも」おれは言った。

「ハイ」レイチェルも言った。

「注入?」アブネスティが言った。

おれたちは承認した。

すごく既視感のある変化が起こりはじめた。レイチェルが急にめちゃくちゃきれいに見えだした。アブネスティがボキャブラリン™でもっておれたちの言語中枢を増強する許可を求めた。おれたちは承認した。たちまちおれたちはウサギみたいにさかり始め、そしてたちまち異常に表現力豊かな実況魔と化して互いへの愛を語りだした。今度もまたある感覚がわきおこるのと同時進行で、その感覚への渇望がわきおこった。じきに記憶の中のヘザーの唇の完璧な味わいは、いま感じている、ヘザーのより何倍も魅力的なレイチェルの唇の味わいによって上書きされた。かつて味わったことのない感情が胸に去来したが、かつて味わったことがないにもかかわらず、それらは(と、おれは意識のどこかで感知していた)ついさっきヘザーに抱いたのとそっくり同じ感情だった。だがヘザーは今となってはただの無価値な器でしかなかった。レイチェルこそが運命の人だった。しなやかな腰のくびれ、声、むさぼるような口/手/性器――彼女のすべてが理想だった。

おれは心からレイチェルを愛していた。

そうするうちに、また一連の風景幻影(前出)が現れた。さっきと同じ松の渓谷、同じ山荘風の家、そして場所への憧憬が一人の女性(今度はレイチェル)への憧憬へ変容していく、あの感覚。激しく熱烈な性行為を続けるうちに、しだいに強度を増していく甘やかなゴムひもとでも言うべきものが胸のあたりに生じて、それによって互いに結びつけられつつ前へ前へと駆り立てられながら、われわれは熱狂的に（かつ精確に、詩的に）思いのたけを囁きあった――われわれはずっと前から互いを知っていた、永久の昔から。

今度も性交回数は計三回だった。

そして、ふたたびまたあの〝しぼみ〟がやって来た。おれたちの会話はだんだん最高な感じじゃなくなってきた。単語数は減り、文章も短くなった。それでも愛はまだそこにあった。おれはレイチェルを愛していた。彼女のすべてが最高だった、ほっぺたの大きなホクロも、黒い髪も、「ウーン、これって最高」みたいにときおりお尻をもぞもぞよじる、その動きも。

「注入？」アブネスティが言った。「そろそろスタートラインに戻ってもらうよ」

「承認」レイチェルが言った。

「や、ちょっと待ってくれ」とおれは言った。

「ジェフ」アブネスティが苛立ちをにじませて言った。その声は暗にこう言っていた――忘れるなよ、ここでのお前に自由などないんだ、お前は罪を犯して服役中の身なんだからな。

「承認」おれはそう言って、レイチェルにもう一度だけ愛のこもったまなざしを向けた。これが彼女に送る最後の愛のまなざしになると（彼女はまだ知らないだろうが）、わかっていたから。

やがて彼女はごく普通の女に戻り、おれも彼女にとってごく普通の男に戻った。ヘザーのときと同様、レイチェルもばつが悪そうだった——さっきのあれは何だったわけ？　なんでこんなミスター平凡にあんなに熱をあげちゃったんだろう？

おれが彼女を愛してる？　彼女がおれを愛してる？

あり得ねえ。

彼女が出ていく時間になって、おれたちは握手をした。

何度も体位を変えたせいで、腰のリモートパック™を埋めこんであるあたりがひりひりした。それにひどくくたびれていた。プラス、すごく悲しかった。何がそんなに悲しい？　おれは立派に男だったじゃないか。一日に二人の女と全部で六回もヤッたんだぜ？

それでも正直、言葉じゃ言えないくらい悲しかった。

愛が本物じゃなかったのが悲しいのか？　すくなくとも、あのとき思ったほど本物じゃなかったのが？　たぶん、あんなにリアルに思えた愛が、あっと言う間に消えてしまったことが悲しかったんだ。そしてそれがみんなアブネスティのしわざだということが。

IV

軽食のあと、アブネスティに管制室（コントロール）まで来るように言われた。管制室はクモの頭に似ている。そこから延びる何本もの脚が、おれたちのワークルームだ。おれたちはときどきそこに呼ばれて、クモの頭の中にいるアブネスティといっしょに仕事（ワーク）をする。スパイダーヘッド、とおれたちはその部屋のことを呼んでいた。

「座ってくれ」とアブネスティは言った。「〈大ワークルーム1〉を見てほしい」

〈大ワークルーム1〉に、ヘザーとレイチェルが並んで座っていた。

「覚えてるか？」と彼が訊いた。

「はっ」とおれは言った。

「さてと」と彼が言った。「きみに一つ決めてもらいたい。これはちょっとしたゲームだ。このリモコン、わかるね？　こっちのボタンを押すとレイチェルにダークサイドX™が注入される。そしてこっちのボタンを押すとヘザーにダークサイドX™が行く。わかったか？　さ、選べ」

「二人のリモートパック™の中にダークサイドX™が入ってるってのか？」とおれは言った。

「きみたち全員のリモートパック™にダークサイドX™が入っているんだよ、馬鹿だな」アブネスティが親しみをこめて言った。「ヴェルレーヌが水曜日に仕込んでおいた。今日のこの実験をやるのを見越してね」

おれはすごくいやな気持ちになった。

ためしに、今までの人生で経験した一番最悪な気分のことを思い出してみてほしい。つぎにそれを十倍する。それでもまだダークサイドX™で味わわされる最悪な気分の足元にもおよばない。たぶんデモ的にだろう、おれたちもオリエンテーションでこれをちらっと注入された。いまアブネスティのリモコンにセットされてるのの三分の一の量だったが、それでもあんな地獄みたいな気分は味わったことがない。全員が頭を抱え、こんなことなら生まれてこなければよかった、みたいな感じでただひたすらうめいてた。

あのときのことは、もう思い出すのもかんべんだ。

「さあジェフ、どうする?」アブネスティは言った。「ダークサイドX™をくらうのはレイチェルかな? それともヘザーかな?」

「決められない」とおれは言った。

「だめだ、決めるんだ」彼が言った。

「ムリだ」とおれは言った。「ほんとに五分五分なんだ」

「つまりきみの決定は完全にランダムだと感じるわけだ」

「ああ」

マジでその通りだった。どっちだっていっしょだった。おれの代わりにあんたをこのスパイダーヘッドに呼んで選ばせるのと変わらない——〝この見ず知らずの二人の人間の、どちらに死の影の谷を歩ませたい?〟

「あと十秒」アブネスティが言った。「私たちは残存好意の有無について知りたいのだよ」

どっちも好きなわけじゃなかった。誓って、どっちの子にも完璧に無の感情しかわかなかった。ヤッたどころか、会ったこともないぐらいの感じだった（つまり連中はほんとにみごとにおれをスタートラインに戻したってわけだ）。

けれどもダークサイドX™を一度経験した身としては、誰もあんな目に合わせたくはなかった。あんまり好きじゃない相手でも、いや大嫌いな人間でさえ、あんな目に合わせるのはいやだった。

「五秒」アブネスティが言った。

「ほんとに決められないんだ」おれは言った。「マジで五分五分なんだよ」

「本当か？」と彼が言った。「わかった。じゃあヘザーにダークサイドX™を投与しよう」

おれは黙っていた。

「いや待てよ」とアブネスティが言った。「やっぱりレイチェルにしよう」

やっぱり黙っていた。

「ジェフ」と彼は言った。「負けたよ。たしかにきみの言うように完全に五分五分のようだ。本当にどちらか一方を好きということはないんだな。よくわかった。したがって、もうこれもやる必要はなくなった。さて、われわれがこれで何をなし遂げたかというとだね？――きみの協力のもと、世界で初めて、このＥＤ２８９／２９０のセット――というのが今回の治験薬だったんだが――それを使って？　ジェフ、訊くが、きみはきょう人を愛したね。それも二度。そうだろう？」

「ああ」とおれは言った。

「しかも大変な熱愛だった」と彼は言った。「二度とも」

「言わすなよ」とおれは言った。

「だが今のきみは両者に対して何の好意も示さなかった」と彼は言った。「すなわち、あれだけの深い愛情が二度とも跡形もなく消滅したわけだ。きみはきれいさっぱり洗い清められた。天高く舞いあがり、ついで地上に引き戻され、そしていまや感情の上ではこの実験が始まる前と寸分たがわぬ人間としてここに座っているというわけだ。これはすごいことだ、革命だよ。われわれはついに永遠の神秘の鍵を開けたのだ。これで世界は劇的に変わるだろう。たとえば、誰のことも愛せないという人がいる。だがもう大丈夫。これさえあれば愛せるようになる。あるいは誰かを愛しすぎてしまう人や、保護者にとって好ましからざる相手を愛してしまった人。そんな問題もたちどころに解決だ。愛のせいで心がブルーだ？　われわれが、あるいは保護者がちょいと手を加えれば、ブルーな気分ともおさらばだ。感情コントロールの面において、人類はもはや二度とあてどなく海をさまよう船ではなくなる。一人のこらず。漂流船を見つけしだい、われわれが乗り込んでいって舵を取りつける。そしてその人を愛の方角へ導いてやる。あるいは愛から遠ざけてやる。『必要なのは愛だけ（オール・ユー・ニード・イズ・ラブ）』？　これからはＥＤ２８９／２９０があるさ！　戦争も止められるんじゃないかって？　まちがいなくブレーキはかけられるだろうね。とつぜん敵どうしの兵士がヤりはじめるんだ。低用量で使えば、互いに超友好的になるだろう。あるいは二人の独裁者の対立が、まさに一触即発の危機的状況になったとする。もしもＥＤ２８９／２９０をうまく錠剤の形にできれば、こっそりそれぞれの飲み物に混入する。あっと言う間に二人は互いの口をむさぼりあい、平和のハトが二人の軍服の肩章にフンをするだろう。もちろん用量しだいじゃ、ただのハグにとどめることもできる。われわれのこの偉業を、誰が手助けしてくれたと思う？　ジェフ、きみだよ！」

　その長広舌のあいだじゅう、〈大ワークルーム１〉ではレイチェルとヘザーがぼんやり座っていた。

「お二人ともご苦労さん、もういいよ」アブネスティがスピーカーごしに言った。

　二人は出ていった。自分たちがあとちょっとでダークサイドX™をやられるところだったとは、夢にも気づかないまま。

　ヴェルレーヌが二人を裏口から――つまりスパイダーヘッドを通らずに裏通り経由で――外に連れ出した。〝通り〟といっても実際はじゅうたん敷きの通路で、その先におれたちの居住房エリアがある。

「考えてみろ、ジェフ」とアブネスティが言った。「きみの運命の夜に、もしこのＥＤ

289／290の恩恵を受けていればどうなっていたか？」

正直、アブネスティが事あるごとにおれの〝運命の夜〟を持ち出すのには、もういいかげんうんざりだった。

あれについちゃ、やった瞬間に後悔してたし、時間とともにますます後悔してる。それをこんな具合に何度もイヤミったらしく聞かされると、後悔どころか逆に奴にムカつきの気持ちがわいてくる。

「もう寝たいんだけどな」とおれは言った。

「だめだ」とアブネスティは言った。「まだまだ寝かせるわけにはいかない」

彼の指示で〈小ワークルーム3〉に行くと、知らない男が一人座っていた。

V

「ローガンだ」そいつは言った。

「ジェフ」おれも言った。

「どうだい調子は」彼が言った。

「ぼちぼちかな」おれも言った。

それからおれたちは、緊張したまま長いこと黙って座っていた。

今にもローガンとむちゃくちゃにヤりたい気分が襲ってくるんじゃないかと、おれはずっと身構えていた。

でもそうはならなかった。

そのまま十分くらい経った。

ここにはけっこう強面（こわもて）の連中も多い。ローガンは首のところにネズミのタトゥーがあった。ネズミがナイフで刺されて泣いている。だがそいつは涙を流しながら自分よりもっと小さいネズミをナイフで刺していて、刺された奴はただびっくりしている。

やっとスピーカーからアブネスティの声がした。

「二人ともご苦労さん、もういいぞ」

「はあ？　何だったんだよ」とローガンが言った。

いい質問だよなローガン、とおれは心の中で言った。なぜおれたちはただじっと座らされてたのか？　さっきヘザーとレイチェルがじっと座らされてたみたいに？　そこでおれはピンときた。それが当たりかどうか確かめるために、おれは急に向きを変えてスパイダーヘッドに飛びこんだ。アブネスティはいつもそこの鍵をわざとかけなかった。自分がいかにおれたちを信頼し、かつ少しも恐れてないかを見せつけるためだ。

さて、誰がそこにいたと思う？

「ハイ、ジェフ」へザーが言った。

「ジェフ、出ていきたまえ」アブネスティが言った。

「ヘザー。もしかしてあんた、おれとローガンとどっちにダークサイドX™を注入するか決めろってアブネスティさんに言われたんじゃないのか」

「そうよ」ヘザーは言った。アブネスティが彼女を黙らせようとすごい目つきでにらみつけてるのに本当のことを言ったところをみると、どうやらオネストーク™を注入されているらしい。

「ひょっとして、さいきんローガンとヤらなかったか?」とおれは言った。「おれの他に? そしておれのときみたいに、奴のことも愛した?」

「うん」彼女は言った。

「ヘザー」とアブネスティが言った。「そろそろ口にフタをしたほうがいいぞ」

ヘザーはフタを探してきょろきょろした。オネストーク™をやると比喩が通じなくなるのだ。

居住房にもどって、おれは頭のなかで計算してみた。ヘザーはおれと三回ヤッた。たぶんローガンとも三回ヤッたはずだ。実験の整合性の観点から、アブネスティはおれとローガンに同量のエレクチオ™を投与したにちがいないからだ。

だが実験の整合性ということで言うなら、データの対称性につねにこだわるアブネスティのことだ、もう一つ確かめなきゃならないことがあるはずだった。つまり、奴はレイチェルにも、ローガンとおれとどっちにダークサイドX™を注入するか決めさせるんじゃないのか。

小休止のあと、それが図星だったことがわかった。おれはまたぞろ〈小ワークルーム3〉で、ローガンと並んで座らされたのだ！

今度もおれたちは口もきかずにじっと座っていた。その間ずっとローガンは小さいほうのネズミを手でいじっていて、おれは奴の目を盗んで、その様子をちらちらうかがっていた。

しばらくして、またスピーカーからアブネスティの声がした。「二人ともご苦労。もういいぞ」

「聞くけどさ」おれは言ってみた。「そこにレイチェルもいるんじゃないのか」

「ジェフ。よけいな詮索はやめてもらおう」アブネスティが言った。

「そしてレイチェルは、おれにもローガンにもダークサイドX™をやらなかったんだろ？」

「ハイ、ジェフ！」レイチェルの声がした。「ローガンも、ハイ！」

「ローガン」とおれは言った。「あんた、ひょっとして今日レイチェルとヤッたか？」

「おう、がっつりな」とローガンは言った。

頭がくらくらした。レイチェルはおれとローガンの両方とヤッた。ヘザーもおれとローガンの両方とヤッた。で、ヤッた人間全員が全員を本気で愛し、それからきれいさっぱり忘れたってのか？

なんてトチ狂ったプロジェクトなんだよ、これは！

そりゃ、今までだってトチ狂ったプロジェクトはいろいろあった。音楽がものすごく美しくリアルに聞こえる薬を注入されて、ショスタコーヴィチが流れだしたとたん部屋の中を本物のコウモリが舞いはじめたこともあったし、腰から下の感覚が完ペキになくなって、偽物(ダミー)のレジに十五時間ぶっ続けで立ったまま、なぜか突然ものすごく複雑な割算を暗算でできるようになったこともあった。

だが今までにやったいろんなトチ狂ったプロジェクトのなかでも、今度のトチ狂い度はケタはずれだった。

明日はいったいどうなるのか、考えただけでこわかった。

VI

だが、まだ今日は終わっていなかった。

おれはまたしても〈小ワークルーム3〉に呼ばれた。座っていると、見たことのない男が入ってきた。

「やあ、キースだよ!」男はおれに駆けよると、手をさし出した。背の高い、南部なまりのさわやかイケメンで、髪は波うち、白い歯がまぶしかった。

「ジェフ」とおれは言った。

「会えてうれしいよ！」とキースは言った。

それからおれたちはしばらく無言だった。キースのほうをチラ見すると、そのたびに彼は白い歯を見せて、〝まったくおかしな仕事だよな？〟みたいな感じで苦笑まじりに首をふった。

「なあキース」とおれは言った。「ひょっとしてだけど、レイチェルとへザーって女の子と会ったことないか？」

「もちろんあるさ」キースは言った。とたんに彼の歯がニヤついた感じになった。

「でもって、レイチェルともへザーとも三回ずつヤらなかったか？」とおれは言った。

「おいおい、テレパシーかなんかか？」キースは言った。「あんた、ぶったまげたな！シャッポをぬぐよ！」

「ジェフ。われわれの実験データの信頼性をワヤにするのはやめてもらおうか」アブネスティが言った。

「てことは、レイチェルかへザーのどっちかがスパイダーヘッドにいるんだな」とおれは言った。「で、決めろと言われている」

「決める？　何を？」キースが言った。

「おれとあんたのどっちにダークサイドX™を注入するかだよ」

「げげ」キースが言った。彼の歯が急に青ざめた。

「大丈夫」とおれは言った。「彼女は選ばないさ」

「彼女って?」とキースが言った。

「あの中にいる子だよ」とおれは言った。

「二人ともご苦労、もういいぞ」アブネスティの声がした。

短い休憩のあと、キースとおれはまた〈小ワークルーム3〉に呼ばれ、レイチェルだかへザーだかがおれたちのどっちにもダークサイドX™をやれないと言うまでのあいだ、じっと座っていた。

自分の房にもどって、おれは誰が誰とヤッたかを図にしてみた——

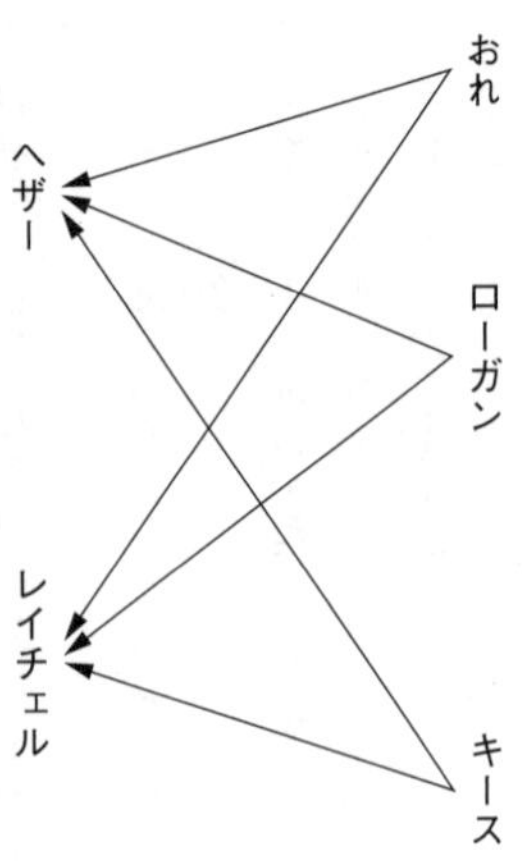

アブネスティが入ってきた。

「きみの姑息（こそく）な茶々入れはあったものの」と彼は言った。「ローガンとキースもきみとまったく同じ反応を示した。レイチェルとヘザーもだ。みな、ぎりぎりのところで誰にダークサイドX™をやるかを決められなかった。実にすばらしい。これがどういうことかわかるか？　なぜすばらしいのか？　つまりＥＤ２８９／２９０がホンモノだということだよ。これがあれば、愛を作るも消し去るも自由自在だ。もうそろそろ商品名を考えはじめてもいいんじゃないかと思っている」

「女の子たち、一日に九回もヤッたのか？」おれは言った。

「〈ピース４（フォー）オール〉」と彼は言った。「あるいは〈ラブ・ブースター〉。どうした怒った顔して。ごきげん斜めか？」

「なんかバカ見たみてえな気分だ」とおれは言った。

「きみのそのバカ見たみてえな気分は、どっちかの女の子にまだ愛情が残っているからなのか？」と彼は言った。「これはぜひとも訊いておかねばならない。怒りか？　独占欲？　それとも性的欲求がまだ残っている？」

「ちがう」とおれは言った。

「本当にムカついていないと言い切れるか？　きみが本気で愛を感じた相手の女がそのあと他の男二人ともヤリ、あまつさえきみに感じたのと質量ともに同等の愛をそいつらにも感じたんだぞ？　あるいはレイチェルの場合は、先にローガンに感じたのと同じ愛をその後きみにも……いやローガンだと思ったがな。キースが最初だったかな。で、二番目がきみ。どうもそのへんの順番がうろ覚えだ。まあ調べればわかることだ。とにかく、それについてじっくり考えてみたまえ」

おれはそれについてじっくり考えてみた。

「いや全然」

「まあ、調べなければならないことは山ほどある」と彼は言った。「さいわいすでに夜だ。今日はここまでとしよう。何か言っておきたいことはあるか？　何か思っていることとかは？」

「ちんこがひりひりする」とおれは言った。

「ま、無理もないな」と彼は言った。「だが女の子たちの身にもなってみろ。ヴェルレーヌになにかクリームを持たせよう」

すぐにヴェルレーヌがなにかクリームをもってやって来た。

「よう、ヴェルレーヌ」とおれは言った。

「やあ、ジェフ」と彼は言った。「自分で塗るか、それとも塗ってほしいか？」

「自分でやるよ」

「そうか」

内心ほっとしているようだった。

「痛そうだな」と彼が言った。

「すごくな」とおれは言った。

「だがその時はすごく良かったんだろう?」と彼が言った。

一見うらやましがってるような口ぶりだったが、おれのちんこを見ている奴の目を見れば、全然うらやましがってなんかないのは明らかだった。

そのあと、おれは死んだように眠った。

比喩で。

VII

次の朝、まだ寝ていたところをアブネスティのスピーカーの声に起こされた。

「きのうのことを覚えているか?」と彼が言った。

「ああ」おれは言った。

「きのう私は、どっちの女にダークサイドX™をやりたいかきみに訊いた」と彼は言った。「そしてきみはどっちにもやりたくないと言った、そうだったな?」

「そうだ」とおれは言った。

「私はそれで充分だったんだが」と彼が言った。「〈治験委員会〉にとってはそれでは不足だったらしい。〃ケツペキ(アナルティ)派の三騎士〃が満足しなかったのだ。すぐにこっちに来てくれ。これからちょっとした追試をしなくちゃならない。ぞっとしないがな」

おれはスパイダーヘッドに入った。

〈小ワークルーム2〉に、ヘザーが座っていた。

「さてと」とアブネスティが言った。「今までは、私がきみにどっちの女にダークサイドX™をやりたいかと訊ねていたわけだが、それでは主観的すぎると〈治験委〉に言われてね。そこで今から、きみが何と言おうと彼女にダークサイドX™を注入する。そしてきみが何を言うかを調べることにした。きのう同様、きみの注入液には——ヴェルレーヌ。ヴェルレーヌ? どこにいる。聞こえてるか? あれなんだったっけな? そこに指示書はあるか?」

「ボキャブラリン™、オネストーク™、チャットイージー™」ヴェルレーヌがスピーカーごしに答えた。

「それだ」とアブネスティは言った。「で、ジェフのリモートパック™は補充したか? 量は足りているか?」

「しました」とヴェルレーヌが言った。「寝てるあいだにやっときました。やったことも報告したはずですがね」

「女のほうはどうだ?」アブネスティが言った。「彼女のリモートパック™も補充したか? 量は足りているか?」

「補充するとこ、横に立って見ていたでしょう、レイ」とヴェルレーヌが言った。

「すまない」アブネスティがおれに言った。「今日はちょっとピリピリしているんだ。

きつい一日になりそうなんでね」

「ヘザーにダークサイドX™をやらないでほしい」おれは言った。

「ほほう」と彼は言った。「それは彼女を愛しているからか？」

「そうじゃない」とおれは言った。「誰にもダークサイドX™をやってほしくないんだ」

「気持ちはわかるよ」と彼は言った。「美しいな。だが言わせてもらおうか。今回の追試は、きみの希望をかなえるのが目的か？　そうは思えん。ヘザーがダークサイドX™をやられるのを見てきみが何を言うのか、それを調べるのが目的だ。時間は五分。たった五分の辛抱だ。では始めよう。注入？」

　おれは「承認」を言わなかった。

「ジェフ、これは名誉なことなんだぞ」とアブネスティは言った。「われわれがローガンを選んだか？　キースを選んだか？　否。われわれは、きみの語りがデータの要求する水準に合致すると考えたのだ」

　おれは「承認」と言わなかった。

「なぜそうへザーをかばう？」アブネスティは言った。「これでは彼女を愛していると疑われても仕方がないぞ」

「ちがう」おれは言った。

「きみは彼女がどういう人物だか知っているのか？」と彼は言った。「もちろん知らんだろう。法律の壁があるからな。彼女の過去は酒と、チンピラと、赤ん坊殺しにまみれていたのか？　私の口からは何も言えない。ラッシーという名前のワンちゃんや、いつも聖書を引き合いに出す敬虔な家族や、昔ながらの暖炉のそばで暑さに何度も体の向きを変えながらレース編みに精を出すお祖母ちゃんや、そんなものとは縁もゆかりもない粗暴で自堕落な人生だったと、遠回しにほのめかすことは許されるか？　もし私の知るヘザーの過去の行状をきみも知ったら、この女にちょっとのあいだだけ悲しみ、吐き気、そして／あるいは恐怖を味わわせるくらい、そう悪いことじゃないと思うはずだと、私の口から言えるだろうか？　ノーだ」

「やめてくれ」とおれは言った。

「なあ、私のことは知っているだろう」と彼は言った。「私には何人子供がいる？」

「五人」とおれは言った。

「名前は？」彼が言った。

「ミック、トッド、カレン、リサ、フィービー」おれは言った。

「私は血も涙もない鬼か？」と彼は言った。「私がきみらの誕生日を忘れたことがあったか？　どこかの誰かがインキンになったとき、日曜日なのに薬局まで車を飛ばしてポケットマネーで薬を買ってきてやったのはどこの誰だったっけ？」

　たしかにあのときは世話になったが、いまそれを持ち出すのはフェアじゃない。

「ジェフ」とアブネスティは言った。「私に何を言わせたいのかね？　きみが金曜日を失うことになると、私に言ってほしいのか？　言うのは簡単だぞ？」

これは反則技だ。金曜日がおれにとってどれほど大事か、アブネスティはようく知ってるのだ。おふくろとスカイプで話せるのが金曜日なのだ。

「いま何分間もらっている？」アブネスティが言った。

「五分」

「それを十分にしてやると言ったら？」

スカイプの終わりぎわ、おふくろはいつものすごく悲しそうな顔をした。おれが逮捕されて、おふくろは打ちのめされた。裁判もおふくろのライフを削った。おれをほんとの刑務所からここに移すために、おふくろは虎の子の貯金を使いはたした。おれがガキのころ、おふくろの髪は茶色で腰までの長さがあった。裁判のあいだに、それがばっさり短くなった。そのうちに灰色になった。今じゃもう、帽子サイズの白いものが頭のてっぺんにぽわぽわのってるだけだ。

「注入を？」アブネスティが言った。

「承認」おれは言った。

「言語中枢の増強も許可するか？」

「オーケー」

「ヘザー、やあ」彼が言った。

「おはようございます！」ヘザーが言った。

「注入？」彼が言った。

「承認」彼女が言った。

アブネスティがリモコンを操作した。

ダークサイドX™が流れこみはじめた。ヘザーは静かに泣きはじめた。それから立ちあがり、うろうろ歩きまわった。それからきれぎれに声を立てて泣きだした。ちょっとヒステリックでさえあった。

「ああ、すごくいや」彼女がふるえる声で言った。

それからゴミバケツの中に吐いた。

「さあしゃべれ、ジェフ」アブネスティがおれに言った。「できるだけたくさん、できるだけ詳しくしゃべれ。せっかくの機会を無駄にしてはならん。そうだろう?」

おれの注入液の何もかもが特Aの効きだった。突然おれは詩のように語りだした。目の前でヘザーのやっていることを詩のように語り、ヘザーのやっていることを見て胸にわきあがる思いを詩のように語った。そのときのおれの思いを言葉にすると、こうだった‥この世のすべての人は一組の男女から生まれる。すべての人間は、生まれたときは父と母にとっての愛(いと)し子だった、すくなくともその可能性をもっていた。つまりすべての人間は愛される価値のある存在なのだ。苦しむヘザーを見るおれの胸に大いなる慈悲がわき起こり、おれを隅々まで満たした。だがその慈悲は果てのない実存的嫌忌と分かちがたく結びついてもいた。なぜかくも美しい、かつて愛された器が、こんな痛苦の奴隷にならねばならないのか? いまのヘザーは、ただ痛苦を受けるモノとしてそこに在った。彼女の精神は水のごとく溶け、潰えようとしていた。なぜだ？　なぜ彼女はこうなってしまったのか？　なぜかくも弱いのか？

哀れな子よ、とおれは思った。哀れな女よ。汝を誰が愛したのか？　誰が愛するのか？

「ちょっとストップ」アブネスティが言った。「ヴェルレーヌ！　どうだ？　ジェフの実況コメンタリに恋愛感情の痕跡は認められるか？」

「ありませんね」スピーカーからヴェルレーヌの声がした。「どれもみな人間としての基本的な感情ばかりです」

「すばらしい」とアブネスティは言った。「残り時間は？」

「あと二分」ヴェルレーヌが言った。

次に起こったのは、目をそむけたくなるようなできごとだった。だがおれはボキャブラリン™とオネストーク™とチャットイージー™のせいで、語りつづけるのをやめられなかった。

各ワークルームにはカウチと机と椅子が一つずつ備えつけてあったが、絶対にバラせない造りになっていた。そのバラせないはずの椅子を、ヘザーはバラしはじめた。顔は憤怒の形だった。壁に頭を打ちつけだした。ヘザーは、かつて誰かの愛し子であった彼女は、怒りの鬼神のごとく壁に頭を打ちつけながら、憤怒と悲しみのないまぜになった力でついに椅子をバラバラにしてしまった。

「うわ」ヴェルレーヌが言った。

「ひるむな、ヴェルレーヌ」アブネスティが言った。「ジェフ、泣くのをやめろ。意外に思うかもしれんが、泣くことにデータ的価値はないんだ。言葉を使え。この機会を無駄にするな」

おれは言葉を使った。言葉のかぎりを尽くし、精緻をきわめた。ヘザーが正確に、ほとんどあざやかに、椅子の脚を使って自分の顔と頭にやりはじめたことを見ながら、自分の裡に起こる感情を詳細に語り、言葉を変えてさらに語った。

さすがのアブネスティも平静ではいられないようだった。呼吸は荒く、頰はキャンディみたいに赤らみ、ストレスを感じているときのいつもの癖で、ｉＭａｃの画面をペンでせわしなく叩いていた。

「時間だ」彼はやっとそう言い、リモコンを操作してダークサイドX™を止めた。「まずい。ヴェルレーヌ、急げ」

ヴェルレーヌが〈小ワークルーム２〉に急いだ。

「何とか言え、サミー」アブネスティが言った。

ヴェルレーヌはヘザーの脈を取り、それから手のひらを上に向けて両手を上げ、その姿はまるでキリストのようだった――至福の笑みのかわりに恐怖で顔をゆがめ、イバラの冠ではなく押しあげた眼鏡を頭にいただいた、キリスト。

「ウソだろう?」アブネスティが言った。

「どうします?」ヴェルレーヌが言った。「これ、どうすれば――」

「くそっ、ウソだろう?」アブネスティが言った。

アブネスティは弾かれたように椅子から立ちあがり、おれを突き飛ばしてドアを出て〈小ワークルーム2〉に向かった。

VIII

おれは自分の房にもどった。

三時にスピーカーからヴェルレーヌの声がした。

「ジェフ」と彼は言った。「すまんがスパイダーヘッドにもどってくれ」

おれはスパイダーヘッドにもどった。

「とんだものを見せてしまってすまなかったね」アブネスティが言った。

「あれは想定外だったんだ」ヴェルレーヌが言った。

「想定外かつ不運な事故だった」とアブネスティが言った。「あと、突き飛ばしたのも悪かった」

「彼女、死んだのか?」とおれは言った。

「まあ、ベストの状態とは言えないね」ヴェルレーヌが言った。

「なあジェフ。こんなのべつに珍しいことじゃない」とアブネスティが言った。「これは科学だ。科学とは未知なるものを探索することだ。ヘザーにダークサイドX™を五分間投与するとどうなるか、われわれは知らなかった。だが今はもうわかった。そしてもう一つ、ヴェルレーヌがきみのコメンタリを解析した結果、きみの中にはヘザーへの恋愛感情はいっさい痕跡をとどめていないこともわかった。これはすごいことだ。この悲しみの世を照らす一条の希望の光だ。ヘザーが、言うなれば海に漕ぎ出していくのを見てさえ、きみはまったく揺るぎなく彼女に恋愛感情をいだかないままだった。きっと〈治験委〉は言うだろう、『ほう、こいつはすごい！　ED289／290の目ざましい新データを採ることにかけて、ユーティカの連中は他を一歩リードしたな！』」

スパイダーヘッドは静まりかえっていた。

ヴェルレーヌが出ていった。

「ヴェルレーヌ、行け」アブネスティが言った。「そろそろ時間だ。準備を頼む」

「私があれを見て喜んだと思うか？」アブネスティが言った。

「そうは見えなかった」おれは言った。

「そのとおりだ」とアブネスティは言った。「ひどくいやだった。私だって人間だ。ちゃんと心はある。だが個人的な悲しみをべつにすれば、あれはよかった。きみの働きは全般的にすばらしかった。われわれみんながすばらしかった。とくにヘザーはよくやった。彼女に敬意を表するよ。さてと――とにかく最後までやり通そう。われわれの追試にはまだ続きがある。それを終わらせるんだ」

〈小ワークルーム４〉にレイチェルが入ってきた。

IX

「レイチェルにもダークサイドX™をやるのか？」とおれは言った。

「考えるんだ、ジェフ」アブネスティは言った。「ヘザーの身に起こったことに対するきみの反応のデータだけで、どうしてきみがレイチェルもヘザーも愛していないとわかる？　おつむを働かせろ。きみは科学者じゃないが、一日じゅう科学者の下で働いているんだ、それくらいわかるだろう。注入？」

おれは「承認」と言わなかった。

「ん、どうした？」アブネスティが言った。

「レイチェルを殺したくない」とおれは言った。

「誰がそんなことをすると？」とアブネスティが言った。「私がか？　それともヴェルレーヌ、きみか？」

「いいえ」ヴェルレーヌがスピーカーから言った。

「ジェフ君、きみちょっと考えすぎだと思うよ」アブネスティがおれに言った。「ダークサイドX™でレイチェルが死ぬ可能性はあるか？　イエス。すでにヘザーの前例がある。だがいっぽうでレイチェルはヘザーより強いかもしれない。体もちょっと大きいしな」

「どっちかっていうとちょっと小さいですが」ヴェルレーヌが言った。

「まあ、しかし体力はあるかもしれない」アブネスティが言った。

「薬の量は体重で調節します」とヴェルレーヌが言った。「ですんで」

「注釈に感謝するよ、ヴェルレーヌ」とアブネスティは言った。

「例のファイルを見せたらどうです」とヴェルレーヌが言った。

アブネスティがレイチェルのファイルをおれに渡した。

ヴェルレーヌが戻ってきた。

「涙なしには読めないぜ」と彼が言った。

ファイルによると、レイチェルは母親から宝飾品を盗み、父親から車を盗み、姉から現金を盗み、教会から聖像を盗んだ。ドラッグで刑務所送りになった。四回ドラッグでムショに入ったあと、ドラッグのリハビリ施設に入り、売春のリハビリ施設に入り、ついで「リハビリ洗浄」と呼ばれる、何度もリハビリしすぎたせいでリハビリに不感症になった人間が入るリハビリ施設に入った。だがレイチェルはリハビリ洗浄にも不感症だったらしく、そこを出てからいちばんどでかいのをやらかした。人を三人殺したのだ——ドラッグの売人、売人の妹、売人の妹の彼氏。

それを読むと、自分が彼女を愛してファックまでしたことがなんだか不思議に思えた。それでもおれは彼女を殺したくなかった。

「ジェフ」とアブネスティが言った。「きみがこのことに関して――つまり人を殺すとやなにかについて――レイシー教官とずいぶんカウンセリングを重ねたのはわかっている。だがこれはきみの問題ではない。われわれにかかわることなのだ」

「われわれですらない」ヴェルレーヌが言った。「科学がかかっているんだ」

「これは科学の要請なんだ」アブネスティが言った。「そして神命でもある」

「科学ってのは、ときどきクソなもんなんだ」ヴェルレーヌが言った。

「いいかジェフ」とアブネスティが言った。「かたやヘザーがほんの何分間か不愉快な思いをするのと――」

「レイチェル」ヴェルレーヌが言った。

「レイチェルがほんの何分間か不愉快な思いをするのと引きかえに」とアブネスティが言った。「それこそ何千何万という愛せなかったり愛しすぎたりする人々が、この先何十年も救われるのだ」

「考えるまでもないだろう」ヴェルレーヌが言った。

「小さな善を行うのはたやすい」アブネスティが言った。「より大きな善を行うのには困難がつきまとうものなんだ」

「注入を?」ヴェルレーヌが言った。「ジェフ?」

おれは「承認」と言わなかった。

「くそっ、もういい」アブネスティが言った。「ヴェルレーヌ、あれ何ていったかな? 私が命令するとこいつが素直に言うことをきくようにするやつ?」

「ドシライド™」ヴェルレーヌが言った。

「ドシライド™はこいつのリモートパック™に入ってるか?」アブネスティが言った。

「ドシライド™は全員のリモートパック™に入ってます」ヴェルレーヌが言った。

「それをやるのにこいつの『承認』は必要か?」アブネスティが言った。

「ドシライド™はクラスCなんで——」とヴェルレーヌが言った。

「そんなの馬鹿げてるだろうが!」とアブネスティは言った。「いちいち本人の了解を得てから使うんじゃ、服従薬の意味がないじゃないか」

「権利放棄書を取ればできます」ヴェルレーヌが言った。

「そいつを取るのにどれくらいかかる?」アブネスティが言った。

「うちからオルバニーにファックスを送って、向こうから送り返してきます」ヴェルレーヌが言った。

「急げ、すぐにやるんだ」アブネスティが言って二人は出ていき、スパイダーヘッドはおれ一人になった。

X

悲しかった。じきに奴らがもどってきて、おれにドシライド™をやるだろう。おれはドシライド™の効いた人間特有の従順な笑みをうかべて「承認」と言い、するとダークサイドX™がレイチェルに注入されるだろう。ボキャブラリン™とオネストーク™とチャットイージー™の効いたおれは、あのロボットじみた早口で、レイチェルが自分自身にやりはじめたことを実況しつづけるだろう。そう思うとひどくみじめで悲しい気持ちになった。

　これじゃまるで、じっと座っているだけでもういちど人殺しになるのと同じじゃないか。

　ミセス・レイシーとカウンセリングを重ねたおれにとって、それはあまりに受け入れがたかった。

「暴力はおしまい、怒りにさよなら」先生はおれに何度もそう復唱させた。それが済むと、おれの〝運命の夜〟をできるだけ細かく思い出させた。

　おれは十九だった。マイク・アペルは十七だった。どっちも街のクズだった。その夜あいつはずっとおれをコケにしどおしだった。おれよりチビで、年下で、嫌われ者のくせに。フリジーの店を出てすぐ取っ組み合いのケンカになった。あいつはすばしこかった。やり口も汚かった。おれは負けそうになった。信じられなかった。体が大きくて年も上の、このおれが負ける？　おれたちを取り囲んで見ているなかに、知ってる奴ほぼ全員の顔があった。ついにおれは組みしかれた。誰かが笑った。誰かが「ざまあねえな、ジェフのやつ」と言うのが聞こえた。すぐそばにレンガが一個落ちていた。おれはそれをつかみ、マイクの頭めがけて叩きつけた。それからあいつの上に馬乗りになった。

マイクはギブした。あおむけになって頭から血を流しながら、〝なあおい、お互いそこまでマジになることねえよな？〟と目で訴えてきた。

だがマジだった。

すくなくともおれは。

なぜあんなことをしたのか、自分でもわからない。

酔っぱらってたとか、まだガキだったとか、負ける寸前だったとか、そんなこんながいっしょくたになって、薬がおれに注入されたみたいだった――〈ブチキレリン〉とか。〈ゲキオコＭＡＸ〉。〈ライフ・クラッシャー〉。

「あのお、もしもし？」レイチェルが言った。「今日は何をやるの？」

彼女の無防備な頭、傷ひとつない顔。ほっぺたを掻くために持ちあげた腕、落ちつかなげにぶらぶらさせている脚。それといっしょに揺れるフレアスカートと、裾の下で交差させたサンダルばきの足。

それもこれもみんな、もうじき床にうずくまったただの塊になる。

考えろ、おれ。

奴らはなんのためにレイチェルにダークサイドX™を注入する？　おれがそれについてしゃべることを聞くためだ。つまりしゃべるおれがここにいなければ、奴らもそれをやらなくなる。どうすれば、おれがここからいなくできる？　出ていけばいい。どうやって出ていく？　スパイダーヘッドから出るドアは一つきり、オートロックがかかっていて、外にはバリーかハンスがポリスティック™という電撃棒をもって立っている。アブネスティがもどってきたところをぶちのめし、バリーかハンスを振りきって、正面ドアまでダッシュで行けるだろうか。

スパイダーヘッドに何か武器は？　だめだ。アブネスティの誕生日マグカップ、ジョギングシューズ、ミントキャンディ、それに奴のリモコン。

リモコン？

ぬかったな。いつも奴はこれを肌身離さずベルトから下げていた。でないと、おれたちのうちの誰かが〈注入薬一覧〉の中から好きなやつを選んで自分のリモートパック™からゲットしかねないからだ。ラリックス™とか。スーパーハイ™とか。キマリンX™とか。

ダークサイドX™とか。

あった。ここから出る、たった一つの方法。

だが怖かった。

ちょうどそのとき、スパイダーヘッドに誰もいないと思ったんだろう、〈小ワークルーム4〉にいたレイチェルが立ちあがり、ちょこっとダンスのステップみたいなことをした。陽気な農家の娘が外に出たら、向こうから惚れた男が牛の仔を小わきにかかえて歩いてくるのが見えた、そんな感じだった。

なんで踊るのか？　理由なんてない。

ただ、生きてるからなんだろう。

もう時間がない。

リモコンには一つひとつきっちりラベルが貼ってあった。

ヴェルレーヌらしい。

おれはリモコンを使い、気が変わらないうちに使いおわったそれを換気口の隙間から下に落とした。それから自分で自分のしたことが信じられない、みたいな感じで棒立ちになった。

腰のリモートパック™がかすかに振動した。

ダークサイドX™が入ってきた。

そして悪夢がはじまった。想像してたよりずっとおぞましかった。腕が一マイルも伸びて換気口の奥をまさぐった。それからおれはスパイダーヘッドをよろよろ歩きまわり、何かを探した。何でもよかった。そして藁（わら）にすがった。机の角を使ったのだ。

死ぬとはどういう感じなのか？

その刹那、人はすべてのものから自由になる。

おれは上昇し、建物の屋上を突き抜けた。

そしてそこに浮かんで下を見た。鏡で首のタトゥーを見ているローガンがいた。パンツいっちょうでスクワットをしているキースがいた。ネッド・ライリーがいた、B・トゥローパーがいた、ゲイル・オーリーが、ステファン・デウィットがいた、みんな人殺しでみんなワルだった、だが今のおれにはすべてが前とはちがって見えた。こいつらはみんな生まれたときに、将来ろくでなしになる役目を神から背負わされたのだ。彼らが自分からそれを選んだだろうか？　母親の胎内から出てきたばかりの彼らが、どんな過ちを犯したというのだろう？　まだお産の血にまみれた彼らが、人を傷つけ、脅かし、殺(あや)める者になりたいと、心から望んだだろうか？　彼らがはじめて呼吸(いき)をし目を見開いた（ちっちゃな手を握ったり開いたりしながら）その聖なる瞬間に、罪のないどこかの家族を遺族に変えたいと（銃や、ナイフや、レンガを使って）、本気で願っただろうか？　いいや。それでも非情な運命は彼らの奥深くに種のように眠っていて、水と光を得て発芽し、凶悪で致死性の毒花を開かせる時をじっと待っていた。その水と光になるのは神経学的素養と環境要因の精妙な掛け合わせで、それが彼らを（おれたちを！）地上の腐肉に、人殺しに変えてしまったのだ。ぬぐい去ることのできない破戒の印を、おれたちの肌に永遠に刻んだのだ。

あれ、とおれは思った。注入液にボキャブラリン™でも入ってたんだろうか。

いやちがう。

いまやおれは、おれだけの言葉で語っていた。

気づくとおれは屋上の雨樋（あまどい）にひっかかって、天空のガーゴイルのようにそこにうずくまっていた。おれはそこにいながら、同時にあらゆる場所にいた。おれにはすべてが見えた。雨樋にこんもりたまった枯れ葉が透明な足の下に見えた。おふくろが見えた、かわいそうなおれのおふくろ、ロチェスターの家で風呂場を掃除しながら、せめて気分を明るくしようと、か細い声で陽気な鼻唄を歌っている。ゴミ収拾箱のそばで鹿が一頭、おれの魂の気配に驚いてふいに顔を上げるのが見えた。マイク・アペルのおふくろも見えた、やはりロチェスターで、痩せこけた嘆きのチェックマークとなって、息子の狭いベッドに横たわっていた。真下の〈小ワークルーム4〉では、おれのいまわの物音に気づいたレイチェルが、マジックミラーのほうに寄っていくのが見えた。アブネスティとヴェルレーヌがあわててスパイダーヘッドに駆けこむのが見えた。ヴェルレーヌがかたわらに膝をついて、蘇生措置を始めていた。

夜がやってきた。鳥たちが歌っていた。ふとおれはこう言いたくなった、鳥たちは一日の終わりを熱狂的に祝福しているのだ、と。彼らは色あざやかな世界の神経末端として出現した。沈みゆく日が彼らを駆り立てて一羽一羽を生命の精（ネクター）で満たし、その精がそれぞれの嘴（くちばし）から、その鳥固有の歌声となって世界に向けて放たれる。それは嘴の形、喉の形、胸の構造、脳内物質の組み合せによって一つとして同じもののない、偶然の産物だ。みごとに歌う鳥もいれば、拙（つたな）く歌う鳥もいる。ある鳥はガーガーと歌い、ある鳥はうっとりと歌う。

　どこからか、あたたかな存在がおれに問いかけるのが聞こえた。**もういちど戻りたいか？　お前に選ばせてやろう。お前の肉体は、今ならまだ救えそうだ。**

　いや、とおれは心の中で言った。もういい、じゅうぶんだ。

たった一つ、心残りなのはおふくろだった。いつの日か、ここよりもマシな場所で、おふくろにちゃんと説明できるといい。そうすればきっとおふくろは、最後にやっと一度だけ、おれのことを誇りに思ってくれるだろう。

　森のほうから、まるで号令がかかったように、鳥たちがいっせいに木々を飛び立ち、空をめざした。おれも仲間に加わって、いっしょに飛んだ。鳥たちはおれが鳥でないとは気づかなかった。おれはうれしかった、心の底からうれしかった、今度こそおれは誰のことも殺さなかったし、もう二度と殺さずにすむのだから。

訓告

業務連絡

日付：4月6日
TO：全部員
FROM：事業本部長　トッド・バーニー
Re：3月の業績に関して

私はこれを諸君への〝お願い〟として書くつもりはない。ただ最初のうちはそう聞こえるかもしれないが（!）。まず言えることは、われわれにはやるべき仕事があり、それをやることを大前提として了承している。（諸君はもう前回の給料の小切手を現金化したか？　もちろん私はした（笑）。）さらに言うなら、良い仕事をすることを了承している。諸君も知っての通り、ダメな仕事をする一つの方法は、ネガティブな気持ちでそれに臨むことだ。たとえばわれわれが棚を掃除しなければならないとする。ひとつこれを例にとって説明しようか。もしもわれわれが棚の掃除に取りかかる前から、棚を掃除するという仕事について悪しざまに言ったり、不平不満を述べたり、取り越し苦労をしたり、人道上のささいな問題を気にしすぎたりしたら、どうなるか。そうすることによって棚を掃除する仕事が実際以上にキツくなるのだ。現状にかんがみて、誰もがその〝棚〟は掃除されねばならないことを知っている。あとはそれを自分がやるか、さもなくば自分の代わりに給料をもらって他の誰かがやるかだけの問題だ。よって煎じつめれば、諸君が自らに問うべきはこうだ：私は明るい気分で棚を掃除するべきか、それとも暗い気分で掃除するべきか？　どちらがより有益だろう？　私にとって？　どちらのほうが、より効率よく私の目的を達成できるだろうか？　私の目的とは何か？　給料をもらうことだ。その目的をどうすれば効率よく達成できるだろう？　棚をきれいに、かつ迅速に掃除することだ。では、棚をきれいかつ迅速に掃除するためには、どんな精神状態が適切だろうか？　ネガティブだろうか？　ネガティブな精神状態？　もちろんそうではあるまい。つまりこの文書の要点はこうだ：ポジティブたれ。ポジティブな精神状態をもってすれば、棚をきれいかつ迅速に掃除でき、ひいては給料をもらうという目的も達成できるのだ。

　私は何を言いたいのか？　仕事をしながら口笛でも吹けと言いたいのか？　ある意味そうかもしれない。たとえば、クジラのような重たい死骸を持ち上げるとしよう。（さっきから棚だのクジラだのの譬え話をお許しいただきたい。じつは先日レストン島の別荘に行ってきたのだが、そこに①汚れた棚が山ほどあったうえに、②嘘みたいな話だが、本当に腐りかけのクジラの死骸があって、私とティミーとヴァンスでそれを撤去する作業に関わったのだ。）で、諸君が――諸君と同僚の何人かが、重たいクジラの死骸を持ち上げてトラックの荷台に載せる役目を負ったとする。言うまでもなくキツい仕事だ。そんな時、キツい仕事をさらにキツくするのが、ネガティブな心理状態だ。われわれは――つまり私とティミーとヴァンスは――思い知ったのだが、ニュートラルな心持ちでさえ、これをやるのは非常にキツい。われわれは最初ニュートラルな気持ちでクジラを持ち上げようとした。ティミーとヴァンスと私、それにあと十人ほどの人たちといっしょに。だがダメだった、クジラはビクとも動かない。すると突然、元海兵隊だという一人の男が、こういう時は気合で乗り越えなきゃならんと言って、みんなを集めて全員で輪になって、チャントのようなことをした。それでみんな〝カツが入った〟。さっきの譬えで言うなら、みんな目の前のやるべき仕事を意識して、がぜん闘志がわいてきて、やってやるぞというポジティブな気分になったのだ。すると不思議なもので、仕事が楽しくなってきた。海兵隊が自分のバンから持ってきた太いストラップを使い、みんなで力を合わせてクジラを宙に持ち上げたときは、じつに胸がスカッとした。見知らぬ同士が一致団結して、その腐りかけのクジラの死骸をトラックの荷台に下ろしたあの瞬間は、冗談抜きに、今回の旅のハイライトと言ってもいいくらいだった。

つまり何を言いたいのか？　私が言いたいのは（そして声を大にして言う、なぜならこれは非常に重要なことだからだ）こうだ：たしかにここでやる仕事は、見かけ上は楽しいとは言いがたいことも多い。だがそれについての不平不満や不安や心配は、できるだけ言わないようにしようじゃないか。自分たちがやるべきことを、結果論的に善だの悪だの中立だのといちいち細かく道徳面で分析するのは、やめにしようじゃないか。そんなことをするべき時期は、もうとっくに過ぎている。そういうことは、この一連のことが始まった一年近く前に、各自が胸の内で自問自答を済ませてくれていたはずではなかったか。われわれはすでに一歩を踏み出してしまった。そしてこの大義の道を（そうであると、われわれは一年前に判断した）いったん歩みはじめたからには、過ぎたことをくよくよと思い悩んでその歩みを妨害するのは自殺行為に等しいのではあるまいか。諸君はハンマーを振り下ろしたことがあるだろうか？　何人かはあるはずだ、皆でリックのパティオを壊した時に使っただろうから。何の遠慮もなく、重力の勢いを借りて、力まかせに叩きのめすのは愉快じゃないか？　諸君、私は言いたい。この仕事においても、重力の勢いを借りようじゃないかと。腹の底からわき上がる自然のフィーリングに身をまかせ、思い切り叩きのめそうじゃないか。諸君もその気になれば、そのフィーリングで並々ならぬ力を発揮して、済んだこともくよくよ思い悩まず、やるべき職務をパワフルにこなすことができるのを私は知っている。十月のあの週のアンディを忘れたか？　それまでの自身のユニット数の倍の数字を叩き出し、驚異的な記録を打ち立てた、あのアンディを？　善だの悪だのめそめそした考えをかなぐり捨て、なりふりかまわず突き進んだ、彼の姿は見事だったじゃないか？　本質論的に？　われわれ一人ひとりが自分の胸に手を当ててみたならば、少なからず彼に羨望を感じていたのではあるまいか？　じっさい彼の叩きのめしっぷりときたらすごかった。そしてわれわれの前をダッシュで走って替えの雑巾を取りにいく彼の顔には、歓喜の表情がみなぎっていた。われわれはただ突っ立ってそれを眺め、言ったものだ、ワオ、アンディの奴、いったいどうしちまったんだ？　しかし彼の出した数字、これはもう誰にも文句のつけようがない。休憩室に貼り出された彼の数字は他を圧倒してそびえていた。たしかにアンディはあれ以降二度とあの数字を出すことはできずにいる。だが①誰もそのことで彼を責めることはできない。あれはまさに奇跡の数字だったのだ。それに②たとえもう二度とあの数字を出すことはできないにせよ、あの記念すべき十月におのれの中からほとばしり出た大いなるパワーは、きっと彼の中でも大切な思い出になっているにちがいないのだ。正直、もしアンディが自分を甘やかしたり、くよくよ考え込んだり、過ぎたことをあれこれ思い悩むような男だったら、あの十月は存在しなかっただろう。そうじゃないか？　あの時のアンディはすべてを忘れて目の前の仕事に完璧に集中し、顔つきからしてまるで違っていた。もしかしたら生まれたばかりの赤ん坊のためだったんだろうか？（もしそうなら、ジャニスには毎週赤ん坊を生んでもらわないとな（笑）。）

ともあれ、すくなくとも私の中では、アンディはあの十月で事実上の殿堂入りをしたようなものなので、こんご彼の数字を厳しくチェックするようなことは、すくなくとも私はしないつもりだ。彼がどんなに落ち込んで誰とも口をきかなくなったとしても（そう、諸君も気づいていることと思うが、十月以来アンディはひどく落ち込んで誰とも口をきかなくなっているように見える）、私が彼の数字を厳しくチェックすることはないと約束する。ただし私以外の人々についてはその限りではない。事によると他の人々はこのところ目に見えて下降しているアンディの数字を問題視し、厳しくチェックをするやもしれないが、私としてはそうならないことを祈っている。それではあまりに気の毒だ。だから何かそのような動きを察知した場合はすぐにアンディに知らせるつもりでいるし、アンディがあまりに落ち込んで会話が成立しない場合は、家にいるジャニスに電話をするつもりだ。

ところで、アンディはなぜかくも落ち込んでいるのか？　思うに、十月に自分がやったことを後からくよくよと思い悩んでいるせいだろう——しかし何ともったいない、何とバカげた損失だろう。せっかく十月にあの新記録を打ち立てておきながら、後になってメソメソ泣き言を並べるとは？　その泣き言で、何かが変わるだろうか？　彼が私に命じられて六号室でやった行為が、メソメソ泣き言を並べたからといって帳消しになるだろうか？　休憩室の壁のアンディの数字が魔法のようにスルスル下がるだろうか？　人々が、急に六号室からハッピーな気分で出てくるようになるだろうか？　もちろんそうはならない。六号室からハッピーな気分で出てくる者など一人もいない。いま現在、六号室で立派に責務を果たしている諸君だって、最高に愉快な気分であそこから出てくるわけではないのを私は知っている。私自身、六号室でなにがしかのことをしたことがあるが、やはり終わった後は幸せいっぱいというわけにはいかなかった。そうとも。六号室の仕事がはっきり言って厄介であることは、もはや否定のしようがない。われわれは非常にキツい仕事を任されているのだ。だが上層部、すなわちわれわれに命令を下す立場にある人々は、六号室の仕事はキツいと同時に非常に重要であるとお考えで、おそらくそのためだろう、最近になってわれわれの数字を厳しくチェックするようになった。これは声を大にして言いたいが、もしも諸君が六号室での仕事を今以上に厄介なものにしたければ、あそこに行く前も、いる最中も、出た後も、それについて暗い顔で愚痴を垂れ続けるといい。そうすれば六号室での仕事は悪夢になるだけでなく、そうやって暗く愚痴を垂れることで諸君の数字はますます下がること請け合いだ。だが言っておく‥それはあってはならない。上長会議の席で私は、われわれの数字がこれ以上下がることは許されないと、かなり強い口調で申し渡された。私は言った（わかってもらいたいが、上長会議のあの雰囲気の中でこれを言うには非常な勇気を要した）‥ですが、部員たちはみな疲弊しております。精神的にも肉体的にも、これは非常にキツい仕事なのです。言いおわった瞬間の気まずい沈黙たるや。恐ろしいなんてものじゃなかった。私に浴びせられた視線は氷の冷たさだった。そして私はかのヒュー・ブランチャートからじきじきに、数字が下がることはまかりならぬと、かなり強い口調で念を押された。さらに私は諸君に——私も含めたわれわれ全員に——こう念押しするように念を押された‥もしわれわれが命じられたとおりに〝棚〟を掃除できないのであれば、他の誰かがやって来てその〝棚〟を掃除することになるのみならず、われわれ自身がその〝棚〟の上に載ることになる、否、われわれ自身が〝棚〟そのものになるであろう、そしてやって来た他の誰かがわれわれの上にポジティブなパワーを存分に発揮することになるであろう、と。そうなった時に自分たちがどれほど後悔するか、どんな後悔の表情が自分たちの顔の上に浮かぶか、六号室の〝棚〟から〝掃除〟される連中の顔の上に同じ表情が浮かぶのを見てきた諸君なら、容易に想像がつくだろう。だから私は頑固として諸君に懇願する。どうか自分たちが〝棚〟になってしまわぬよう精一杯がんばってほしい、そうなったらわれわれは〝元〟同僚である君を、好むと好まざるとにかかわらず、ポジティブなパワーをふりしぼり、いっさいの考えを振り払って掃除掃除掃除せざるを得なくなるのだから、六号室で。

以上のことを私は上長会議で申し渡されたので、それをこうして諸君に申し渡している次第だ。

さて、長々と書き連ねたが、もしもこの仕事に関して何か疑問や不安を感じた場合は、いつでも気軽に私の部屋を訪ねてくれたまえ。私と息子たちがポジティブなパワーでもって持ち上げた、あのすごいクジラの写真を見せてさしあげよう。もちろんその情報は——すなわち君がこの仕事に疑問や不安を感じて私の部屋を訪ねたという情報は、私だけの秘密にしておくつもりだ。むろん、私の下で長年働いてきた諸君なら、そんなことは言われなくとも十分わかっているだろう。

〝すべてはうまくいく、それが神の思し召しだから、etc. etc. ……〟

トッド

アル・ルーステン

アル・ルーステンは紙の衝立の後ろで待機していた。おれはいまビビってるか？　うん、たしかにちょっとビビってる。だがそんじょそこらの凡人ならこの程度のビビりじゃ済まされんだろう。並大抵の人間なら、いまごろとっくにチビってるはずだ。おれはチビってるか？　いや、まだだ。とはいえ、ひゅう、こういう場面でチビっちまうってのも、あながちわからないじゃ――

「さあ、パーッといくわよぉ！」司会者が叫んだ。チアリーダー風味のブロンドで、何のつもりかジョギングの真似ごとをした拍子に、年甲斐もなくお下げにした髪がぴょこぴょこはねた。「今日ここに集まったわたしたちは、ドラッグと闘っていますかあ？　イエス、ウィー、アー！　わたしたちビジネス・ピープルは、子供たちにドラッグを許しますかあ？　ノー、わたしたち、ドラッグには断固反対します！　わたしたちは自分でもドラッグをやってますかあ？　いいことキッズのみなさんよく聞いて、わたしたち大人はドラッグやらないし、やったこともありません！　なぜかというとね、わたしみたいに風水（フェン・シュイ）を仕事にしてると、クラックでラリってたら風水なんかとてもできないの。〝気〟を読むのがわたしの仕事なんだけど、クラックや葉っぱや、コーヒー飲みすぎただけでも気のバランスがガタガタになっちゃうの。昔タバコ吸ってたわたしが言うんだからまちがいなしよ！」

　地元名士たちのランチタイム・オークションなのだった。〝地元名士〟というのは要するに、商工会議所に言われておめおめと首を縦に振ったお人好しの連中ということだ。

「そこで今回わたしたちは、反ドラッグの活動をしているピエロ集団の〈ラフ・キッズ（笑いで子供）・オフ・クラック（をドラッグから守れ）〉を支援するために、こうしてチャリティ・オークションを開くことにしました！」ブロンドが声を張りあげた。「たとえばミスター・バグアウトというピエロさん。この人は学校を回ってバルーン・アートをやっているんだけど、まず風船でクラックのパイプの形を作ってから、それを棺桶に変えてみせるのが、ほんとにうまい！って感じなの！」

「ラリー・ドンフリー不動産」のラリー・ドンフリーが海パンいっちょうでルーステンのすぐ横に立っていた。ドンフリーはいい奴だ。善人だが、どうにも残念だ。少々おつむが弱い。年じゅう日焼けして。ドンフリーは魅力的だろうか？　イケてるだろうか？　オークションの客たちは、このアル・ルーステンよりもドンフリーのほうがイケてると思うだろうか？　は。そんなのおれにわかるわけがない。お前は男が好きなのか？　男のイケ度判定の専門家かなんかか？

いいや。おれは男が好きじゃないし、好きだったこともない。

たしかに中学のころの一時期、ひょっとして自分は男が好きなんじゃないかと気に病んで、そのせいでレスリングの試合で負けてばっかりだったことがあった、というのも相手と組んでいる最中に、自分のナニがうっすら半勃(はんだ)ちになってプロテクターを圧迫してやいないか、空気穴から先っぽが出てやいないかとそればかり気になって、ちっとも試合に集中できなかったからで、一度などはトム・リードのココナッツの香りのする硬い腹に顔を押しつけている最中に、いま絶対にナニがうっすら半勃ちになってるぞと気づいたことがあったんだが、練習のあとで森の中をさまよい歩きながらくよくよとそのことを思い悩んでいるうちに、そういえば猫が日なたを求めて自分の股間の上にうずくまったときにもやっぱりナニがうっすら半勃ちになったことがあったと思い出し、それで自分はべつにトム・リードに性欲を感じたわけじゃないんだ、だって猫にだって性欲を感じたわけじゃないし、そんなことがこの世にあるなんて話も聞いたことがないもんな、と気がついた。それ以来、もしや自分は男が好きなんじゃないかと心配になるたびに、あの日森の中で、自分は猫に性欲を感じていないのと同じくらい男にも性欲を感じていないんだと気づいて心の底から安堵し、意気揚々と足取り軽く、そのへんのキノコの頭を蹴とばしながら闊歩(かっぽ)したことを思い出すようにしている。

音楽とも何ともつかない、ドスンドスンという重たげな連続音の合間に女のよがり声とたてつけの悪いドアの軋(きし)みみたいな音がちょこちょこ混ざったものが始まり、ラリー・ドンフリーがランウェイを歩いていくと、とたんに歓声と拍手がどっとわき起こった。

何なんだ?とアル・ルーステンは思った。拍手？　歓声？　このおれも歓声をもらえるだろうか？　拍手を？　むりだ。こんなハゲで小太りでゴンドラ漕ぎの衣装を着たおっさんに、誰が歓声&拍手なんかしてくれる？　おれが女でも、ケツがキュッと締まって腕が小麦色でムキムキのドンフリーに拍手&歓声を送るだろう。

ブロンドの司会者が定位置に戻りながら、ルーステンを指さしてキュー出しをした。あわ。あわわ。

彼は紙の衝立の陰からおどおどと歩み出た。歓声なし。ランウェイを歩きだす。拍手ゼロ。会場全体が必死に笑いをこらえている気配に満ちていた。セクシーなスマイルを決めようとしたが、口がカラカラに乾いていた。黄ばんだ歯と歯茎の陥没した部分ぐらいは見えたかもしれない。

ぎらつくスポットライトを浴びて立ちすくむ彼の姿のあまりの頓狂さ、じじむささ、わびしさ、にもかかわらず消しがたく残るふてぶてしさ、そうしたもののために会場全体がいたたまれない空気に包まれ、これがチャリティでなければ罵声飛び交い物が投げつけられたであろうところ、場が場なだけに、サラダバーのほうからお情け程度の歓声が上がった。

ルーステンはこれに大いに勇気づけられ、歓声の上がったあたりに向かって中途半端に手を振ってみせ、それがまたひどくぎこちなかったので——彼の内心の恐慌が、その仕草にはからずも表れてしまっていた——嘲り(あざけ)の言葉が喉元(のどもと)まで出かかっていた観客も情にほだされて、同情票的な歓声がまた上がり、それにルーステンがタガがはずれたような満面の笑みで応えると、会場全体からお慈悲の拍手がおこった。

　そこに込められた憐憫(れんびん)を、ルーステンの耳は聞かなかった。なんという最大級の拍手と歓声。こりゃちょっと筋肉ポーズの一つも決めるべきじゃないのか。やってやれ。やった。それによって拍手と歓声のレベルがさらに一段上がり、それが彼の耳にはいまやドンフリーの獲得した拍手&歓声と、音量において同等かそれ以上に聞こえた。しかもドンフリーは裸同然だ、ということは事実上はおれがドンフリーに勝ったということだ。なぜってあっちは裸になってやっとおれと引き分けたんだからな。

　ははは、哀れなドンフリーのやつ！　せっかくピチピチのビキニを着て奮闘したってのに、ざまあない。

　ブロンドがルーステンの頭に捕虫網をかぶせ、すでにドンフリーが入っている段ボール製の檻(おり)に彼も入れられた。

　こうして完膚なきまでに勝利してみると、ドンフリーに対して急に親しみの念がわいてくる。愛すべきドンフリー。彼とドンフリーとは地元経済を支える二本柱だった。ドンフリーとは知り合いではなかった。ただ遠くから畏敬の念とともに眺めるだけだった。ドンフリーが彼のことを遠くから畏敬の念とともに眺めるように。いちどドンフリーが一家総出でルーステンの店「バイゴーン・デイズ」にやって来たことがあった。ドンフリーの妻は美人だった。形のいい脚、ほっそりした腰、長い髪。いちど見たら目が離せなくなる。子供たちも美形だった。二人とも中性的でエルフみたいで、最高裁判所の歴史?かなんかについて上品に議論をたたかわせていた。

段ボールの檻は〝名士〟一人につき一つずつ格子窓があいていた。ドンフリーが自分の窓の前を離れてルーステンのほうにやって来た。なんとうれしい。なんと気さくな。二人でちょっとしたおしゃべりをしようというのだな。一般大衆は二本柱がプライベートで何を話し合うのか、知りたくて歯がみするだろう。だが悪いね。これは柱と柱の内輪話だ。雑魚(ざこ)はお呼びじゃない。

ドンフリーが何か言ったが、音楽がうるさすぎて耳が半分バカになっていた。

ルーステンは頭をぐっと近づけた。

「気にすることないって言ったんだよ、エド」ドンフリーが声を張りあげた。「きみは頑張ったさ。ほんとに。ぜんぜん大したことじゃない。一週間もすれば、きっともう誰も覚えちゃいないよ」

は?　何だと?　ドンフリーのやつ今なんて言った?　おれがしくじったっていうのか?　赤っ恥をかいたとでも?　町じゅうの人間が見ている前で?　まさか。おれは目に物見せてやったんだ。ドンフリーはおつむがどうかしてるのか?　ドラッグでもやってんのか?　ドラッグ反対のイベントなのに?　それに今こいつ、おれのことエドって言ったよな?

クソでもくらえだ。このインチキ野郎。エセインテリ野郎。そうだ思い出した。ドンフリーはエセインテリのインチキ野郎なんだった。ドンフリー一家がおれの店にやって来たあの日。あいつら、入ったと思ったらくるりと回れ右して出ていきやがった。おれの店のヴィンテージな小物たちは埃(ほこり)っぽくてガラクタ同然で、丘の上に建つ文字通りのお屋敷(マンション)のドンフリー邸にはふさわしくないってわけか。それに——そうだ、このさい正直に言おう。ドンフリーの嫁もべつに美人じゃなかった。生っ白い、欠食児童みたいなモヤシ女だ。それにあの子供たち——ほんとに奴の子かどうかもわかったもんじゃないが——おれならもうちょっと汚しを入れてやるね。エルフから人間に戻してやる。そもそも、ありゃなんだ、男か女かもわからない。

ルーステンに子供はいない。いまだに独身だった。だが〝うちの子〟たちならいる。甥(おい)っ子たちだ。うちの子たちはエルフとは言いがたい。むしろ真逆だ。この世でエルフからもっとも遠い存在だ。なんだろう。土鬼(トロル)? ごんたくれ? いやいやいや。うちの子たちだってかわいい。すごく男の子男の子している。正直ちょっとしすぎている気がする。なぜ妹のマグは甥っ子たちをいつもいつも「バジ・カット」なんぞに連れていくのか。おかげで三人そろいもそろってドイツ人みたいな丸刈り前髪パッツンの不恰好な頭だ。地下室では夜ごと三つ巴(どもえ)のとっくみあい&唸(うな)り声の一大フェスが繰り広げられる。お互いを〝毛モジャぶさいく〟だの〝アホゲロうんこ人間〟だのとののしりながらどしんばたんやるうちに、誰か一人が丸刈り頭を鉄製の何かにしたたかぶつけ、あとの二人が負傷兵一人を支えて、とっくみあいで腫れ上がった頰べたを涙でぐずぐずにしながら階段を上がってくるそのさまときたら、さながら急にしおらしくなったナチス――いや、断じてナチスなんぞじゃない。ドイツ人、そうとも。元気みなぎる戦前のドイツの小僧っ子だ。若くすこやかなベートーベンたち。だがなあ、ベートーベンがベートーベンその二にそそのかされて教会の座席から聖書ラックを素手でひっぺがし、その横でベートーベンその三が賛美歌集の上に丸めた鼻くその四段タワーを得意げに築いてみせるなんてことがあるだろうか――

何もかも離婚が悪い。離婚のせいで甥っ子どもはあんなに粗暴になったんだ。マグも気の毒に。おれは高校で人気のレスリング選手、マグは教会の青年部に属するイエス様ひとすじのぽっちゃり女子だった。二人の家は農家だった。だが農民の血を受け継いだのは兄ではなく妹のほうだった。三年生になると、マグはケン・グレンと付き合いだした。同じく絵に描いたような農民タイプで、耳が皿みたいにでかかった。マグとケンはつなぎ服で結婚式を挙げるにちがいない、なんてよく冗談を言われたものだった。マグとケンの結婚式には家畜がおおぜい詰めかけるぞ、そんな冗談もよく言われた。この世に安泰な結婚というものがあるなら、これ以上のものはないはずだった。不細工で信心ぶかい農民どうしの結婚。だがちがった。ケンはマグを捨てて、べつの農家の――

マグは不細工なんかじゃない。ただ素朴なんだ。素朴でもっさりした――

マグはそう、端整。ハンサム・ウーマンってやつ。あいつは——目鼻がちゃんとあるべき場所についている。立ち居振る舞いも落ちついている。ただし子供たちを怒鳴りつけるときはべつだ。ねじくれた赤鬼の形相と化す。無理もない、あのガチガチにお堅い教会で唯一の離婚女でいる肩身のせまさや、兄貴の家に居候しなきゃいけない情けなさや、もしも兄の店が潰れたら（それもどうやらもう時間の問題らしい）学校をやめてバイトを三つに増やさなきゃいけなくなる不安だとかを思うと……。ゆうべも台所をのぞいたら、「コストコ」の夜勤を終えたマグが、食卓にコミュニティ・カレッジの看護学の教科書を広げた上に突っ伏して眠っていた。四十五で看護師。馬鹿げてる。おれが見たってお笑い草だ。ちがう、お笑い草なんかじゃない。すごく立派なことだ。ドンフリーみたいなスノッブ野郎がそういうのを笑うのだ。ドンフリーみたいなスノッブ野郎は、体に合わないナース服着たマグに一瞥をくれて、あの小生意気なエルフどもを追い立ててご大層なドンフリー邸にさっさと引き上げるんだろう。このあいだも地元紙の「お宅拝見」コーナーに載ってた、あのすごいお屋敷——

へっ。お屋敷が何だってんだ。ガンジーが、向こう三州でいちばんでかい屋外トランポリンのある家に住んでたか？　キリストの家に、総面積二エーカー、本物そっくりのミニチュアの山と、夜になると電気の灯る模型の村まで備えたリモコンカーのレーシングコースがあったか？

おれの聖書のどこにもそんなことは書いちゃいない。

おっと。段ボールの檻が、もう〝地元名士〟たちで満杯だ。いつの間に？　どうやら「マックス自動車」のマックスの出番も、「ステーキ・ン・ロール」のエド・バーデンや「コーヒー・マインデッド」のあの奇形じみて背の高い双子のヒッピーの出番も、見のがしてしまったらしい。

ブロンドが静かに頭を垂れている。人生の叡知に裏打ちされた、おのれを世界一悲壮な人物として決定づけるような一世一代の名演説が胸の奥からわき上がってくるのを待っている、といった体だ。

「さあみなさん。いよいよ運命の瞬間が近づいてきました」ブロンドがささやくように言った。「そう、オークションです。これは静粛に行われなければなりません。みなさんのお力添えがなければ——いいですか——〈ラフ・キッズ・オフ・クラック〉の面々は、ドラッグ憎しの気持ちとおかしなピエロ服をもてあましたまま、家にいるしかなくなってしまうんです。さあ、入札金額をお書きください。係の者が集めにまわります。競りに勝った方には、後日入札した〝名士〟からランチのお誘いがあります」

これで終わりか？

どうやら終わったようだ。

こっそり抜けられるだろうか？

かがめばいけそうだ。

ブロンドの演説がまだ続くなか、ルーステンは腰をかがめてこそこそと退散した。

更衣スペースに行くと、ドンフリーの服が椅子の背に無造作にかけてあるのが目に入った。高そうなタック入りパンツに上等なシルクのシャツ。床にドンフリーの車のキーと財布が転がっていた。

こんなに素敵な更衣スペースを散らかすとは、いかにもドンフリーのやりそうなことだ。

おいおい、なんでそんなにドンフリーにカッカする？　べつにあいつに何かされたわけじゃないじゃないか。あいつはただ親切心からおれにちょっと物を言っただけだ。同情心から。上から目線で。

ルーステンは近づいていって、財布を蹴とばした。わわ。やけに滑っていきやがった。積み重ねたお立ち台の下に入っちゃったぞ。ホッケーのパックみたいに。床にぽつんと残ったキーが、財布の不在をよけいに目立たせていた。どうする。うっかり蹴とばしたらあの下に入ってしまったと言おうか。まあ嘘じゃない。ほんとに、蹴ろうなんて全然思ってなかったんだ。とっさに蹴りたくなって、それで蹴った。おれは何でもとっさの思いつきのところがある。そこがおれの良さでもある。今の店を買ったのもそう。あの潰れかけの。彼はキーも蹴とばした。おいおいおい何やってんだ。どうしてまたそんなことを？　キーは財布よりもさらによく滑った。財布もキーも、お立ち台のうんと奥まで入ってしまった。

まずいことになった。うっかりキーと財布をあの下に蹴り入れてしまったせいで。

突然ドンフリーが、携帯に向かってわけ知りな大声で話しながら更衣スペースに大股で入ってきた。

いやあの子はやれますよ、とドンフリーは声を荒らげた。ただ不安で、ちょっとナーバスになってるだけです。すごく強いんです、うちの娘は。絶対に弱音を吐かない。あの子は天使です。あの体で家の手伝いだって頑張るんです。当番の日には洗濯物を運ぶし、ゴミも苦労して外に出す。この一週間、娘はほとんど寝ていないんです。それほど楽しみだったんだ。あの子の一番の夢が何だかわかりますか？　体育の時間にクラスのみんなといっしょに走ることですよ。考えてもみてください、生まれたときからずっと内反足で、まともに歩けなくて、それがついにいい治療をしてくれる先生がたが見つかった。いまだに信じられませんよ、それこそ補助具（ブレース）が壊れたはずみに足が治っちゃったぐらいの奇跡が起こったんですから。あの子は何年もずっとこの時を待ってたんです。とにかくすぐに娘をピックアップして向かいます。ただ時間には間に合いそうにない、ここのオークションがなかなか終わらなくて。断るべきだったんだが、とても有意義なチャリティだったので。

ルーステンはそそくさと服を着替え、更衣スペースを後にした。

今のはどういうことだ？　あのエルフの片割れ、健康そのものに見えたが実はそうじゃなかった……？

あのエルフ、足が悪かっただろうか。思い出せない。

気の毒に。子供の病気ってのは――子供は未来だ。おれがドンフリーの立場だったら、なんだってやるだろう。うちの甥っ子の足が曲がってたら、治してやるために天地だってひっくり返すだろう。銀行強盗でも何でもやる。しかも女の子となると、事はさらに悲惨だ。内反足だか外反足だかじゃ、誰もダンスに誘ってくれない。きれいに着飾った自分の娘が、杖ついて、誰とも踊ってもらえないなんて。

何百という枯れ葉のかけらが、風に吹かれて「パンケーキ・キング」の駐車場を滑っていた。車止めにとまっていた鳥が一羽、押し寄せてきた葉っぱに驚いて急に飛び立った。間抜けな葉っぱども。永遠にあの鳥を捕まえられないだろう。

なんならこのおれが石で鳥を殺して地面に落としてやろうか。そしたら葉っぱどもは感激して、おれを葉っぱの王様にしてくれるだろう。

ははは。

ルーステンは枯れ葉の山を力まかせに蹴った。

くそ。泣きそうだ。なんでだ。なんだってこんなに悲しい気分になるんだ。

生まれたときからずっと住んでる町を車で走る。川の水位が高い。小学校に新しい駐輪ラックができている。「フラナリー・ケンネル」の前を通ると、いつものように犬の集団がいっせいにフェンスに飛びかかる。ペットホテルの隣が「マイクス・ジャイロ」だ。どん底だった七年生のある日、おふくろがおれを連れてきてコーラを飲ませてくれた店だ。

「アル、なにか悩みごとでもあるの？」おふくろは言った。

「みんなが僕のこと、横柄なデブだって言うんだ」そうおれは言った。「それにずるい奴だって」

「いいこと、アル」とおふくろは言った。「たしかにあんたは横柄だし、デブよ。それにけっこうずるいところもあるかもしれない。でもね、あんたは決してそれだけじゃない。あんたには道義心ってものがある。何かが正しいと思ったら、どんなことがあってもやり通す子よ、あんたは」

おふくろはやや話を盛りすぎるきらいがあった。おれが階段を上がるところを見て、あんたはきっとすごい登山家になる、と言ったことがある。算数でBマイナスを取ったときに、あんたは宇宙飛行士になるべきよ、と言ったこともある。

優しいおふくろ。いつも自分は特別な子供なんだって気にさせてくれた。

彼は急に顔がかっと熱くなるのを感じた。母親が天国から、いつものあの厳しい、だがどこかからかうような顔つきで自分を見おろしているのがわかった。ハロー、何かお忘れじゃないかしらね？　そう言いたげな顔だ。

あれはわざとじゃないんだ。そんなつもりじゃなく、何かをべつの場所にうっかり動かしてしまっただけなんだ。足で。とっさに蹴って。過失で。

天国のおふくろの目つきが険しくなった。

だって、あいつらおれに意地悪したんだ。

おふくろが天国でコツコツと足を踏み鳴らした。

でも、どうすりゃいいんだよ？　今から取って返してキーのありかを教えるのか？　そしたらおれの仕業だってばれちゃうじゃないか。それに、たぶんもうドンフリーはとっくにいなくなってる。ドンフリーの嫁が予備のキーを持ってるに決まってる。嫁はあの場にいなかったけど。でもきっと誰かに車で送ってもらっただろう。さんざんキーを探しまわったあとで。それでひどく時間を取られてしまって、そのせいで子供の手術の日取りが延――

くそっ。

なに、死にゃしないさ。誰もそんなことで死んだりしない。ただ子供の治療がさらにあと何か月か――

ルーステンはどこかの家の砂利敷きの車寄せに車を停めた。落ちついて考えたかった。ヨークシャテリアが一匹フェンスに突進してきて、儀式的に吠えついた。ニワトリも一羽やってきた。は。ニワトリとヨークシャテリア。仲良く一つ庭か。一羽と一匹は並んで立って、ルーステンを見つめていた。

ひらめいたぞ。

いいやり方を思いついた。

あの場所にこっそり戻り、最初からずっといたようなふりをする。みんなは財布とキーを探しまわっている。おれもしばらくいっしょになって探す。そしてみんながあきらめかけたころにこう言う、あのお立ち台の下はもう見たんだろうね？

えっと、いや、まだだよ、とドンフリーが言う。

ためしに見てみてはどうかな、とおれは言う。

そこで何人かがかりでお立ち台をどける。するとそこには財布がある。キーもある。

すごい、とドンフリーは言う。きみって天才だな！

いやなに、ただの勘だよ、とおれは言う。すべての可能性を一つひとつ頭のなかで排除していっただけさ。

すまない、きみのこと見くびっていたみたいだ、とドンフリーは言う。ぜひ一度わが家に招待させてくれないか。

あのお屋敷にかい？とおれは言う。

それにアル、とドンフリーが言う。前にきみの店から出ていってしまったときのこと、許してほしい。あれは失礼だった。それにアル？　さっききみのことエドって呼んでしまったこともあやまるよ。

え、そうだったっけ？とおれは言う。ぜんぜん気がつかなかったな。

そしてお屋敷でのなごやかなディナー。やがておれはほとんど家族同然みたいになる。気が向いたときにひょっこり立ち寄る仲になる。楽しいだろうな。お屋敷に自由に出入りするなんて。たまに甥っ子たちも連れていく。しかしあいつらが何も壊さないようにしないとな。取っ組み合いは外でやってもらう。友人の屋敷がめちゃめちゃに壊されるところだけは見たくない。甥っ子どもに数々の物を壊されて心を痛めたドンフリーの美人妻が椅子にくずれおち、さめざめと泣くさまが目に浮かんだ。

お前たち、よくもやってくれたな。もういい、外に行け。行ってじっと座ってろ。

大きな窓の外に満月がのぼり、ドンフリーとおれはタキシード、ドンフリーの妻は胸が大きくあいた金色のものを着ている。

じつにすばらしいディナーだ、とおれは言う。今までのディナーはどれもこれもすばらしかったよ。

せめてこれくらいはさせてくれよ、とドンフリーが言う。僕が愚かにもキーをなくしてしまったときに、きみには本当に助けられたんだから。

ああ、あれかい？　おれは笑って言う。

それからおれはすべてを打ち明ける。うっかり犯してしまった過失のこと、それからアイデアがひらめいたこと、そして彼を助けるために元の場所に取って返したこと。

そりゃケッサクだ！とドンフリーが言う。

たいへんな勇気よね、とドンフリー妻が言う。そんなふうにまた戻ってくるなんて。

道義心、と言ってもいいね、とドンフリーが言う。

そんな率直なあなたのことを、わたしたちますます尊敬するわ、とドンフリー妻が言う。

マグもそこにいる。なんであいつがここにいるんだ？　まあいい、いればいいさ。マグはすごく気立てがいい奴だ。会話もそつがない。ドンフリー夫妻はマグの人間性に惚れこむ。おれの人間性に惚れこんだように。ああ、おふくろにひとめ見せてやりたかったな。子供たちが二人とも、ついに上流階級の人々に認められ、こうしてすばらしいお屋敷に招かれているところを。

自分の口から無意識に漏れた満足げな唸り声に、ルーステンは夢から覚めた。

あれ。

なんだ。ここはどこだ？

ヨークシャテリアがニワトリをふんふん嗅いでいる。ニワトリは知らん顔だ。気づいてすらいない。ニワトリはレーザー光線のごとく鋭い視線をルーステンに向けていた。

ああ、そうとも。そんなことは起こりっこない。おれもあそこに戻りっこない。速攻でばれるに決まってる。でもってヤキを入れられる。おれが何をやったって速攻でばれて、ヤキを入れられるんだ。昔、カーク・デズナーの耳当て帽を盗んだときも、チームの奴らに速攻でばれてヤキを入れられた。シルに隠れて浮気したときも速攻でばれて、シルに婚約解消されたあげくにチャーリーと浮気された。あれは今まで食らったいろんなヤキの中でも最大級にきついヤキだった。最近じゃもう、加速度的にきつさを増すヤキ入れられの連続こそが自分の人生なんじゃないかと思えてくるほどだ。

いつものように慰めの言葉をかけてもらいたくて、ルーステンは頭のなかで天国の母親を振りあおいだ。

なにさ、あの阿呆のドンフリーは生まれてから一度もまちがいを犯したことがないとでもいうの?と母親は言った。不運にも起こってしまった不慮の悲しい出来事に巻きこまれたことが、ただの一度もないとでも? どの面下げて、たった一度小さなミスを犯しただけのあんたのことを、クソだの、カスだの、人として最低のろくでなしのクズだのと言えるのよ? そんなのぜんぜんフェアじゃない。たまには人を許すってことも、人生には必要なんじゃないの?

うん、そうかもしれない、とルーステンは言った。

そうに決まってる、と母親は言った。母さんはね、あんたのことを子供のときからずっと見てきた。だからわかるの、あんたは絶対に悪い人間じゃないって。だってあんたはアル・ルーステンだもの。そのことを忘れちゃだめ。もしかしたら自分は変なんじゃないかって思うことがあっても、いつだってそうじゃないことがわかるでしょ。そんなことで自分ばかり責めて、人生の美を味わわないなんてまちがってる。

頭の中に鳴りひびく母親の快活な声に、ルーステンは気持ちが明るくなった。

彼は車をスタートさせた。おふくろの言うとおりだ。世界は美しい。入植者の墓地に並ぶ傾いて黄ばんだ墓石。目がチカチカする「ジフィー・ループ」の看板。鳥の群れが小さな球の形から直線になり、落雷で裂けた木の枝にとまる。わかってるさ、これはおふくろの声なんかじゃない。ただおふくろが言いそうなことを頭の中で勝手にこしらえてるだけだ。おふくろが何を言いそうかなんてどうしてわかる? 最後のほうは頭のいかれたただの婆さんだったじゃないか。ああ、でもおふくろにもう一度会いたい。

それからまたあの足の悪い女の子のことを考えた。ドンフリーたちはアポの時間に間に合わず、治療は延期。次に空きが出るのは何か月も先だ。暗い夜中に、女の子は曲がった足にそっと手をやって悲しげにうめく。あとちょっとだったのに。もうあとちょっとでこの——

よせ。ネガティブなたわごとはもうたくさんだ。心には癒しが必要だ。誰だって知ってることだ。自分を愛することが大切なんだ。ポジティブなことは何だろう？　そうだ店。店を改善して、なんとか見られるように生まれ変わらせる方法を考えるんだ。店内にカフェコーナーを作ろう。あの古ぼけた染みだらけのカーペットははがす。ほらな、さっそく気分が明るくなってきた。人間、悦びを味わわなきゃ。悦びこそが生きていく糧だ。店がうまく回りだしたら、そこからさらにがんばって、最高級の店にまでもっていく。朝おれが行くと、店の前には開店を待つ人々の列ができている。人ごみをかき分けて進むおれにみんなが笑いかけ、背中をぽんぽんと叩きながら訊ねる、アル、市長選には立候補しないのかい？「バイゴーン・デイズ」を再生させたみたいに、この町も良くしてくれる気はないかい？　うふふ、市長選かあ、素敵だなあ、愉快だろうなあ。バナーは何色にしようか。スローガンはどうする？

〈アル・ルーステン、市民の味方〉。

いいねえ。

〈アル・ルーステン、最高の逸材〉。

ちょっとうぬぼれすぎか。

〈アル・ルーステン、どこにでもいる、ちょっとだけ特別な男〉。

ふほほ。

店が見えてきた。どこにも列なんかない。ゴミ捨て場から飛ばされてきた泥だらけのブルーシートが窓のところに引っかかってる。そのゴミ捨て場のそばには高架橋があって、その下がルンペンどものねぐらになっている。あいつらのせいでおれの商売――たしか連中、「ホームレス」って呼べってうるさいんだった。何かで読んだ。〃ルンペン〃ってのは差別語だとか何とか。なんたる厚かましさ。一度もまともに働いたことのない、他人の家の窓辺からパイをくすねてるような奴らが、急に人権だの何だのと騒ぎだす。おれならホームレスにつかつか近づいてって、面と向かってルンペンって呼んでやる。そうとも。やってやるさ。そのルンペン野郎の襟首をつかんでこう言うんだ、ようルンペン、お前のせいでこっちは商売上がったりだ。もう二か月も家賃を滞納してんだよ。とっとと祖国に帰りやがれ、どうせどこかの――

あの物乞い連中が、下手くそな手書きのボードを持って店の前をうろつくのには本当にムカつく。せめて字ぐらいまちがえずに書いたらどうだ。昨日も〈ホムレスに愛の手を〉と書いたボードを持った奴が店の前を通った。おれは怒鳴りつけたかった、よう、ホムがなくてお気の毒にな！　高架橋の下で日がな暇にしてるんだ、せめてお互いのボードを校正しあう——

店の前に車を停めると、妙に虚しい気持ちが襲ってきた。ここはどこだ？　店だ。うへえ。鍵はどこだ？　いつもの薄汚れたストラップの先だ。それがどうしてもポケットから出せない。

あの中に入ることを思っただけで気が滅入る。

どうせ一日じゅうぽつんと座ってるだけだ。なぜこんなことをしなくちゃならない？

何のために？　誰のために？

マグだ。マグと甥っ子たちは、おれだけが頼りなのだ。

ルーステンは一分近く車の中に座ったまま、何度も深いため息をついた。

煮しめたような服を着たおっさんが一人、通りをのろのろ歩いてきた。きっとそれが寝床がわりなんだろう、段ボールの切れ端を引きずっている。おぞましい歯並び、うるんで充血した目。ルーステンは車から飛び出してそいつを叩きのめすところを想像した。地べたに倒れたところに何度も何度も蹴りを入れて、まっとうな生き方をみっちり叩きこんでやるところを。

おっさんがルーステンに向かって弱々しく笑いかけた。ルーステンも弱々しく笑みを返した。

センプリカ・ガール日記

（九月三日）

四十才になったので、オフィスマックスで買ってきたこの黒のノートに毎日のことを書くという一大プロジェクトをはじめることにした。一日一ページずつ書いていけば、一年後には三百六十五ページ。将来、子どもや孫や、もしかしたらひ孫の世代や、とにかくいろんな人がこれを読んで（！）、昔の（今の）暮らしがどんなだったか知るかもしれないと思うとワクワクする。考えてみたら、おれたちだって昔のことをどれくらいリアルに知ってるだろう？　服のにおいとか、馬車の音とか？　たとえば未来の人間は、夜中に空を飛ぶ飛行機の音を知ってるだろうか？　そのころにはもう飛行機なんて過去のものになってるかもしれない。未来の人間は夜中にネコがケンカすることを知ってるだろうか？　ネコのケンカをおさえる薬が発明されてるかもしれない。ゆうべは二匹の悪魔がヤッてる夢を見て、目をさましたら窓の外でネコがケンカしてただけだった。未来の人間は「悪魔」ってものを知ってるだろうか？　「悪魔」を信じるなんて古くさいと思うだろうか？　そもそも「窓」だって、まだあるだろうか？　おれみたいに高い教育を受けた大学出の人間でさえ、夜中にこわい夢で目をさまして、ベッドの下に悪魔がいるかもしれないとビクつくなんて、きっと未来の人々はふしぎに思うだろう。まあでもそんなことはいい、べつに百科事典を書こうってわけじゃない。これを読んでる未来のみなさんは、もし悪魔が何だか知りたければ百科事典っていうもので調べてくれ。まあ、それももうなくなってるかもしれないが！

話がずいぶんそれた。疲れてるのと、あとネコのケンカのせいだ。

これからはどんなに疲れていても、寝る前二十分はかならずこれを書くゾ！

というわけで未来のみんな、今日はここまでだ。知ってほしいのは、これを書いてるのは君たちと同じ人間だということだ。同じように息を吸うし、寝入りばなに足がビクッとなるし、書いてる最中にときどきエンピツを鼻にもっていってにおいをかぐクセがある。いやでも待てよ、君たち未来人はレーザーペンかなんかを使うのかな？　でも、それにもやっぱり何かのにおいがあるかもしれない。未来の人間ははたして（レーザー）ペンのにおいをかぐのか？　しかし今夜はもう遅い、哲学的考察はこれくらいにしておこう。とにかく、毎晩少なくとも二十分はこのノートに書くことをここに誓う。（くじけそうになった時は、これを一年続けることで後世にどれだけたくさんの記録を残せるかを考えること！）

（九月五日）

いかん。一日あいてしまった。ちょっとバタついてた。昨日のことをざっとおさらい。けっこうハードな一日だった。子どもたちを学校に迎えに行ったとき、パークアベニューのバンパーが落っこちたのだ。未来の子孫のために注釈：「パークアベニュー」＝自動車の種類。うちのはピカピカの新車とはいいがたい。かなり古びてる。ちょっとサビてもいる。エバが車に乗ってきて、ねえパパ〝ジャンコラマ〟ってどういう意味、と聞いた瞬間にバンパーが落ちた。歴史のレン先生が親切にもバンパーを拾ってくれて（自分あてのメモ：レン先生をほめる手紙を校長先生あてに書くこと）、ぼくも貧乏学生だったころ車のバンパーが落ちちゃったことありますよ、と言ってくれた。エバがおれに、バンパー落ちたって平気だよ、と言った。おれは言った、もちろん平気だとも、平気じゃないわけがない、これはただの事故だ、誰もなんにも悪くない。後部座席でわが子が三人、小さな顔にしんみり悲しげな表情を浮かべ、ひざの上でバンパーを支えている図がいまも頭からはなれない。バンパーは長すぎて、片っぽの端がエバの側の窓から外に突き出していて、おかげできょうエバは鼻をぐすぐすいわせてるうえに、バンパーのとがったところで切ったらしくて手に小さな傷ができていた。レン先生は窓から出ているバンパーの先っぽにハンケチをくくりつけてくれた。エバがそれを先生に返すのを忘れたらどうしようと心配するので（「だってほら、あたしたちってうっかり屋さんだから」）、おれは言った、いいやパパは自分たちのことうっかり屋さんだなんてちっとも思わないぞ。ところが言わんこっちゃない、帰る途中にハンケチは風で飛んでしまった。

　リリーは例によって話をひとっとびに大きくして、こんなバンパーなんてどってことないよ、どうせもうすぐお金持ちになって新しい車に買い換えるんだもん、でしょ?と言った。家に着いて、パンパーを置きにガレージに行った。ガレージの床で大きいネズミだか小さいリスだかが死んでいて、ウジがどっちゃりわいていた。シャベルでリス／ネズミをあらかたすくってゴミ袋に捨てた。リス／ネズミのシミというか残がいというかが床に残って、毛の生えた油ジミみたいに見えた。

　そこに立って家を見上げて、悲しい気持ちになった。が、思った。なぜ悲しむ?　悲しむな。おれが悲しむとみんなまで悲しくなる。元気いっぱい家に入り、バンパーのこともリス／ネズミのこともウジのこともいっさい言わず、さっきキツい物言いをしてしまった埋めあわせに、エバに特別にアイスクリームをあげた。

　エバはやさしい子だ。天使みたいに心がきれいだ。もっと小っちゃかったころ、庭で鳥が死んでるのを見つけて「この子がお父さんお母さんを見れるように」と、ブランコとすべり台が合わさったやつの上に死がいを置いた。古いロッキングチェアを捨てようとしたら、ロッキングチェアさんが地下室でずっと余生を過ごしたいと言っていたと言って泣いた。

　もっとがんばろう!　もっと優しい父親になる!　今この瞬間からだ。いずれ子どもたちが大人になったとき、ボロ車の中でイライラカリカリしてる父親の姿しか覚えてないっていうんじゃ悲しすぎる。

やることとリスト：家計の収支をあわせる。パークアベニューの車検証をもらう。バンパーを取りかえる。（自分あてメモ：バンパーを取りかえなくても車検証が取れるかどうか調べる。）リス／ネズミの残がいをきれいにこそげて、夏になったら子どもたちがガレージで遊べるようにする。

やりたいことリスト：地下室をきれいにする。（最近の雨のせいでプチ浸水してしまい、クリスマス用にためといた箱や包み紙が全部おじゃんになった。おまけにモルモットのケージが浮いてあちこち動くので、洗濯機の上にのっけてある。洗濯のたびにそれをいちいち水の中におろす。）

いつになったら時間と金がたっぷりできて、妻と子どもたちがリッチな豪邸で眠ったあと、干し草の上にのんびり座って月の出をながめられるようになるんだろう。そうなったらきっと人生の意義ｅｔｃ．についてもじっくり考えられるようになるんだろう。でも、おれたち一家にもきっといつかはツキがめぐってくる。今も、昔からもずっと、おれにはそんな予感がある。

（九月六日）

リリーの友だちのレスリー・トリリーニの家で誕生パーティ。どっと落ちこむ。

その昔ラファイエットも滞在したことがあるとかいう超豪邸だった。そのラファイエットの間ってのも見せてもらった。今は一家の「娯楽室」になっている。プラズマTV、ピンボールマシン、フットマッサージ機。三十エーカーの敷地に離れの小屋が六つ（彼らはあれを〝小屋〟と呼んでるのだ）。一つはフェラーリ専用（三台）、一つはポルシェ用（二台、プラス父親がレストア中の一台）、一つは家族全員で修復している骨とう的価値のメリーゴーラウンド用（！）。マスが泳ぐ川には中国から飛行機で運ばせたオリエンタルな赤い橋。木材に昔の王族の馬のひづめの跡が残っていると言って見せられた。リビングのスタインウェイの横には、もっと古い時代のひづめ跡の石こう型も飾ってあって、それは別の橋に残っていたやつだそうだ。ピカソのサイン入り、ディズニーのサイン入り、グレタガルボが一度着たドレス、そんなのがマホガニーのどでかいキャビネットにずらずら飾ってある。

菜園はカールという専属の庭師が世話している。

リリー：わあ、この野菜畑、うちの庭の十倍くらいある！

花壇にはまたべつの庭師がついていて、なぜかそいつもカールという名前だった。

リリー：ねえ、こんなところに住みたくない？

おれ：ははは、なにバカなこと……。

パム（うちの女房。すごく優しい。最愛の妻！）：あら、リリーの言うとおりじゃない。あなたこんなところに住みたくないの？　あたしは住みたい。

家の正面のなだらかな芝生の斜面に、見たこともないほど大がかりなSG飾りがあった。白一色で、そろいの白のスモックが風にひるがえっていた。リリーが言った：近くに行ってみてもいい？

友だちのレスリー：いいけど、あたしたちはあんまりそれやんない。

インドネシアのサロンを着たレスリーの母親：うちはそれはやらないのよ、前はよくやってたけれど。でも、行ってみたい？　もしかして見るのははじめてで、興味あるかしら？

リリー、もじもじしながら：はい。

レスリーの母親：いいわ、どうぞ。ごゆっくり。

リリーはすっ飛んでいった。

レスリー母、エバに向かって：あなたは？

エバはおれの脚のうしろに隠れて、だまってかぶりを振った。

そこに父親（エメット）が、ペンキ塗りたてのメリーゴーラウンドの馬の脚をもって現れて、そろそろ夕食の時間だと言った。メニューはグァテマラから空輸したバショウカジキを、ビルマのごく限られた地域でしかとれないスパイスで味付けしたもの、これがワイロを使わないと手に入らない希少な代物でね、バショウカジキも鮮度を保つために特別なコンテナを設計・発注したんだ、みなさんのお気に召すといいんだが。

子どもたちはあとでツリーハウスのほうで食べるといいわね、とレスリーの母親が言った。それ用にテーブルセッティングも新しいのを買ったのよ。前はロシア製のセットを入れてあったの、あっちに住んでいたころにそろえたもので、それも素敵だったんだけれど傷だらけになってしまって。それにロウソク立てもちょっと古くて、あ、古いって本当にロマノフ王朝のころのものっていう意味だけど。

先週やっとケーブルＴＶも引いたんだ、とエメットが言った。

エメットが指さしたほうを見ると、ツリーハウスはビクトリア朝ふうにペイントされていて屋根は切妻屋根、そこから天体望遠鏡が突き出ていて、小さいソーラーパネルらしきものまでついていた。

トーマス：すごいや、あのツリーハウス、うちの二倍くらいなくね？

パム（小声で）：〝なくね？〟とか言わないの。

おれ：はは、まあいいじゃないか、子どもの言うことに――

トーマス：あのツリーハウス、うちの二倍くらいあるね。

（トーマスはいつも大げさでいかん。いくらなんでもツリーハウスがうちの倍もあるはずはない。せいぜい三分の一ってとこだ。だがまあ、たしかにデカい。）

うちが持ってったプレゼントは一番ダメってわけじゃなかった。たしかに金は一番かかってなかったかもしれないが（ミニＤＶＤプレーヤーを持ってきた人がいたし、本物のミイラの髪の毛（！）を持ってきた人もいた）、おれに言わせれば、心はうちのが一番こもっていた。それが証拠にレスリーは（ミイラの髪の毛には露骨にがっかりした顔をして、口でもそう言った、もう同じのを持ってる（！）んだそうだ）、わが家のペーパードールセットの素朴さにいたく感動したようだった。買ったときはそんなふうには思ってなかったが、レスリーの母親が、まあ見てレスリー、キッチュっていうのかしらこういうの、すごく面白くない？と言ったのを聞いて、おれは思った、そうか、キッチュ、言われてみればそうかもしれない、たぶん最初からそういうつもりだったんだ。何にせよ、そう言ってもらったおかげで、次のプレゼントがプリークネス・ステークス*（！）の入場券だったときの衝撃がだいぶやわらいだ。レスリーは最近馬にハマってて、飼ってる九頭の馬にエサをやるために毎日早起きするようになったらしい。前のラマのときはガンとしてエサやりを拒否していたのに。

レスリーの母親：で、けっきょく誰がラマにエサをやったと思う？

レスリー（キッとなって）：でもママ、あのときはあたしずっとヨガやってたじゃない。

レスリー母：でもね？　この子が学校のあとヨガがある日にはわたしがエサをやってたんですけど、おかげでラマが本当に可愛い生き物だって気がつけたから、逆に良かったなあと思って。

レスリー：言っとくけど、ヨガ毎日だったからね？

レスリー母：子どもたちを信じてあげれば、もともと持っている命への関心がいつかはきっと芽生えると思うの、そうじゃないかしら？　げんにいまレスと馬がそう。それはもう夢中で。

レスリー：馬ってすっごくかわいい。

パム：うちの子たちなんか、ファーバーが家の前庭に落としたものも拾おうとしないのよ。

レスリー母：ファーバーとは？

おれ：犬です。

レスリー母：ホホ、そうね、生き物はみんなフンするわよねえ。問題はそこよね。

パムのやつ。たしかにうちの庭は犬のフンだらけで、片づけを当番制にしてみてもちっとも効果がないが、なにもそれをわざわざみんなの前でバラさなくたっていいじゃないか。それじゃまるでうちの子たちが、着てるものがレスリーより見劣りするうえに性格までだらしないみたいじゃないか。ラマだの馬だのオウムだの（二階の廊下にはオウムがいて、小便に行こうとしたら「ボン・ニュイ！」と話しかけられた）に比べて、犬がペットとして劣ってるみたいじゃないか。

食事のあと、エメットと庭を散策した。エメットは外科医で、脳に何かを埋めこむ手術を週に二日だけやっている。小っちゃな電気機器だったかな。それともバイオトロニ

＊　ケンタッキー・ダービーなどと並ぶ、アメリカ競馬三冠競走の一つ。

ック？　何にせよ、ものすごく小さいやつだ。マチ針の頭の上に何百個ものっかるくらいの。いや一ドルコインだったかな？　いまいち話についていけなかった。こっちの仕事が何かと聞かれたので、答えた。するとエメットは言った、ふうん、なんというか、信じられないよね、この社会にそういう奇っ怪で不可思議な仕事をさせられている人々がいるということが。そんな、誰にとっても何の益にもならない低級なことをさせられて、自尊心を保てってていうほうが無理じゃないのかな。

おれは何も答えられなかった。自分メモ：うまい答えを考えて、カードに書いて送る。それをきっかけにエメットと仲良くなる？

家の中にもどり、星空観察用に特別に作られたデッキに座って、空に出はじめた星をながめた。うちの子たちは、まるでうちの近所じゃ星なんか一つも見えないみたいに、うっとり空を見あげてた。どうした、とおれは言った、まるでうちの近所じゃ星なんか一つも見えないみたいじゃないか？　返事なし。三人とも。たしかにそこで見る星はいつもよりずっと明るく見えた。おれは星見デッキで酒をばかすか飲み、すると今まで考えてきたことが急に何もかもバカらしく思えた。あとは魂が抜けたみたいにずっと黙っていた。

帰りはパムがパークアベニューを運転し、おれは助手席で酔っぱらってふさいでいた。子どもたちは大はしゃぎで、すごいパーティだったねと口々に言いあってた。ことにリリー。トーマスはラマについての面白くもないあれやこれやをまくしたてていた。全部エメットからの受け売りだ。

リリー‥ああ、早くあたしの誕生日にならないかな。あと二週間であたしのパーティやってくれるんだよね？

パム‥どんなパーティにしてほしい？

長い沈黙。

しばらくしてリリーが悲しげに‥うーん、わかんない。特にないかな。

家に着いた。何もない殺風景な庭を前に、またしばしの沈黙。あるものといえばイネ科の雑草だけ。いにしえのひづめの跡のあるオリエンタルな赤い橋もない、離れもない、SGの一つもない。すっかり存在を忘れられていたファーバーだけが、いつものように木のまわりを何度もぐるぐる走り、しまいには短くなったリードで首がしまり、腹を上に向けて地面にべたっと貼りついたまま、ふつふつと煮えたぎる怒りと焦りのいりまじった目で、訴えかけるようにおれたちを見あげていた。

リードを外してやると、犬はうらみがましい目でおれをじろっと見てから、ポーチぎりぎりのところにフンをした。

子どもたちが自分からすすんでフンを片づけるんじゃないかと期待して見ていたが、だめだった。みんなうなだれてフンの前を素通りし、疲れた顔つきで玄関前につっ立っていた。ならおれが自分からすすんで片づけりゃいい。と思ったものの、おれも疲れてたし、早く家に入ってこのくだらないノートに書かなきゃならない。

正直、金持ち連中なんて大きらいだ。あいつらのせいで、おれたち貧乏人はマヌケで役立たずみたいな気分を味わわされる。べつにうちが貧乏ってわけじゃないが。言うなれば中流だ。文句を言ったらバチが当たる。それはわかってる。わかってるが、金持ち連中のせいでおれたち中流の人間がマヌケで役立たずみたいな気分を味わわされるのは納得いかない。

いま酔っぱらってこれを書いてる。もう遅い時間で、明日は月曜、つまり仕事だ。仕事仕事仕事仕事。クソみてえな仕事。あんな仕事もううんざりだ。

寝る。

(九月七日)

前に書いた部分を読みかえしてみて、ちょっと訂正。

おれは仕事にうんざりなんかしていない。仕事があるのはありがたいことだ。金持ちのこともきらいじゃない。自分も金持ちになりたいと心から願ってる。そしていつかおれたちも夢かなって、橋や、マスや、ツリーハウスや、SGを手に入れられたら、それは全部おれたちが自分の手でつかみ取ったものだと胸を張って言えるんだ。どうせ親の代からの金持ちに決まってるトリーニなんかとはわけがちがう。

今日の昼休み、職場で「秋のお楽しみフェス(フォール・フリング)」があった。何千という人間がみんなどっと下に降りていった。しょぼい三人組バンドが演奏していた。だれかが〈FF〉と書いてあるオレンジと黄色の小旗を配ってまわったんだろう、すぐに捨てられて地面が旗だらけになっていた。中庭を流れる人工の川に、アホな連中が小旗を投げこむもんだから、川の端っこにあるろ過装置が詰まってしまい、尻ポケットに何本も旗を差したメンテナンスの人間が、げんなりしながら物差しで小旗を取り除こうとしていた。

食べ物は、例によって例のごとく小さくてぺたんこで干からびたサンドイッチだった。おれたちのグループが降りていったときには、テーブルのまわりの地面に靴あとのついたサンドイッチが散乱していた。

仲間と芝生に座って、大急ぎでサンドイッチを詰めこんだ。

それからエバのことを考えた。心のやさしい子だ。ゆうべパーティのあと部屋をのぞいたら、エバがふさぎこんでいた。どうしたと聞いても、何でもないと言う。だがスケッチブックに、一列に並んだ悲しげなSGたちがクレヨンで描いてあった。たぶん悲しい顔のつもりなんだろう、下向きに曲がった口がフーマンチューのヒゲみたいに顔からはみ出ていたし、涙がアーチ状にぽろぽろこぼれて、地面に落ちたところから花が咲いていたから。自分メモ：エバと話をして、きちんと説明すること。あれはちっとも痛くないし、SGたちも悲しんでなんかない、むしろ元いた場所にくらべたらずっとハッピーなんだ、みんな望んでここに来たんだし、喜んでいるんだよ、etc.

前にラジオですごく感動的な番組をやっていた。バングラデシュのSGが故郷に仕送りをして、そのお金で両親が小っちゃな小屋を建てたという話だった。（自分メモ：ネットでこれを探してダウンロードして、エバに聞かせること。その前にパソコンを何とかしないとだ。動作がアホほど遅い。メモリ容量が小さすぎるせいか？「サーカスルーザー」を削除するしかないか。容量不足のせいでアクロバットの動きがものすごくぎくしゃくしてる＋ゾウがジャンプしない＝面白みゼロ。）

やがて一時になったので、おれたちは仕事に戻った。エレベーターの中でネクタイをした男たちが、何人かは乾いたサンドイッチを手に持ったまま顔を真っ赤にして、なにが〝秋のお楽しみフェス〟だ、ちっともお楽しくねえ、お楽しみフェスもうアキアキだ、などと冗談を飛ばしあった。それからふとおとずれた気まずい沈黙のなかで、各自が自分がいま口から泡を飛ばして興奮して言ってしまったことを反すうして自己嫌悪におちいる時間があった。アホか。「意味なし発言選手権」に出てるわけでもあるまいし。

ついで各自がエレベーターの鏡ばりの天井をちらちら盗み見て、頭頂の薄毛ぐあいをチェックする等々〝フカン〟で眺めた自分の姿を観察するタイム。

アンダーズが言った：おれ、鳥から見たらきっとすごいブキミな生き物なんだろうな。

誰も笑わなかった。つい最近母親が死んだばかりのアンダーズに気を使って、全員が笑いの代用品みたいなどっちつかずの声を出しただけだった。

（九月八日）

ウッドクリフを長いこと散歩して、たったいま戻ってきたところ。

あそこの家々では、おれぐらいの年の男たちはみんな大きな椅子に腰かけ、オレンジ色のブルジョアな明かりの下で本なんか読んでるんだろう。おれの大きな椅子はどこにある？　オレンジ色の明かりは？　椅子もない、ブルジョアな明かりもない、壁いっぱいに本の並んだ書斎もない。わが家の壁の絵はどうしてああもショボいのか。激安ショップで買ったクラシックカーの絵と、どこかのガレージセールで見つけたビーチと観覧車のありがちな図柄の絵、それだけだ。なんでこうなった？　額入りの、画家の直筆サイン入りの本物のアートがなぜうちにはない？（自分メモ：若い画家と知り合いになるのはどうか？　その画家がうちに遊びに来る、おれたちの人柄にすっかりホレこむ、そして家族の肖像画をタダで描いてくれる、とか？　だが額装するにも金がかかる。画家がおれたちの人柄にホレこんだあまり、額もいっしょにくれるとか？　それもひっくるめたプレゼントとして？）ウッドクリフは何もかもがゴージャスだった。美しい花壇、夜の空気にただよう杉のマルチングの香り、芝生の上で月明かりに照らされたモーターボート。ロングフェロー通りとパーディウェイの角にある小塔（タレット）つきのばかでかい家の裏には、すばらしくなだらかな芝生の庭が二百ヤードほども続いていた。その奥の暗がりに、十五連の（ちゃんと数えた）ＳＧが静かに吊られて、白いスモックが月明かりを浴びていた。息をのむ美しさだった。風が急に強く吹いてＳＧたちが少し傾き、スモックも髪も（流れるように黒く、長い）同じ角度になびいた。美しい花々が（チューリップ、バラ、何か明るいオレンジ色の花、長い茎の先に白い小さいのがかたまって咲いてるやつ）風にゆられて、紙と紙がこすれるような音をたてた。家の中からはフルートの音色。いろいろなことを考えさせられた。すばらしい庭園を作り、そこを散策しながら哲学的な思索にふけっていたであろう古（いにしえ）のブルジョアな人々のことや、そういう人々の楽しみのために投げ縄で捕らえられた豊かな大地のことや——

風がやみ、すべてが垂直にもどった。芝生の向こうからかすかなため息、それから聞きなれない言葉で何やらささやきかわす声。おやすみなさい、だろうか。それとも、わあ今の風すごかったね、などと異国の言葉で言いあっているんだろうか。

そばまで近寄ってみたい、できることならちょっと話してみたいと思ったが、すんでのところで思い止まった。いやいや、不法侵入はマズいだろう。

しばらくそこに立ったまま、見つめ、考え、祈った。神よ、どうかおれたちにもっと与えてください。じゅうぶんに与えてください。せめて人並みの暮らしができますように。これ以上みじめになりませんように。子どもたちのために。人よりみじめな暮らしのせいで、子どもたちの人生に傷をつけたくありません。

それだけがおれの望みです。

犬が吠えだし、勢いよく飛び出して二人のＳＧのあいだを駆けぬけ、一人が小さく悲鳴をあげた。だがリードに引っぱられて、すぐに引き戻された。

家の中から：静かに、ブラウニー！　ブラウニー、しいっ！
木の陰に隠れてそれを聞き、すぐにその場を離れた。

（九月十二日）

リリーのBデイまであと九日。なんだか恐ろしい。胃が痛くなりそうだ。ぶざまなパーティにだけはしたくない。なんでそこまでこだわる？　自分の十三才の誕生パーティのせいか？　ケン・ドリズニャックがポニーから落ちて半身マヒになりかけて？　ケーキもボソボソで？　ケイト・フレスレンがヘビに悲鳴をあげて？　親父がクワでヘビを殺したが、肉片が飛び散ってケイトの服を汚して？　それとも子どもの誕生パのことでストレスを感じるのはふつうのことで、親はどこもみんな苦労してるんだろうか？

リリーにはプレゼントに何がほしいかリストアップするように言ってあった。今日帰ると、〈プレゼントこうほ〉と書いた封筒が置いてあった。中にはカタログの切り抜き。〝**〈猛獣たちの休息〉――ジャングルの猛獣たちが、精緻で美しいクッションの上でのびのびと大きな猫ちゃんに戻った一瞬を陶器でかたどりました。でもご用心、いつまた猛獣に戻るかわかりませんよ！　左向きのチータ：350ドル　右向きのトラ：325ドル**〟。それからポストイットに〈パパへ　こっちは第二こうほ〉とあり、〝**〈妹に本を読む少女〉――どなたの心にもほのぼのとした懐かしさを呼び起こす**〝**お話の時間**〟。ネ

バダの陶芸作家ダニが、そんな子ども時代の一場面をいきいきと再現しました。本を読む姉妹の人形、玉（ぎょく）の台座つき。280ドル〃。

感心できん、とおれは思った。理由その① 十二才の女の子が、なんでまたこんなおばはんくさいものを欲しがるのか。その② 十二才の子どもが、どこをどうまちがえば三百ドル＝誕プレに適正な金額だなどと思うのか。おれたちの時代にはシャツ一枚とかだった。それもべつに欲しくも何ともない、たいていは手縫いのシャツ。一度だけバスケットボールだったことがあったが、異常によくはずむ、赤と青と白のＡＢＡタイプのボールで、謎のピエロの絵がついていた。バウンドさせると普通のボールより二フィートも高くはねあがり、友だちからは「ぼよよんボール」と命名された。むろん三百ドルなんかじゃない。おそらく、おふくろはこれを洗剤のクーポンを集めて手に入れた。ボールは手縫いのシャツでくるんであって、長い袖の片方がべろんと垂れていた。その袖の長いシャツを着て外に出てみんなに「お披露目」して来いとおふくろは言った。今もおふくろが撮ったその時の写真が残ってる。おれがぼよよんボールでドリブルしようとしてて、その横で友だちのアルがシャツの袖を〝ひゃあ、なっげえ袖！〟というように引っぱってみせている。ボールは写真のフレームの外にほとんどはみ出しかけて、下の丸みだけがかろうじて月のように見えている。クリス・Ｍがそのボール／月を、驚き／困惑とともに見あげている。

とはいえリリーを悲しませたくなかったし、うちの家計の苦しさを思い知らせるのもいやだった。うちの家計の苦しさについてなら、リリーはすでにイヤってほど思い知らされている。学校で「わが家の庭」という宿題が出たとき、レスリー・トリーニは東洋の橋の写真を持ってきたうえに、SGたちのプロフィール（国や年齢ｅｔｃ.）も発表した（リリーいわく「あたし以外は全員それやってた」）。いっぽうリリーが持っていったものといえば、前の年に庭に菜園を作ろうとして挫折したときに出てきた一九四〇年ごろのコンドームの箱だった。やっぱりあれを持っていかせたのはまちがいだったか。おれは思ったのだ、いいんじゃないか、年代ものだし、どうせこれがコンドームの箱だなんて誰も気がつきゃしないだろ。だが教師は気がついてそれを指摘し、クラスは大爆笑、教師はいい機会だとばかりに避妊の大切さを説きだして、クラスにとっちゃ良かったかもしれないが、リリーにとっては悪夢だっただろう。

パーティについては、リリーはもう無しでいいと言っている。どうして？と聞いたが、べつに、なんとなく、と言うだけだ。おれは言った、うちの庭とか家とかのせいなのか？　家がせまくて庭になんにもないせいで、パーティがつまらなかったりみっともなかったりするのがいやなのか？

するとリリーは泣きだして、もうやめてパパ、と言った。

陶器の人形一つぐらい、そうぜいたくじゃないのかもしれない。というか、「わが家の庭」の日に学校から帰ってきて、ため息とともにコンドームの箱をテーブルの上に投げ出したリリーの悲しげな顔を思えば、それくらいのことはしてやるべきなのかもしれない。

あの中では一番安い〈妹に本を読む少女〉にするか？　ただ、一番安いやつをあげるというのは、あんまり心証はよくない。太っ腹になろうとしてなりきれず、ケチな根性が顔を出してる感じになってしまうかもしれない。思い切ってドンと〈猛獣たちの休息〉に行っちゃうか？

リリーのびっくりする顔見たさに、ＶＩＳＡでチータを買っちまうか？

（九月十四日）

今日はメル・レッデンを監視した。メルはよくやった。おれもよくやった。彼はごく小さなミスをし、おれはそれを全部捕捉した。メルは一つ、〈リサイクル〉部門でミスをした。プルタブ缶をまちがったゴミ箱に捨てたのだ。さらにプルタブ缶をまちがったゴミ箱に捨てる際に、〈人間工学〉部門でもミスをした。離れたところから缶を投げて的をはずし、立ち上がってもう一度投げなおしたのだ。そこで二つめの〈人間工学〉部門ミスを犯した。缶を拾って投げなおすときに、きちんとしゃがまずに腰をかがめて拾い、腰の筋を損傷の危険にさらしたのだ。メルはおれの監視結果を承認し、それからもう一度監視をやり直してほしいと言った。じつに賢い。こんどは一つのミスもしなかった。缶をゴミ箱に投げなかった。〈人間工学〉部門のミスを一つも犯さず、じっとデスクに座っていた。というわけでおれはそれをメルの〈記録〉に追記した。それから仲間と別れ、ｅｔｃ．ｅｔｃ．

Lの誕生日まで一週間。

自分メモ：チータを注文する。

ただし、事はそう簡単じゃない。ＶＩＳＡはいまちょっと問題がある。限度額いっぱいなのだ。いっぱいどころかあふれてる。ユア・イタリアン・キッチンでＶＩＳＡが通らなくて発覚した。パムと子どもたちを店に残し、満面の作り笑いとともに早足で外に出て、車でＡＴＭまで行った。そのＡＴＭまでカードを受け付けてくれなかったときには心臓が止まるかと思った。近くにいたホームレスのアル中が、そのＡＴＭ壊れてんよと言って、べつのＡＴＭを教えてくれた。感じよくありがとうと手を振って車を出した。ホームレスはおれに中指を立てた。二つめのＡＴＭは壊れてなくて、ちゃんとカードを受け付けてくれたので胸をなでおろした。

息せき切って店に戻ると、パムはコーヒーおかわり三杯め、子どもたちは椅子からずり落ちてコインで水槽をコンコン叩いていて、店の従業員はみんなカリカリきていた。現金で払い、埋めあわせにチップをたっぷりはずんだ。すんでのところで子どもたちのコインまで（！）かき集めるところだった。とはいえ、おおむねいい夜だった。楽しい家族団らんだ。水槽の件をのぞけば子どもたちもお行儀がよかった。だが問題がなくなったわけじゃない。ＶＩＳＡ限度額いっぱい問題だ。アメックスもいっぱい、ディスカバーもほぼいっぱい。ディスカバーに電話したら、上限まであと二百あることがわかった。銀行口座からそこに二百振り込めば（給料の小切手が来しだい）、ディスカバーで四百使えるので、それでチータが買える。問題はタイミングだ。いま現在、口座の残高はゼロ。まず給料の小切手が来て、それをすぐさま口座に振り替え、銀行がすぐに現金化してくれないと困る。そして月末の諸費用支払いの際に二百ドルぶんを取り分けて、翌月払いに回す。

最近はもうずっとこんなふうな自転車操業だ。

未来の子孫のために解説：この時代にはクレジットカードというものが存在した。カード会社が金を貸してくれて、利用者は高い金利であとで返す。何かやりたいことがあるのに（例：バカ高いチータを買う）金がないときはありがたい。きっと君らは安全な未来からこっちを見て言うだろう、〝払えもしないことをやるなんてまちがってるよ〟。はっ。簡単に言ってくれるよな。ここに、この世界にいて、愛する子どもたちがいて、なのにほかの親が子どもにしてやってるようないいことを何ひとつしてやれない、この気持ちがお前らにわかるのかよ。マンシーニ家みたいに子どもをニース世界遺産めぐりの旅に連れてってやることもできない、ゲイリー・ゴールドがあのスリムで日に焼けた息子のバイロンにしてやったみたいにバハマ沖の難破船ダイビングに連れてってやることもできないんだ、おれたちは。

先立つものがないのは、かくもつらい。

おれにはやりたいこと、見てみたいこと、子どもにあげたいものが山ほどある。時のたつのは早く、子どもはあっという間に育つ。今やらないで、いつやるんだ？　いつになったら子どもたちに、いいことをしてもらった、ゼイタクさせてもらったっていう気分を味わわせてやれるんだ？　ハワイに行ったこともない、パラセーリングをしたこともない、旅先でノリで買ったへらへらの麦わら帽をかぶって海辺のカフェでランチしたこともない。おれが心配なのは、そうやってプアな環境で育った子どもは、冒険しないちんまりした人間になってしまうんじゃないかということだ。いや、べつにうちがプアってわけじゃないぞ。ないが、それでも欲しいのに手に入らないものはいっぱいある。そうやってプアさのせいで子どもたちが冒険しないちんまりした人間に育ってしまうと、世間でいいようにやられっぱなしになるんじゃなかろうか。おれがやってみたいこと……大きな箱を買って、いかにも地面に埋めてある宝箱みたいな感じに色を塗り、地面に埋めて、地図を作って、地図を隠しておいて、それと気づかれないように子どもたちが地図を見つけるように仕向ける。そしてあいつらがおれのところに地図を見せにきたら言う、ばかばかしい、そんな夢みたいなこと考えるんじゃない、冒険するな、つましく生きろ、世間はそんなに甘くないぞ。それでも子どもたちがあきらめずに宝物を見つけることができたら、それは夢を決してあきらめるなという素晴らしい教訓になるんじゃなかろうか？　だがどうやってそれをやる？　そんな箱どこに売っている？　中に入れる、そんなに高すぎないものをどこで探せばいい？　そんな大きな穴をいつ、どうやって掘る？　土日はそんなヒマはない。金さえあれば、メイドを雇い、庭師を雇い、あいた時間で箱を見つけ、中身を入れ、箱を埋められるのに。それか中身だけ自分で入れて、埋めるのは庭師にやらせるか。それか中身もメイドにやらせるか。だがメイドや庭師を雇う金もない、宝箱を買う金もない、中に入れる宝物を買う金もない、地図を古い感じに仕上げるための道具を買う金すらない。

いや、それでもベストを尽くすんだ！　おれの親父を見ろ。おふくろが家を出てったあとも親父は仕事を続けた。仕事をリストラされると、新聞配達の仕事を始めた。新聞配達の仕事をリストラされると、もっと割の悪い新聞配達を見つけた。やがて元のいい新聞配達を取り戻した。そして死ぬまぎわには、最初にクビになった仕事と同じくらいいい仕事についていた。安い新聞配達に格下げされたときに作った借金も、あらかた返し終えていた。

自分メモ：親父の墓参りに行くこと。花を買って。親父が新聞配達してたころに言ってしまったひどいことを、あやまりたい。高校のプロムに着ていくタキシードをレンタルする金がなくて、しかたなく親父の古いタキシードを着た。ぜんぜんサイズが合ってなかったが、だからといってあんなひどいこと言うべきじゃなかった。親父はおれより一フィートも背が高くて、ズボンの裾を引きずるほどだった。なのに足はやけに小さくて、借りた靴はひどく痛かった。でもどっちも親父のせいじゃなかった。

親父はいい人間だった。子どもたちのために身を粉にして働いて、けっしておれたちを置いて出てったりしなかった。あのつらい、安い新聞配達の日々だって、よく菓子を買って帰ってきてくれた。

（九月十五日）

くそっ。だめだ。ディスカバーに給料の金を入れるのが間に合わなかった。小切手を現金化するのに時間がかかってる。

よってチータの線は消えた。

パーティは台所で家族だけでやるとして、リリーに何かプレゼントを考えなくちゃだ。それか前におふくろがやってたみたいに、物のかわりにそれの絵をラッピングして、いつか買ってやる約束をするか。ただし、自分メモ：おふくろがやったみたいに、いざ子どもがその引き換え券をもって自分のところに来たら、大げさに天をあおいでみせて、お金がそのへんの木にでもなると思ってんのかい、と言うようなマネだけは絶対にしないこと。

そうとも。もしもリリーが引き換え券をもってやって来たら、おれはサプライズでとびきりの歓待をしてやるんだ。みんなでうんとオシャレして、街でいちばん高級な店でランチを食べる。すると店のオーナーがやってきてフランス語なまりの英語で言う、**おや、今日はどなたかのお祝いでいらっしゃるので？**（自分メモ：フランス語で、**そう、**

この子の誕生日なんですよを言えるようにすること。）それからみんなで買い物に出かけて例の陶器の人形を買う。それも一つじゃなく二つ買って、リリーを大感激させる。できることなら高いほうのやつを買う、カタログにのってた安いやつじゃなく。

自分メモ：引き換え券を作るために、あのチータの広告の写真を見つけること。小さいテーブルの上に置いといたんだが、見当たらない。留守電をメモするのに使っちまったか？　それともネコが吐きだしたものをつまむのに使った？

自分メモ：街でいちばん高級なレストランを調べること。

かわいそうなリリー。小っちゃいころ、バーガーキングの紙の王冠をかぶって希望に顔を輝かせてたリリー。まさかこんなことになるなんてな。あのころのリリーは、自分がお姫さまになれないなんて、ビンボーな家の子になるなんて、思ってもみなかったろう。若干ビンボーな家の子。大富豪とは言えない家の子。

パーティもナシ、プレゼントもナシ。お約束券のチータの写真すら、もしかしたらない。おれが絵を描いてもいいが、ラクダをもらう券だと勘ちがいされるかもしれない。いや、正確にはラクダをもらえません券、だな。どっちみちおれはあんまし絵心がない。あはは、よせよせ、明るくいこうぜ！　笑いは最高の薬とか何とかかんとか。

いつかはきっと夢がかなうはずだ。でも一体いつ？　なんで今じゃないんだ？　なあ？

ここ三日ほどずっと頭痛が取れない。

（九月二十日）

ちょっとのごぶさた失礼つかまつった！　ヒュウ！

あんまりハッピー&いそがしすぎて、ここに書いてるヒマがなかった！

金曜日に信じられないようなことが起こった！　こんなすごい日のことを忘れるわけないから、ほんとは書くまでもない！　だが未来の世代のために記録しとく。幸運も幸せも本当にあるんだってことを知ってもらうためにも。この時代のアメリカでは、かなわない夢はないいんだってことを、未来人たちに伝えたい！

前の部分を読みかえして、最後に「なんで今じゃないいんだ？」って書いてあるのを見て、ふしぎな気分になった。だって、まさにドンピシャ、それが起こったんだから！

ヒャッホウ、ヒャッホウ！　もうそれしか言えない！　おれが昼休みにスクラッチくじを買ってるって前に言ったの、覚えてるだろうか？　言ったよな？　いや言ってなかったかな？　とにかく、金曜日に**一万ドル**当てちゃった!!　金曜日はいつも、一週間がんばった自分へのごほうびに、家の近くの店でバターフィンガーとスクラッチくじを買うことにしてる。キツかった週はバターフィンガー二本。とびきりキツかった週はバターフィンガー三本。ただしその場合はスクラッチくじはナシ。でも金曜日、なんと**一万ドル**当たった!!　スクラッチで！　おれはバターフィンガーを二本とも取り落とし、スクラッチするのに使ったコインを持ったまま口をあんぐり開けていた。足がふらついて、マガジンラックにぶつかった。店の人間がくじを受け取って、読んで、それから言った、大当たり！　そして中から出てきてマガジンラックを直すと、おれと握手した。

店員は一週間以内に小切手が来るはずだと言った、**一万ドル**の小切手が！

車を忘れて、家まで走った。車を取りに走って戻った。途中で車なんかどうだっていいと思い、また走って家まで戻った。パムが家から飛び出してきて言った、車は？　それでスクラッチくじを見せると、パムは庭でボーゼンとなった。

ぼくたちお金持ちになったの？　トーマスがファーバーの首輪を引きずって家から飛び出してきて言った。

お金持ちじゃあないわ、とパムが言った。

前よりは金持ちだ、とおれが言った。

そうね、前よりね、とパムが言った。なんだっていい。

そうしておれたちは庭じゅうをぴょんぴょんダンスした。ファーバーは突如はじまったダンスをぽかんと見ていたが、そのうち自分で自分のしっぽを追っかけていっしょにダンスした。

それからもちろん、金の使い道を決める段になった。その晩、パムがベッドの中で言った。カードの借金に当てるのは？　おれのそのときの気持ちは：うん、まあな、それもありだな。だがそれじゃ面白くないし、パムもそれじゃ面白くないと思っていた。

パム：リリーの誕生日に何か特別なことをしてあげるのはどうかしら。
おれ：うん、おれもそう思ってた！
パム：ほんとにあの子には何かしてあげるべきだと思う。このところずっとふさいでたし。
おれ：そうだな、それで決まりだ。
なにしろリリーはおれたちにとって最初の子だから、かわいさもひとしおだ。かわいいぶん、心配の種も尽きないわけだが。
そこでおれたちは案を練り、実行に移した。
何をしたかというと、グリーンウェイ・ランドスケーピング社に行って、庭をすっかり作り変えてもらうようオーダーしたのだ。バラ十本＋シダー材の小径＋池＋小型のホットタブ＋四連のSG！　最高だったのは、どれくらい急ぎでやってくれるか？　リリーにナイショでやってもらえるか？と聞いたら、グリーンウェイがこう答えたのだ：別料金になりますが、たったの一日で、お子さんたちが学校に行っているあいだに全部できます。（自分メモ：担当者のメラニーを絶賛する手紙をグリーンウェイに出すこと。とにかく仕切りがすばらしかった。）
次なるステップとして、庭が完成した日の夕方（＝明日）に開くサプライズパーティのために、こっそりあちこちに招待状を出した。そんなわけで先週はここに書くヒマがなかった。すまんすまん、とにかく目の回る忙しさだったんだ！

おれとパムは力を合わせてがんばった。昔みたいに仲むつまじく心を通わせ、そして全部の手配を済ませたその日の夜は、なんと早めにベッドに入りさえした（!!）。（マッサージから始まる例のシナリオだ……聞くな！）

ベタに聞こえたらすまん。

でも、いまサイコーに幸せなんだ。

ふだんは忙しくて、おれはパムのことを見ないいし、パムもおれのことをあんまり見ない。だがひとたび互いを見れば、たちまち昔の気持ちがよみがえる。たとえば最初のデートで行ったメロディレイクの「洞窟探検」で、蛍光ブルーにライトアップされた滝の塩素くさい水煙のなか、機械じかけで動く灰色のヒゲの人形たちの前でキスしたときのこと。

二人のすばらしい物語が、あそこから始まったんだ。

ああ、ほんとに幸せだ。

未来のみんなへ：この世に幸福は本当にある。そして幸福は、その反対＝不幸よりもずっといいものだ。きみたちも知ってるといいな。おれだって知ってはいたが、忘れてた。ほんのちょっぴり不幸でいることに慣れてしまっていたんだ。ストレスやら、ビンボーと顔つきあわせて暮らす心配からくる、ちょっぴりの不幸。だが今は――ヒャッホウ！　幸せだ！

明日はいよいよリリーの大パーティだ。

（九月二十一日！　リリーのBデイ（！））

自分はこの日のために生きてきたんだな。そんなふうに思える日っていうのが、人生にはあるものだ。年をとっても、あのすばらしい日があったんだから自分の人生には意味があった、そんなふうに思える一日が。

今日がまさにそんな日だった。

コーフンしすぎてちゃんと順番に書けないかもしれないし、最高の一日がやっと終わってへとへとだ。でもがんばる。

朝、子どもたちがいつものように学校に行った。グリーンウェイは十時にやって来た。感じのいい人たちだった。それにデカい！　一人はモヒカン刈りだった。庭は二時に完成（！）。バラ、噴水、小径、すべて完了。三時にSGのトラックが到着。トラックから降りたSGたちは、ラックを設置するあいだフェンスのところに固まって恥ずかしそうに立っていた。ラックもいい感じだ。選んだのは〈レキシントン〉（値段の関係で中くらいのグレードのやつ）。ブロンズ色のポールにコロニアル風のキャップ、〈EZリリース〉のレバー。

SGたちはすでに白のスモックを着ていた。マイクロラインももう通してあった。登山家がロープを握るみたいに、垂れたマイクロラインを手に握っていた。ただし山はないけどネ（！）。一人はしゃがみ、あとの三人は静か&不安げに立って、一人が植えたばかりのバラの匂いをかいでいた。彼女が遠慮がちにこっちに手を振って、するとべつのSGが彼女に何か言った。ちょっと手なんか振っちゃだめよとか、そんなようなことかもしれない。だがおれは手を振りかえした。この家では手を振るの全然オーケーだよ、と伝えたくて。

法律で、設置には医師が立ち会う決まりになっていた。若い！　ウェンディーズでバイトしてるほうが似合ってそうな兄ちゃんだった。吊り上げるところは見ていてもいいし見なくてもいいです、と医者は言って、意味ありげにパムのほうをちらっと見た。奥さん、こういうの平気ですか？的に。たしかにパムはグロいのがあんまり得意じゃない。生のトリ肉を手でさわれないこともある。そこでおれは言った、中に入ってケーキにロウソクを立てようか。

しばらくしてドアをノックする音。吊り上げが完了したと医者が言った。

おれ：じゃあ、もう見てもいいかな？

医者：ええもちろん。

みんなで庭に出た。SGたちは地面から三フィートほどの高さに浮かび、そよ風に吹かれて笑っていた。左から順に：タミ（ラオス）、グウェン（モルドバ）、リーサ（ソマリア）、ベティ（フィリピン）。庭が見ちがえて見えた。今までさんざん、もっとリッチな他人の庭の同じようなしつらえを見てきたせいで、自分の庭まで急にリッチになったような、自分も生まれ変わったような気分になった。とうとう人並みに今ふうの暮らしに追いついた、そんな気がした。

池もよし。バラもよし。小径も、ホットタブもよし。

何もかも完ペキ。

ここまで来れたなんて、夢みたいだ。

いつもより早くリリーを学校に迎えに行った。リリーはしょんぼりしてた。今日がBデイだっていうのに、朝食のとき誰もおめでとうを言ってくれなかったし、パーティもプレゼントもナシ、おまけになに、お医者さんで注射を打たなきゃならないの？

じつはこれもシナリオのうちだった。

おれは車で道に迷ったふりをした。リリー（げんなりして）：ハネケ先生(ドクター)のとこなんてずーっと昔から行ってるのに、どうして道まちがうの？（パムがそこのナースとあらかじめ示し合わせていて、おれたちがやっとこさ病院に〝たどり着く〟と、ナースが出てきて、ドクターは今日具合がとっても悪くて注射は打てないのよ、と言った。今日山ほど待ちかまえているリリーへのスーパーサプライズの、これが第一弾というわけだ！）

その間、家ではパムとトーマスとエバが超特急で飾りつけをやっていた。食べ物が到着（「スネイキー」のＢＢＱ）、友だちも到着。かくして車を降りたリリーの目に、すっかり生まれ変わった庭と、真新しいピクニックテーブルやホットタブのまわりに集結している学校の友人たち〈自分メモ：言いたくなるのをぐっとこらえて秘密を守ってくれた子どもたち、あっぱれだった。親たちにおほめの手紙を書くこと〉、そして四連のSGが飛びこんできて、リリーは文字どおりうれし涙を流した！

さらにピンク色のつやつやの包装紙の中から〈猛獣たちの休息〉と〈妹に本を読む少女〉が出てくるにおよんで、うれし泣きは号泣に変わった。おれがちゃんとリクエストの人形を覚えていたことにリリーは感激していた。プラスして〈夏のまどろみ〉〈釣りをするルンペン道化師（三八〇ドル）〉、これはリリーのリクエストになかったやつだが、太っ腹なところを見せるためにオマケでつけた。友だちの目もはばからず、さらなるうれし涙とハグの嵐。あまりの感謝&喜びに、友だちからやっかまれる心配もふっ飛んでしまったらしい。

パーティではみんな「クラックザホイップ」ｅｔｃ．ｅｔｃ．の定番のゲームをして遊んだ。できたてのきれいな庭でやると、ふしぎとゲームにも熱が入るらしい。子どもたちは喜び、呼んでくれてありがとうと言い、何人かはお庭がすごくきれいと言ってくれた。何人かの親たちはパーティのあともしばらく残って、ステキな庭ですねと言った。

ああ、そしてみんなが帰ったあとのリリーの表情！

リリーはこの日のことを一生忘れないだろうと、その顔を見て思った。

一つだけ、小さなケチがついた。パーティが終わって片付けをしていたとき、エバが怒ったときのいつものクセで乱暴にネコを抱きあげ、ぷいと出ていってしまったのだ。

ネコはエバをひっかき、ファーバーのところまで走っていってファーバーもひっかき、ファーバーはあわてて逃げてテーブルにぶつかり、リリーに買ったバラの花束がファーバーの上に落っこちた。

エバはクローゼットの中にいた。

パム：ちょっとちょっとエバ、どうしたの？

エバ：あれ、いや。よくない。

トーマス（自分がネコの飼い主だと見せつけるためにネコを抱いて走ってきて）：あの人たちは好きでやってるんだよ。自分で応募したくさいし。

パム：〝くさい〟とか言わないの。

トーマス：自分で応募したみたいだし。

パム：元いた国では、あの人たちは幸せになれなかったのよ。

おれ：これのおかげで、あの人たちの家族が助かってるんだ。

エバは壁のほうを向き、泣きそうなときのクセで下唇をつきだしている。

おれはフト思いついて、キッチンに行って彼女たちの身上書をめくってみた。ううむ。思った以上に悲惨だった。ラオスの子（タミ）は、売春宿で働いている二人の妹のために申し込んだ。モルドバ（グウェン）のいとこはドイツで窓拭きの仕事をするつもりが、クウェートで性奴隷（！）にさせられた。ソマリア（リーサ）は住んでいた狭いわらぶき小屋で、一年のうちに父親と妹があいついでエイズで死ぬのを目の当たりにした。フイリピン（ベティ）の弟は〝コンピュータがとても得意〟なのに、高校に行かせてやる金が家になく、おまけに地震の地すべりで小屋を流されてしまったほかの三家族といっしょに、小さなほったて小屋に住んでいた。

おれは〝ベティ〟を選んでクローゼットに戻り、〝ベティ〟を声に出して読んだ。

おれ：な？　これでわかったか？　ベティのおかげで、パパたちのおかげで、弟がいい学校に通えるようになるんだ。想像してみたか？

エバ：その人たちを助けたいんなら、どうしてお金をあげるんじゃだめなの？

おれ：いや、エバ……。

パム：じゃあ見てみましょうよ。あの人たちが悲しそうかどうか。

（悲しそうじゃなかった。月の光の下で、静かにおしゃべりしていた。

窓の前で、エバは無言だった。根はいい子なんだ。ただすごく感じやすい。小さいときからずっとこうだった。前のネコのスクィギーが死にかかってたときは、ネコの寝床に夜じゅう付きそって、スポイトで水を飲ませてた。ただ、おれは心配だし、パムも心配してる。あんまり優しすぎる子どもは、世間に出たときに食い物にされやしないだろうか？　もうちょっと図太くならなきゃいけないんじゃなかろうか？

いっぽうのリリーは、全員ぶんのお礼の手紙を夜のうちに一気に書きあげ、自分からすすんでキッチンにモップをかけ、それがすむと懐中電灯片手に庭に出て、ファーバーの陣地に落ちていたフンを新品のフン拾い用スコップで拾った。このスコップ、自転車でファスマートまで行って、自腹で買ってきた（！）らしい。


（九月二十二日）

幸せな時間はつづく。

職場のみんなはスクラッチくじのことで興味シンシンだ。庭の写真を撮って自分のブースの仕切りパネルに貼っておいたら、みんな代わるがわるやって来て、しみじみながめてく。スティーブ・Zなんかは、こんどお宅に行って庭を見せてもらっていいかな、とまで言ってきた。こんなことははじめてだ。スティーブ・Zはいままでおれにハナも引っかけなかったのに。おれにアドバイスまで求めてきた：その大当たりスクラッチはどこで買ったのか、いつも何枚くらい買うのか、グリーンウェイは評判のいい会社なのか。

ここだけの話、ものすごくうれしかった。

昼休みにショッピングモールに行き、シャツを四枚買った。うちの課には定番のジョークがあって、それはおれがシャツを二枚しか持ってない、というやつだ。ほんとはちがう。似たようなブルーのを三枚と、黄色の同じやつを二枚持ってて、それでカンちがいされるんだ。おれはいつもは自分の服なんか買わない。子どもたちに新しい服を着せてやることのほうが大事だし、うちの子たちに他の子からお前シャツ二枚しか持ってないetc.etc.とからかわれてほしくない。パムについてもそうだ。パムはすごい美人で、家が金持ちだった。昔はリッチで美人だったのが、今じゃ同じ服を何度も何度も着まわして、内心「若かったころはたくさんお洋服持ってたのに、今はあの人(=おれ)のせいでもうぜんぜん着たきりスズメだわ」なんて思ってほしくない。

訂正:パムはべつに金持ち育ちってわけじゃない。パムの親父さんは小っちゃい町の農家だった。小っちゃい町のはずれで一番でかい農場を持ってた。だからもっと小さくてビンボーな農家の娘よりは金持ちだったってだけだ。もしあの農場がもっと大きい町にあったら、そこそこの農場ってところだ。でも町が小っちゃかったから、中くらいの農場=大農場ってことになってしまう。

とにかく、パムには最高の思いをさせてやりたい。

帰り道、当たりのスクラッチくじを買った店にまた寄った。スクラッチくじを買い、バターフィンガーを四本買った。思えば以前のおれは、みすぼらしいシャツを着て、バターフィンガーたったの一本買っただけでくよくよ&後ろめたい気分になってたんだ。

店の兄ちゃんはおれのことを覚えてて言った、あっ、こないだのスクラッチくじの人! ミスター大当たり!

店じゅうの人間がこっちを見た。おれはバターフィンガーを両手に二本ずつもって、王様の杖みたいに、王様の杖のミニチュアみたいに振りながら、ハッピーな気分で店を出た。

なぜハッピーかって？

勝つってことは——勝ち組になること、みんなから勝ち組だと思われることは——すごく気分がいいってことだ。

家に着くと、家のまわりをぐるっと回って庭をながめた。庭はゴキゲンだった。スイレンの葉の下を魚がゆらゆら泳ぎ、バラのまわりでハチがぶんぶんうなり、SGのスモックは真っ白で、芝生にはさんさんと日がさし、小さなほこりの粒が夏の終わりって感じにけだるく舞い、ライフスタイルサービスのスタッフ（グリーンウェイから日に三回ハケンされてくる連中で、SGたちに食事と水をあげたり、バンの後ろの簡易トイレに連れてったり、女性特有のことをあれしたりする）が庭をてきぱき動きまわってる。

グリーンウェイの女の子：このお庭、ほんっとにステキですね！

家に入ると、レスリー・トリーニが遊びに来てた（！）。これは事件だ。レスリーが一人で来るなんてはじめてだ。レスリーは、うちのSGが池のすぐそばに飾ってあって、池にそれが映っているのがすごくステキだと言った。自分ちに電話をかけて、うちにも池を作ってと言った。レスリーの母親は、わがまま言うんじゃありません、池なんかダメよと言った。これはリリーにとっちゃ大勝利だ。べつに他人のがっかりを喜ぶってわけじゃない。ただ今までずっとレスリーばかり喜んでリリーはがっかりだったんだから、一度ぐらいレスリーががっかりでリリーがガッツポーズってことがあったっていいはずだ。

二人は庭に出て、長いことそこにいた。おれとパムはこっそり様子をうかがった。女子二人で仲よくしてるかな？　木の根元で頭を寄せあって、女の子同士のナイショ話をして、いよいよリリーのレスリーの親友としての地位は固まってるかな？　だがよくわからなかった。お互いそっぽを向いていた。

レスリーの母親がやってきた（ＢＭＷで）。レスリーとレスリー母とで、しばらく池のことでやり合った。

レスリー母：レスったら。うちにはもう川が三つもあるじゃないの。

レスリー（憎々しげに）：あらママン、川って池なの？

二人は帰っていった。

リリーはおれのほっぺに喜びのチューをすると、フンフン鼻唄をうたいながらウキウキと二階に上がっていった。

最高にいい気分だった。自分の運が信じられなかった。おれたちには過ぎた幸せじゃなかろうか？　ある意味そのとおりだった――これはただの運だ。スクラッチくじの当たり＝運。でもことわざで言うじゃないか、運の九割＝技術だって。いや、備えだっけ？　備え＝九割技術？　それとも技術＝九割運？　どうもウロ覚えだ。まあ何にせよ、もらった運をちゃんと正しく使ったおれたちはえらかった。トチ狂ってヨットを買ったり、ドラッグ（！）を買ったり、調子こいたり、もっと欲を出したり、愛人作ったり、テングになったりしなかった。家族のことをしっかり見つめ、家族の一員（リリー）が本当に必要としているものを見きわめ、静か&控えめに、望みをかなえてやった。
　自分メモ：スクラッチくじの当たりでゲットしたこの前向きな気分を、人生のすべてにまで押し広げること。会社でもっとバリバリがんばる。出世階段をかけ上がり（ただし楽しみながら、笑顔たやさず）、給料を増やす。自分史上最高に体をしぼり、身なりに気を使う。ギターを習おうか？　自然界の美しさにもっと目を向けてみる？　鳥とか花とか木とか星座とかに詳しくなって、母なる自然と真にふれあい、子どもたちを連れて近所を歩きまわり、一つひとつ鳥や花ｅｔｃ．ｅｔｃ．の名前を教えてあげようか？　子どもたちをヨーロッパに連れていくのはどうだ？　あいつらはまだ一度もヨーロッパに行ったことがない。アルプスに行ったこともないし、山の上のカフェでホットチョコレートを飲んだこともない、それを運んできた白髪で人のいい山荘の主人がなんと上品&優しいお子さんたちじゃ、ここによく来るアメリカ人のイヤミな金持ちのガキども（そいつらは山荘主人の可愛いけれど足の悪いお下げ髪の娘をガン無視する）とは大ちがいじゃといたく感動し、とっておきの秘密のハイキングコースに子どもたちを案内してくれる、すると目の前に息を飲むようなすばらしい草原が広がっていて、子どもたちは草原で心ゆくまで飛びはね、可愛くて足の悪い娘と草の上にすわり、そのときのことを子どもたちは人生でいちばんすてきな日だったと言い、帰ってからも足の悪い娘とメールでやりとりし、おれたちはその子がアメリカで手術を受けられるようにしてやり、するとと感動した外科医がタダで手術をしてくれて、女の子がアメリカの新聞の一面にのり、おれたちもアルプスの新聞の一面にのるかもしれない。

はっはっ。

なんせハッピーなもんで。

ついつい夢が広がってしまう。

(ほんとのこと言えば、おれだってヨーロッパは行ったことがない。親父があっちの料理は盛りが悪いと信じていたからだ。そのうち親父は失業し、新聞配達員になり、料理の盛りどころの騒ぎじゃなくなった。)

未来の読者よ、おれは今までずっと夢遊病者みたいに生きていた。今ははっきりそれがわかる。スクラッチくじで目が覚めたんだ。今までずっとあくせくして大学を卒業し、パムを勝ちとり、会社に入り、子どもを作り、目の前の仕事に明けくれて、子どものころ、木の匂いのする子ども部屋のクローゼットにうずくまって高窓の外で揺れる木々を見ながら感じた、いつかきっと自分はデカいことをするんだというあの特別な使命感みたいなものを忘れていた。

よし決めた。これからは心を入れかえて、もっと力強く生きていくゾ。**いま、この瞬間から(!)。**

(九月二十三日)

頭が痛いのはエバのことだ。

前にも言ったかもしれないが、エバはとにかくセンサイだ。おれもパムもそれは良しとしてる。これ＝知的な証拠。だが最近のエバは、センサイ＝注目を集めるいい手段だとカンちがいしてるフシがある。そうやって人とちがう行動を取って、自分は他とはちがうんだ、もっと上等な洗練された人間なんだとアピールするクセがついてしまってるんじゃなかろうか。今までにも、肉を食べたくないとか、革のイスに座るのがイヤだとか、中国製のプラスチックフォークは使わないとか、いろいろあった。小っちゃい子がやるならまだ可愛げがある。だがもういいかげんお姉ちゃんなのに世の中の決まりごとにいちいちタテつくのは、やや鼻につく&なんかカンちがいした大人になってしまわないだろうか？

未来の読者よ。この時代の家族関係は、ときどきモグラ叩きみたいだと思うことがある。そっちの世界にもまだあるかな？　プラスチックのモグラがぴょっこり顔を出す、ハンマーで叩く、モグラ死んで引っこむ、また出る、また叩く、死ぬ、そういうやつ？　きみたち未来人からしたら、変てこ&ヤバンに聞こえるかもしれない。もしかしたら、きみたちはもう何も食べなくたって生きていけたりするんだろうか？　一日じゅう空中にふわふわ浮かんで、優しくほほえみを浮かべて見つめあってるんだろうか？　こっちはといえば、一人の子どもがハッピーになったと思ったら、べつの子どもがぴょっこり〝顔を出して〟――つまり何か不満を言いだして、おれたち親はそれを〝叩か〟ないと

——つまりその不満をどうにかしてやらなきゃならなくなる。

どうやら今度はエバの番らしい。

今日、エバの担任のミズ・ロスから手紙をもらった。学校でエバが問題を起こしているらしい。ふくれて、足をどんと踏みならしたり、足をどんと踏みならしたり、ジョン・Mが金魚のエサやりの順番を代わってくれと言ったら、ジョン・Mにエサの箱を投げつけたりしたそうだ。いつものエバらしくありません、とロス先生は書いていた。エバはクラスでも一番やさしくていい子なのに。

図工で描く絵も最近おかしいそうだ。

サンプルが一枚入っていた。

いかにもな感じの家（モックチェリーの木＝ピンク色のもしゃもしゃがあるから、たぶんこれはわが家だ）。庭に悲しい顔をしたSGたち。一人（〝べてぃ〟）がフキダシで**いたいよウ、いたいよう**と言っている。二人目（〝ぐえん〟）は細い骨みたいな指を家のほうに向けて**ごしゅじんさま　ありかとう**。三人目（〝りーさ〟）はぼろぼろ涙を流して‥**もしわたしがあなたの小どもだったら？**

パム‥これ、ほっとくとマズいわね。

おれ‥うん。そうだな。

おれはエバをドライブに連れ出した。イーストリッジやレモンヒルズを走った。SGのある家があるたび指さした。そしてエバに数えさせた。およそ五十軒中、三十九軒に

ＳＧがあった。

エバ：みんながやってるからって、正しいことにならないもん。

なかなか言う。おれやパムがいつも言うことをマネしてるのだ。

ワドルダックの角の家には八連のＳＧがあった。ＳＧたちは手をつないでて、ちょっと面白いながめだった（連なったペーパードールみたいに見える）。みんなで声を合わせて歌ってるようだった。よちよち歩きの子どもが三人、ラックのまわりをかけ回り、その後ろを二匹の犬が追いかけていた。

おれ：わあ。ありゃずいぶんショボいなあ。

（エバはかしこい、ジョークが通じる。だからおれはしょっちゅうエバとジョークを言いあう。）

エバ、無言。

フリッツ・チルハウスに寄って、おれがバナナスプリット、エバはスノーメルトを頼んで、大きな木のワニの上に座って食べながら、夕焼けをながめた。

エバ：あたし――あたしわかんない。どうしてあの人たち死なないの。

それでおれはハタと気がついて、ちょっと安心した。エバが反発してるのは、これの原理がわかってないせいもあるんだ。「センプリカ通線」って知ってるか、とエバに聞いてみた。やはり知らなかった。おれは紙ナプキンに人間の頭を描いて説明した。ローレンス・センプリカ＝医者＋抜け目ない男。そいつが脳に傷をつけず、痛みもなくマイクロラインを通す方法を発明した。やり方は、まずレーザーでもってガイドとなるルートを通す。それから先っぽに絹糸をつけたマイクロラインをその中に通す。マイクロラインはこっちから入って（おれはエバのこめかみにさわった）、こっちに出る（もう一方のこめかみに触れた）。うんとソッとやるからぜんぜん痛くないし、SGが眠ってるあいだに全部すんでしまうんだ。

そこからおれは正直にぜんぶ話すことにした。

言った：リリーはいますごく大事な時期なんだ。来年リリーはハイスクールに上がる。パパもママも、リリーには胸を張って、自信にあふれる女の子として新しい学校に入ってほしいと願ってる。自分の家はよその家に負けないくらい余裕あるちゃんとした家なんだ、庭だっておおむね世間並みの見られる庭で、前みたいに人に見せるのが恥ずかしいようなひどい庭じゃないってリリーに思ってほしいんだ。

パパはまちがってるかな？

エバ、無言。

それでも頭の中で必死に考えているのがわかった。

エバは大のお姉ちゃん子だ。リリーのためなら代わりに電車の前に身を投げ出しかねない。

それからおれは、高校生のころやった夏休みのバイトの思い出話をした。セニョール・テイスティっていうタコス屋だった。おそろしく暑くて、油ぎってて、店長はヤな野郎で、いっつもおれたちをトングでつつき回してた。家に帰ると髪はギトギト、シャツは油くさかった。今やれったって絶対にムリだ。でも、あのころはすごく楽しんでた。カウンターの女の子といちゃついたり、ほかのバイトたちといっしょになっていろんなイタズラをしかけたり（鬼店長のトングを隠したり、ズボンの中に雑誌を入れといて、鬼店長がトングでつついても全然痛くない→店長ギャフン、とか）。

つまりな、とおれは言った。なんだって比較の問題なんだよ。SGたちは、パパやお前とは全然ちがう世界に生きていた。過酷で、つらくて、希望のない世界だ。パパやお前からしたら怖かったりイヤだったりすることでも、SGたちにとってはそんなに怖くもイヤでもないかもしれない。だって前はもっとひどい思いをしてたんだから。

エバ：パパ、女の子といちゃついてたの？

おれ：うん。ママにはナイショだぞ。

それでやっとちょっと笑顔が出た。

なんとかエバに思いが伝わったんじゃないかと思う。そう願ってる。何にせよ、やることをやった満足感はあった。親父とおふくろが離婚することになったとき、親父はおれをミルクセーキを飲みに連れていってくれて、そこで離婚の話を切り出した。おれはそのことが、ずっと後までうれしかった。親父だってつらかっただろうし、ドン底の気分だっただろうに、ちゃんとおれのことを考えてくれたんだと思うと、なぐさめられた。

おふくろは、職場のテッド・デウィットって男と浮気していた。デウィットは前々からおふくろに言い寄ってて、きれいだだの、きみがいるから朝目を覚ませるんだとか言っていた。おふくろはそういうのに慣れてなかった。親父はおふくろのことを愛してた。だがいかんせん口ベタだった。愛してるだの何だのと軽々しく言うようなタイプじゃなかった。親父のは、もっと静かな、飾らない愛だった。結婚十年目の記念に、親父はおふくろに電動ヤスリ機（！）をプレゼントした。親父がおふくろにつけたあだ名は「ヒョロ助」だった。（おふくろは背が高かった。）よくおふくろのことをノッポの男みたいだとからかった。ときどき台所に入ってきて、流しの前にノッポの男が立ってるのにびっくりしたようなフリをした。デウィットにポーッとなったおふくろは、デウィットとホテルで密会したりして、本気で深い仲になった。（当時のおれはぜんぜん知らなかった。ずっと後になって、親父が死ぬまぎわに全部話してくれた。）

離婚の話をかぎつけたシスター・ドロレスが、休み時間にクラスを教室に居残りさせて、離婚は大罪だ、離婚した人間は死後ひどい目にあう、と大演説をぶち、おれの親父とおふくろのためにクラスじゅうが祈らされた。みんながおれをうらめしげに見た。「お前のせいで昼休みがパアになっただろうが」って目だ。

あのころはつらかった。

今でも思い出すとつらい。

だからおれは、いい父親&夫になろう、子どもたちが安心して生きられる土台になろうと、それを一番に考えてきた。

夜、パムとエバの件を話し合った。パムはいつものように心強いアドバイスをくれた：あせらず、粘りづよくね。エバは賢いし、察しもいい。あとひと月もすればすっかり慣れて、こんなこと全部忘れて、もとの明るさを取り戻すはず。

愛するパム。

パムはおれをつなぎとめる岩だ。

（九月三十日）

すまん、また少し間があいた。

今週とんでもないことが起こった。

月曜日にトッド・グラスバーガーが死んだ（！）。

未来の読者たちはトッドを知ってるだろうか？　トッドのことはもう話したっけな？　話してなかったかもしれない。トッドとはそんなに親しかったわけじゃない。ただの同僚だった。トッドとおれのあいだでいつも言うジョークがあって、おれが彼に借りたファイヤーワイヤー・ケーブルを返してないっていうやつだった。ほんとはそれは会社のケーブルで、トッドのじゃない。トッドはそれを知ってたし、トッドが知ってるってことをおれも知ってた。二人のあいだのただのジョークだ。

その日はふつうに始まった。よく晴れたインディアン・サマーだった。午前中にヒナン訓練があった。ビルじゅうの人間が全員、中庭に出てきた。ポカポカ陽気で、みんなのんびりしていた。芝生にたむろして、警戒おこたりなかった。いろんな会社の人間を見るのはおもしろかった。いろんな部族が集結しているみたいだった。ナブロマックス社の連中はパソコンおたくで、ビル全体が火事で燃えつきるには何度の熱が必要か計算している。ウージッドの連中はデザイン事務所。ヒッピー風が多くて、女の子はここが一番かわいい。ウージッドの連中は芝生に寝ころんで雲をながめてる。小さい木の笛を吹いてる奴もいる。

訓練解除のサイレンが鳴ると、みんながブーイングして、しぶしぶ列を作ってまた建物の中に入っていった。

二時ごろ、職場にウワサが広がった。トッドが死んだらしい。クリーニング屋（！）で心臓発作を起こしたそうだ。ついさっき、昼休み中に。

午後はもう仕事にならなかった。みんなボーゼン自失で、あっちこっちに固まっては、トッド＝死んだという事実をなんとか飲みこもうとしていた。トッドのデスクの下にはハイキングブーツが残っていた。ブースの壁には、トッドが昼休みに森の中をウォーキングするのに使ってたスティックが立てかけてあった。

三時ごろ、おかしな天気雨が降った。

リンダ・ハートニー：きっとトッドがさよならを言いにきたのね。（リンダはイカれてる。前に、庇（ひさし）にとまってたカラスを死んだダンナの生まれ変わりだと言い張ったことかるの。）

もあった。あたしがお昼に大食いしてるのを叱るみたいに首をかしげて見てたから、わ
やがて嵐は去り、駐車場がぬれて光った。

その日の夜は、パムも、子どもたちも、何もかもが、急に今までになく尊いものに見えた。おれは食事の前にお祈りをした。ふだんは食事の前にお祈りなんてしない。だが今日は、みんなで手をつないで祈った。わたしたちはこれからも自分たちの幸運に感謝を忘れません、お互いへの感謝を忘れません、そう祈った。これからわたしたち家族が経験するかもしれないどんな浮き沈みも、このことに比べれば道のちょっとしたデコボコに過ぎないと肝に命じます。

トッドのために祈り、トッドの家族のために祈った。

ほんの何日か前までの夜は、トッドも自分の家にいて、トッドがいつも夜やるようなことをやっていたのだ――ポケットから小銭を出すとか、子どもたちと笑いあうとか、犬をなでるとか、将来のことを考えるとか、汚れものを洗たくカゴに入れるとか。

そのトッドよ、今どこに（?!）。


（十月一日）

トッド・グラスバーガーの葬式@ダウンタウンのウクライナ教会。

トッドはあんまりいい家の出じゃなかったようだ。

司祭は長髪で、カソックを着ていた。式次第の歌や祈りを、何も見ずに全部ウクライナ語でやった。司祭が祈ったり歩いたりするたびに、カソックのヒモがぶらぶらゆれた。何ともおどろおどろしい男だった。異様に熱がこもっていた。司祭の説教：何を驚くことがあるのですか？　あなたたちは自分が永遠に生きるとでも思っていたのですか？　そこに座って安閑としているあなたたちと、棺（ひつぎ）の中に横たわって、これから冷たい土の中に永遠に眠るトッドのちがいはなんだと思いますか？　それはただ心臓が動いているかどうかなのです。みんな、胸に手を当ててみてください。心臓が動いているのを感じますか？　あなたたちを墓場から隔てているのは、そのたよりないたった一本の線なのだ。それなのに、なぜみんな永遠の命があるような顔で生きているのか？　愚かだ、お前たちは愚か者だ。恐ろしいか？　否、恐れることなどない！　これぞ真実、まごうことなき現実なのだから！

絶叫：さあ目を覚ますのだ！　さあ！

おれたちはみんなドン引きして司祭を見つめていた。教会の信徒たちは慣れてるらしく、平然としていた。

司祭の説教は続く：この中で、今夜だれが死ぬだろう？　私がふざけて言っていると思うか？　だとしたら、お前たちは阿呆だ。今夜にでもこの中のだれかが死ぬかもしれない、今この場で死ぬかもしれない、急に息ができなくなって会衆席でばったり倒れ、あっと言う間にトッドと土の中でお隣さんになるかもしれない。

ふいに下の調理場からいい匂いがただよってきた。ローストビーフだ。教会の女性たちが調理場でにぎやかにおしゃべりする声。ローストビーフの匂い＋鍋ががちゃがちゃ、皿を並べる音＝たまらない。

座ってるみんなも、ビーフのうまそうな匂いにそわそわしはじめた。

トッドの兄弟二人が説教台のところに出てきて、弔辞を述べた。

トッド兄：トッドはいい奴だった、トッドは陽気だった、トッドは自分の人生にとって大きな力だった。すばらしいトッドのことをけっして忘れない。トッド弟：そうトッドは超パワフルな人間、トッド＝雄牛（ブル）。トッドはときどき厳しすぎたけれど、でも長い目で見れば自分にとってはいい兄だった、なぜならトッドは自分の足でしっかり立つことを教えてくれたから。子ども時代ずっとトッドにいじめ倒されたおかげで、今の自分は何にも負けない強さをもった、なぜなら外の世界のどんなひどいいじめもトッドに比べれば大したことはないからだ。それでもトッドはすばらしい、トッドは偉大。トッドは頭がよくて顔もよかったから父と母が自分（弟）のことをちっともかまってくれなかったのも無理はない。でもトッドは優しくてよく気がついた、トッドはわかってくれた、ときどき自分のことをお前はお前なりにすごくよくやってるよとなぐさめてくれた、でもそれを言ったあとにはたいてい約束をやぶって父親の車を勝手に使った、水曜の夜は自分が借りる番だと決まっていたのに、そのせいですごく好きだった女の子をデートに誘えなかった、もしかしたら運命の相手だったかもしれないのに誘えなかった、けっきょくその女の子はセルダン高校のアホとくっついた、なぜならそいつの兄はトッドとちがって家の車を弟に使わせてやるだけの心の広さがあったから。

トッド弟はそこでハアハアいっていったん言葉を切ったが、もうブレーキがきかなくなっていた。

さらに続けた。

でもトッドは偉大、トッドは最高、トッドがいなくなって誰もが悲しむだろう。トッドは自分たち家族に大切なことを教えてくれた…たとえどんなに強くて乱暴でがめつくて他人の気持ちにお構いなしの人間でも、だからといってその人がすばらしくない、ダメな兄だということにはならない、なぜならそんな人間でも、まるでうっかりのように、とつぜん思いやりぶかいことをして、みんなをあっと驚かせることがあるのだから。

弟は自分の弔辞に自分でとまどったような顔つきになり、ものすごい形相の兄に何やら小声で叱られながら、説教台から連行されていった。

トッドの未亡人が説教台に立った。言葉が見つからないようだった。小さい女の子が三人、スカートにしがみついていた。未亡人がいちばん小さい娘にマイクを渡した。

いちばん小さい娘…パパばいばい。

昼メシはうまかった。昼メシ最高。葬式＝最悪、昼メシ＝天国。紙皿にのったローストビーフサンドを三つ一気食いした。外では黄色い木が風にゆれていた。黄色い葉っぱが一枚、地下の窓からひらひら入ってきて、おれの靴のすぐそばに落ちた。

思った：人生は美しい。

死んだのが自分じゃなくて本当によかった。

もしもおれが死んだら、パムにはさびしい思いをしてほしくない。再婚して、残りの人生をエンジョイしてほしい。ただし再婚相手はいい奴にかぎる。おだやかな奴。信心ぶかい奴。すごくやさしい&子どもたちに良くしてくれる。だが子どもたちはだまされない。子どもたちは信心ぶかい奴よりも死んだパパ（＝おれ）のことが好きだ。信心ぶかい奴は生っ白くて面白みのない男で、セクシーのセの字もない、いつも妙なセーター着てしょぼくれた顔をしている、なぜなら体にちょっと問題があってナニが立たないのだ。

わはは。

今夜のおれは、死が頭からはなれない。そんなことが本当にあるんだろうか。おれがいずれ死ぬなんてことが？　パムや子どもたちがいつか死ぬなんてことが？　ぞっとする。せっかくこんなに愛し合ってるのに、最後におれたちを待ってるのが死だなんて、それじゃこの世に生まれてきた意味がないじゃないか。あんまりだ。ひどすぎる。好かん。

自分メモ：すべての面でもっとフンキして、よりよい人間になること。

家に帰ると子どもたちを集めた。いいか、みんな今ここでパパと約束してほしい。人生は短い、だから一瞬一瞬を大事にして、毎日を最後の一日のつもりで生きるんだ。もしお前たちに夢があるんなら、それをやれ。何かやりたいと思ってることがあるなら、すぐにやるんだ。約束してくれるな？　もしパパに人生で一つだけ悔いがあるとすれば、それは今までずっとエンリョしすぎたっていうことだ。お前たちには同じ失敗をしてほしくない。挑戦しろ、努力しろ、勇気を出せ。何か悪いことが起こったって、タカが知れている。そうすれば、お前たちきっと発明者か、ヒーローか、救世主か（！）、とにかくきっとひとかどの者になれる。ポール・リビアが引っこみ思案だったか？　エジソンが石橋を叩いたか？　イエス・キリストが気配り上手だったか？　人生の終わりに後悔するのは何をやったかじゃない、何をやらなかったかなんだ。

さて寝る時間になった。就寝タイムはときに戦場になる。一日じゅう子どもたちに顔つきあわせて疲れはてたパムが、子どもたちがちょっと生意気を言っただけでブチ切れる。子どもたちも学校で疲れはて、パムがブチ切れそうな気配を見せたとたん口答えをはじめる。結果、おやすみのあいさつ＝子どもたちが階段の上からキーキーわめき散らし、パムも階段の下からガミガミどなり散らす、なんてことになる。本とかクツの片方がパムめがけて飛んでくることもある。

ところが今夜はじつに平和だった。死についてのおれの説話が心にひびいたんだろう、子どもたちは一列になってしずしずと二階に上がっていった。トーマスは途中でかけおりてきて、おれにハグしてくれた。エバも踊り場のところでふりかえり、おれのことをじっと（尊敬のまなざしで？）見つめかえした。

いとしい子らよ。

これが子を持つことの喜びの一つだ、未来の読者よ：親は子どもを正しい道にみちびくことができる。子どもにとって生涯忘れられないような経験、子どものその後の人生を大きく変え、子どもの心と頭が大きく開かれるような経験を与えてやれるのだ。

（十月二日）

シット。

ファック。

未来の読者よ。とんでもないセーテンのへキレキがわが家をおそった。

こうだ。

今朝のこと。トーマスとリリーは寝ぼけ顔で食卓につき、エバはまだ起きてこなくて、パムは卵を料理してて、その足元ではファーバーがおこぼれにあずかろうとしていた。

トーマスがベーグルを持ったままふらふらと窓のほうに寄っていった。

トーマス：あれえ。変だよ。パパ？　ちょっとあれ見て。

窓のところに行った。

ＳＧが消えていた。

一人のこらず（！）

外に飛び出した。ラックは空っぽ。マイクロラインもない。門が開いてる。しゃにむに外に走り出た。もしかしたらまだそのへんにいるかもしれない。

いなかった。

走って中に戻った。グリーンウェイに電話、警察にも電話。警官たちが来て庭を調べた。門のそばの土の上にマイクロラインを引きずったような跡があると言っておれに見せた。これはいいニュースだ、マイクロラインが通ったままならあまり速くは歩けないはずだ、頭のところでつながったままひとかたまりに歩いて、誰か一人が前や後ろに行きすぎるとマイクロラインが引っぱられて、引っぱられた者の脳が傷つくから、しぜんヨチヨチ歩きになるのだ、と警官は説明した。

するともう一人の警官が言った、そう、ただしそれはSGが徒歩で逃げた場合の話だ。だがSGたちはたぶん徒歩じゃない、今ごろは活動家のバンの中で腹かかえて笑ってることだろう。

おれ：活動家。

最初のポリ：そう。ほら例の〈ウィメン4（フォー）ウィメン〉とか〈経済格差撲滅の会〉とか〈地獄に堕ちろセンプリカ〉とかですよ。

ポリその二：今月はもうこれで四件目かな。

ポリその一：女たち、自力じゃ下りられませんしね。

おれ：でもなんだってそんなことするんだ？　自分の意思で来てるのに。どうしてわざわざ——

ポリたちが笑った。

ポリその一：嗅いじまったんだなあベイビー、アメリカン・ドリームってやつの匂いを。

子どもたちはショック状態で、フェンスのところに固まって立っていた。

スクールバスが来て、行った。

グリーンウェイのメンテ担当（ロブ）が来た。ロブ＝ヤセ、のっぽ、ネコ背。アーチェリーの弓みたいな奴、それにピアスした耳と海賊みたいなロン毛をくっつけて短い革のチョッキを着せた感じ。

ロブ、いきなり爆弾投下。言った：すいません、こんな大変なときに追い打ちかけるようで申し訳ないんすけど、でもキソクで言わなきゃいけないんで言いますけど、お客さんと当社の契約にもとづき、もし三週間以内にSGが見つからなかった場合、〈代替ホテン金〉を満額で払ってもらうことになってまして。

パム：え、何って？

ロブいわく、代替ホテン金＝月額百ドル（SG一人あたり）×紛失の時点でそれぞれのSGがグリーンウェイとのあいだに残してる契約月数（！）。ベティ（残り二十一カ月）＝二千百ドル、タミ（十三カ月）＝千三百ドル、グウェン（十八カ月）＝千八百ドル、リーサ（三十四カ月（！））＝三千四百ドル。

合計＝二千百＋千三百＋千八百＋三千四百＝八千六百ドル。

パム：冗談じゃない。

ロブ：いやほんとです。たしかにすごい金額ですよねわかります、おれ本業はソングライターなんすよ。ただわれわれの見解としては——てか彼らのですけど、グリーンウエイ社の見解としては、われわれも——その、彼らも設備投資してて、ぶっちゃけそれがけっこうな額なんすよ、ビザとか、飛行機代とか？

パム：そんなの聞いてない。

おれ：初耳だ。

ロブ：担当者って誰でしたっけ？

おれ：メラニー？

ロブ：あー、メラニーか、あー、やっぱりって感じっすねー。メラニーはたまに契約を急ぎすぎて途中大事なとこすっ飛ばすクセがあるんですよ。とくにAプランのお客さんはシケてるんで……あ、怒んないでくださいね。とにかく、そんななんでメラニー、もうウチにいません。もしあいつをどやしつけたいんなら「ホーム・デポ」にいますよ。ペンキ売場の副主任かなんかで、どうせまた今ごろ色のことでウソ八百並べてますよ。

怒りがわいた。侵害された怒り。夜中に知らない誰かがうちの庭に勝手に入ってきて、子どもたちが寝てるすぐそばで盗みを働いた。おれたちから。八千六百ドル、プラス最初にSGに払った金（七千四百ぐらい）を。
パム（ポリに）：見つかる確率はどれくらいなの？
ポリその一：誰がです？
パムが警官をすごい顔でにらんだ（こと家族を守るとなると、パムは鬼になる）。
ポリその二：正直言って、確率はかなり低いです。
その一：ほぼゼロです。
その二：そう、今んとこはゼロ。
その一：まあ、何にでも初めてはありますからね。
ポリたちは帰っていった。
パム（ロブに）：で、もし払わなかったらどうなるの。
おれ：とても払えない。
ロブは言いにくそうにモジモジした。
ロブ：その場合は、まあ、法的手段ってことになるかと。
パム：あなた、うちを訴えるっていうの？
ロブ：僕じゃないです。彼らがです。その、そういう決まりなんで。彼ら、――えと、言葉なんでしたっけ――お宅の財産を、没、没……？
パム（吐き捨てるように）：没収。
ロブ：すいません、ほんと何もかもすいません。くそメラニーのやつ、あのアホみたいな三つ編み引っぱって首へし折ってやりてえな。って冗談ですよ、もうあいつとは話すこともありません。でも言わせてもらうと、これぜんぶ契約書に書いてあるんですよ。契約書、もちろん読みましたよね？

沈黙。

おれ：あのときは急いでたんだ。パーティの前だったし。

ロブ：ああはいはい、覚えてますよあのパーティ。なかなかのもんでしたよね。僕らみんなでその話してました。

ロブは行ってしまった。

パムの怒りが爆発した。

パム：いいわよ、知るかっての。裁判でも何でもしたらいい。あたしはビタ一文払いませんから。こんなの狂ってる。こんな家、欲しいんだったらくれてやる。

リリー：家、なくなっちゃうの？

おれ：いや、なくなったり――

パム：わからない？　もし九千ドル借金があって、それを返せなかったらどうなると思うの？　たぶん家は取られるわね。

おれ：まあ落ちつけ。まさかそこまで――

エバの下くちびるが、また泣く前みたいに突き出た。思った：ああそうだ、まったくおれたちは親失格だ、子どもたちの前でケンカ&汚い言葉&家がなくなるの何のと怖がらせて、ただでさえ子どもたちは朝からさんざんで、神経がマイッテるってのに。

するとエバがわあっと泣いて、ごめんなさいごめんなさいごめんなさいと言った。

パム：ああエバ、ごめんね今のぜんぶウソよ。このお家はなくなったりしないから。

パパとママが絶対にそんなこと――

おれははっとなった。

おれ：エバ。まさかお前。

エバの目が言っていた：そう。あたしなの。

パム：まさか何？

トーマス：エバがやったの？

リリー：そんなことできるわけない。だってこの子まだ八才だよ。そんなこと――

エバがおれたちといっしょに庭に出て、実演してみせた。脚立を引きずってきて、片方のマイクロラインの端のところに置き、脚立に乗り、左側の〈EZリリース〉のレバーを倒し、マイクロラインをゆるめる。それからまた脚立を引きずっていって反対側に置き、右側の〈EZリリース〉のレバーを倒す。こうするとマイクロラインは完全にゆるみ、SGたちは地面に立つ。

SGたちはしばらく何事か話しあう。

そして出ていく。

おれは怒り狂った。エバのせいで大損害だ。おれたちにとって大損害なだけじゃない、

SGたちにとってもだ。SGたちは今どこにいる？　安全だろうか？　法律違反の脱走者が、不慣れな土地で、金もなく、食べ物もなく、水もなく、森や沼ｅｔｃ．にセンプクするのがはたしていいことだろうか？　しかも鎖でつながれた囚人みたいにマイクロラインでつながって？　トーマスとリリーもだ、親をこんなふうにダマして、何が楽しい？　トーマスのやつ、窓のほうに寄ってって、SGがいなくなったことにさもびっくりしたような顔をしやがった。トーマス＝とんだ食わせ者。それにリリー。おれたちがリリーのBデイのためにあれだけしてやって、そのお返しがこれか？

おれは我を失っていた。右のことを、うっかり口に出して全部言ってしまった。子どもたちは言葉をなくした。こんなに怒り狂うおれを見るのは初めてだった。

トーマス：ぼくたち知らなかったんだよ！

リリー：ほんとよ、信じて！

トーマスは自分の髪を引きむしりながら外に飛び出した。リリーは泣きながら、ぷいと部屋を出ていった。エバ（凍りついていた）の手を引っぱって。

エバ（絶望しきった顔で、おれに向かって）：だってパパ言ったじゃない、言ったよね、勇気を出してやりたいことをやれって――

未来の読者へメモ：この時代、家族はときどき真っ暗な場所に迷いこむ。家族は思う：自分たちは負け犬だ、やることなすことうまくいかない。親どうしは大声でどなりあい、こんなひどいことになったのはどっちのせいかでノノシリあう。父親は壁にケリを入れて冷蔵庫の横に穴をあけ、全員昼食ヌキになる。みんなカリカリしすぎて、とてもいっしょに食事するどころじゃない。最悪だ。こんなことがあると人（つまり父親）は、家族なんてものは無意味なんじゃないかとカングりだす。父親（おれ）は思う、もういっそ人類は一人で生きてくほうが幸せなんじゃないか、森かなんかで一人ずつべつべつに暮らし、誰も愛さず、自分の蜜ロウのことだけ心配してりゃいいんじゃないか。

今日のおれたちが、まさにそんな感じだった。

怒りにまかせてガレージに行った。何週間も前のふざけたリス／ネズミのシミが、まだそのままだった。こいつをテッテー的にどうにかしてやると決意した。ヒョーハク剤&ホースを使ってセンメツした。終わって一息つき、手押し車に座っているうちに笑いがこみ上げてきた。スクラッチくじで当てて、人生最大のツキをゲットした、と思ったらあっという間に人生最大のツキを人生最悪の大惨事に変えちまった。

笑いすぎて泣けてきた。

子どもたちに投げつけてしまったひどい言葉を思い出して、胸が痛んだ。

パムがやって来て、泣いてたの？と聞いた。おれは言った、ちがう、ガレージを掃除してたらホコリが目に入っただけだ。パムは信じなかった。パムはおれの肩を抱いて腰をちょっとぶつけた、こう言うかわりに――泣いてたんでしょ、いいのよ泣いて、ほんとにつらい時だものね。

パム：中に入りましょ。ぜんぶ元にもどすの。だいじょうぶ、きっと乗り越えられる。

子どもたちすごくしょんぼりして、中で死にそうな顔してる。

中に入った。

子どもたちが食卓に座ってた。

目を見て、みんなが許されたい、許したいと心から願ってるのがわかった。リリーもトーマスも本当に知らなかったのだ。おれは言った、お前たちが知らなかったのはわかってた、なんであんなこと言ってしまったのか、パパにもわからないよ。

両手を広げると、トーマスとリリーが飛びこんできた。

エバは座ったままだった。

小さいころのエバは、頭でっかちで黒い髪がくるくる巻いていた。よくカウチの上に立って、マグカップでシリアルを食べながら、頭の中で鳴ってる音に合わせて踊ってた。ブラインドのひもをぴょこぴょこ揺らしながら。

なのに今はどうだ。過ぎ去ったはなやかな青春を思い出して悲しみにくれてる老婆みたいに、座って頭をかかえている。

おれは行って、エバを抱きあげた。

かわいそうに、おれの腕の中でふるえている。

エバ（消え入るような声で）：お家がなくなっちゃうなんて知らなかったの。

おれ：心配ないよ――この家はなくなったりしない。パパとママがなんとかいい方法を考えるからな。

そして言った、さあみんなでテレビでも見ておいで。

パム：で。うちのパパに電話してほしい？

パムの父親には電話してほしくなかった。

パムの親父さんの下の名前＝リッチ。自分のことを〝ファーマー・リッチ〟と呼んでいる。本当にリッチな農夫（ファーマー）だから、これはシャレだ。ファーマー・リッチ＝超リッチ＋超キビしい。でもって、おれは彼にきらわれている。今までにもさんざん彼から①がんばりが足りない、②体重の管理がなってない、③クレジットカードの使い方がだらしない、と言われてきた。

ファーマー・リッチは腹が引っこんでて、クレジットカードは一枚も持ってない。

ファーマー・リッチはSGのこともニガニガしく思ってる。こないだのクリスマスのときに、みんなの前で長々と説教を垂れた。いわく：SGなんぞを持つ＝〝チャラチャラしたこと〟。楽しいことすべて＝〝チャラチャラしたこと〟。映画に行くすら＝〝チャラチャラしたこと〟。カーウォッシュに行く、つまり自分ちの前で車を洗わず人にやってもらう＝〝チャラチャラしたこと〟。いちど訪ねていったとき、おれが歯の根管治療をしなきゃならないと言ったらヒナンがましい目で見られた。なんだよ、根管治療まで〝チャラチャラしたこと〟なのかよ、と思ったら、ちがった。おれが選んだ歯医者がテレビでCMをしてるのが気に食わなかったのだ。歯医者がテレビで広告する＝〝チャラチャラしたこと〟ってわけだ。

だからパムがファーマー・リッチに電話するのはいやだった。

言った、なんとかおれたちだけで解決する方法をさがそうよ。

請求書の束を出してきて、支払いのシミュレーションをやってみた。家のローンと光熱費、アメックス、それに前回先送りにした二百ドルを支払うと、残高はほぼゼロになる（残り十二・七八ドル）。もしアメックス&ＶＩＳＡの払いを次回にまわせば八百八十ドル浮く。それにプラスしてローン、ＮｉＭｏの支払い、生命保険の掛け金を一回パスしたとして、それでも全部で三千百ドルぽっちにしかならない。

おれ：くそ。

パム：あたし、パパにメールしてみる。とにかく言うだけ言ってみましょうよ。

パムがファーマー・リッチにメールをしに二階に上がり、おれはこれを書いている。

（十月六日）

仕事のあれこれはカツアイ。仕事は今はどうでもいい。家に着くと、パムが玄関のところでファーマー・リッチからのｅメールを手に立っていた。

ファーマー・リッチ＝クソ野郎。

一部引用。

問題は、お前がよこせと言うその金が、何に使われるのかという事だ。それは将来の学費に取っておく金か？　違う。不動産に投資する金か？　違う。せっかく種を地に蒔くチャンスを得たというのに、お前たちはその貴重な種（金）を水に流してしまったのだ。何の為に？　一部の人間が面白がる飾りの為にだ。わしはあんなものは少しも面白いと思わない。こっちでも若い連中が同じ事をしている。年寄りでやっているのも居る。だがこっちだろうとどこだろうと、無意味である事に変わりは無い。一体いつから、人間を物のように飾るのが望ましい景色になったのだ？　こっちの教会にも善意でそれをやる人々は居て、貧しい人々を救う為だと言う。それはまあいい。だがそんな事をしているうちに、おのれの家の中に貧困を招き入れてしまったという訳だ。わしも世のため人のために余計なお節介をしたくなる誘惑にかられる事が無いではないが、そんな時は〝医者はまず自らの病を治せ〟の諺を肝に銘じるようにしている。DV被害者シェルターにときどきハムを寄付するぐらいは構わんが。ともかくも、答えはノーだ。お前たちが自分から進んで深みにはまり込んだのだから、自分の力でそこから出てくるがよかろう。そうすれば子供たちにとって（自分たちにとっても）良い教訓になるし、長い目で見れば為になるだろう。

おれ：ぐぬぬ。

パムはファーマー・リッチに電話をかけ、ファーマー・リッチに泣いて頼んだ。ファーマー・リッチは電話でパムをこてんぱんにコキおろした。金のこと。おれたちの今までのあれやこれやの金のこと。おれたちの生き方そのもの＝浪費のゴンゲ。もう二度とこのことで電話してくるなとファーマー・リッチは言った。なぜならおれたちのそもそもの愚かな所業＋その愚かな所業をマヌケなやり方で埋め合わせんとして救いがたいゴーマンさをロテイした＝ファーマー・リッチの中でおれたちの信用は地に落ちてしまったから。

万事キューす。

しばし無言。

パム：やれやれ。いかにもあたしたちって感じよね。

パムが何を言いたいのかわからない。いや、わかるが賛成できない。いや、賛成できるが言ってほしくなかった。なぜわざわざ言う？　ネガティブなことを口に出せば、自分たちがみじめになるだけなのに。

いっそ正直にエバがやったとグリーンウェイに言って、情状シャクリョーを求めたらどうだろう、とおれは言った。

だめだめ絶対だめ、とパムが言った：今日ネットで調べてみた。SGを逃がすのは重罪らしい（！）。まさか八才の子どもをタイホまではしないだろうけど、それでも。もし正直に言って、エバに前科がついたら？　カウンセリング送りになったら？　それでエバの経歴に傷がついたら？　エバはきっと思う‥あたしって悪い子なの？　そしてだんだん道を踏みはずし、良からぬ連中とつきあうようになって、真面目に努力することなんかバカらしいと思うようになり、みすみす人生を棒にふってしまうかもしれない。小さいころのたった一つのあやまちのために。

だめだ。

そんな危険をおかすわけにはいかない。

おれとパムは話し合って、そして決めた‥おれたちは腹を決めて罪食い人（シンイーター）になろう。あの歴史に出てくる、罪を食ったとかいう人たち。いや罪人の死体を食ったんだったかな？　それとも死んだ罪人の死体の上で物を食った？　罪食い人がどういうものだったか、いまいち記憶があやふやだ。ともかくおれとパムは罪食い人になろうと決めた。それはつまり‥エバを守るためならどんなあやまちだって犯す、どんなことをしてでもケーサツの目をだますし、必要とあらば法律だって破る。

パムが聞いた‥あなた、まだあのノートつけてるの？　あのノート、法的な証拠になるんじゃないの？　エバのこととか、エバのしたこと書いたんじゃないの？　そのノートが証拠になって、あたしたちが捜査ボーガイの罪に問われたらどうするの？　警察がそのノートの提出を求めてきたら？　もうノートに書くのやめて、ヤバそうなページはハキしたほうがよくない？　それかどっかに隠すとか？　あなたがこないだ壁にあけた穴の中とか？　いっそのこと捨てちゃったら？

おれは言った、おれはあのノートに書くのが好きなんだ、ノートに書くのをやめたくないしノートを捨てたくもない。

パム：そ、じゃあご自由に。でもあたしに言わせれば、そんな価値はないわね。

パムは賢い。いつだってジョーキョー判断をまちがえない。だから今もまだ迷ってる。

（未来の読者よ、もしもこの日記が急にぱったりやんだら、パムのほうが正しかったと（またしても！）おれが気づいたと思ってくれ。）

おれの予想、というか希望的観測：ケーサツはたぶん似たような事件を山ほど抱えて、おれたちのケースなんてザコみたいなものだ。だから後回しにされて、いずれウヤムヤになるだろう。

（十月八日）

ちがった。またアテがはずれた。ウヤムヤになるどころじゃなかった。

説明する。

今日も一日じゅう働いた。

相も変わらぬ単調な日。

未来の読者よ、想像できるだろうか？　心は今すぐにでも家に飛んで帰ってエバの件でパムと作戦を練り、エバを学校からかっさらってきて力いっぱい抱きしめ、何も心配いらないよ、お前のやったことはいいことじゃなかったが、それでもこれからもずっとお前はパパたちの子どもだよ、目の中に入れても痛くないくらい大事な娘なんだと言ってやりたいのに、それをこらえて変わりばえのしない単調な仕事をコツコツこなさなけりゃならない、このツラさが？

だが仕方がない、父親たるもの、ちゃんとつとめを果たさなければならない。

なんとか一日耐えぬいた。

そしていつものように車で家に向かった：中古車ディーラーが並ぶ一帯。採石場のある一帯。まっすぐ延びるハイウェイの下にひしめく、洗たく物を干したおんぼろアパート群。開拓者墓地のある、わりあいのどかな一帯。つぶれて廃キョになったショッピングモール。

そしてちっぽけなわが家＋がらんとしたわびしい庭。

裏口の門のところに知らない男が立っていた。

近づいていって、話をした。

男＝ジェリー。おれたちの事件を担当する刑事（！）だった。活動家どもはいまやこの街の大問題でして、と彼は言った。市長も奴らとテッテイコウセンする構えです（！）。お宅さんも今度のことで火の車だそうですね、まったくグリーンウェイのペテン師ども、うんととっちめてやらにゃいけません。あたしもビンボー人でしてね、と彼は言った、しがない勤め人ってやつですよ、だからあんな血の通わない大企業に八千六百ドルも借金背負わされてどんな気分か、そりゃようくわかります。でも安心してくださ い、あたしも本気ですよ。活動家どもを見つけるまで不眠不休でがんばりますんで。だいたいけしからん連中ですよ、あの活動家ってのは。自分たちは高尚な正義の味方です？　とんでもない。あいつらのせいでSGたちは不法移民になって、そういう連中が〝正当なアメリカ市民〟の職を奪うんです。まったく許しがたい。あたしの親父はね、アイルランドから船でこっちに来たんですよ。船の上でずっと吐きどおしで、それから書類に正式に書きこんだ。これこそが正しい移民ってもんです。

ははは、とジェリーは言った。

へらへら笑って口をぬぐった。

ジェリーはぺらぺらとよくしゃべる男だった。刑事になる前は教師をやってました。辞めてせいせいですよ。生徒はみんな手に負えないクソガキでした。しかも年々クソ度がひどくなる。最後の何年間かは、クソガキどもに今日ナイフで刺されるか、あした銃で撃たれるかと、生きた心地がしませんでしたよ。生徒の色が濃くなると問題も増える。言ってる意味、わかるでしょう。いやべつに黒い人たちに何のうらみもないが、勉強もしない、言葉も学ばない、何度言っても教師に陰湿ないたずらを仕掛けるのをやめない、そんな黒い連中を良く思えっていうほうがムリです。あたしが子どものころには、仕事熱心な先生のダイエットコークに小っこいカエルを入れるなんて、考えもしませんでしたがね。犯人はたいてい黒い生徒でしたよ、そもそも生徒のほとんどがクロでしたからね。けっきょく刺されはしなかったが、いつかはきっと黒いのにやられてたにちがいありません。教師のコークにカエルを入れるようなタマです、何だってやりかねません。順当に行きゃ、次はナイフに決まってます。

子どもはしょせん子どもですよ、とおれは言った。

どうでしょうかねえ、ジェリーは言った。子供は大人のヒナ形でしょう。雌ガチョウのエサは雄ガチョウにもエサ、ですよ。前に映画を見たんですよ。ライオンの子供を好きにそのへん走り回らせといたら、大きくなってそのライオン、飼い主を食っちまいました。だからね、人間の子供も同等にきびしくしつけなきゃならんのです。

最近どうにもさびしくってね、とジェリーは言った。女房に先立たれちまいまして。まさかあっちが先にいくとは思ってもみませんでした。病気ひとつしないやつでしたから。ちょっと途方にくれてるんですよ。最後のほうは、もういないも同然でした。だから急いで家に帰る必要もなくなりました。女房がいなくなって、家の中がやけに静かでね。孫もいないし。そもそも子供がいませんでしたから、女房の卵巣にちょっと問題があって。

だからうちの事件にはたっぷり時間がかけられるのだ、とジェリーは言った。

どうも引っかかるんですよ、と奴は言った。いつもの活動家の手口とはちがう気がする。活動家はたいていメッセージを残すもんなんです。〈地獄に堕ちろセンプリカ〉は赤い旗を一本立てる。〈ウィメン4ウィメン〉は犯行声明文＋SGたちが庭にいるあいだに家族からされたイヤなことやひどいことをあげつらうビデオ。それに活動家にはたいてい医者も同行していて、マイクロラインを取り除いてからバンに乗せるんです。なのに今回はマイクロラインを門のところまで引きずった跡があった。ということはＳＧたちはマイクロラインをつけたまま徒歩で逃走した、ということになりませんか？

どうもつじつまが合わない。

何かにおうんだなあ。

しかしまあ、ご心配なく、と彼は言った。あたしはここに〝張りつき〟ますんで。今日のところはしばらく庭におジャマさせてもらいますよ。捜査でたまにこれをやるんですよ、犯人（ホシ）の〝頭の中に入りこむ〟ためにね。

ジェリーはちょっとセキをすると、ひょこひょこ庭のほうに戻っていった。

おれは中に入り、パムにすべて話した。

おれたちは窓の前に立って、ジェリーを見た。

トーマス：ねえ、あの人だれ？

おれ：誰でもないよ。

パム：お庭に出ちゃだめよ。あのおじさんと口きいたりとか、絶対しないでね。

リリー：あの人は庭に入ってきてるのに、あたしたちは口きいちゃだめなの？

おれ：そういうことだ。

これを書いている今は真夜中だ。なんと、ジェリーはまだ庭にいる（！）。ジェリーはタバコを吸い、耳ざわりな四音階の歌をくりかえしくりかえしハミングしている。客間にいてもそれが聞こえる&タバコのにおいがする。出ていって、もう帰ってくれと言ってやりたい。こう言う：ジェリー、ここはうちの庭だ。子どもたちももう寝てるし、明日は学校だ。そのハミングのせいで目を覚ましてしまったら明日学校で寝不足でツラくなる。それに、悪いがうちは家の中も外も禁煙なんだ。

でもできない。

ほんのちょっとでもジェリーのキゲンをそこねるようなことはするべきじゃない。くそ。

わが家はいまやハメツの危機だ、未来の読者よ。何もかもメチャクチャだ。キンパクした空気を感じるんだろう、子どもたちは一日じゅうケンカばかりしている。夕食のあと、子どもたちが『おさわりマン・ショー』（うちでは禁止のやつ）を見ているのをパムが見つけた。男が仕切り板にあいた二つの穴から手を入れて女の子の胸をさわり、それでだれとデートするかを決める番組だ。（胸そのものは映らない。おさわりしている男の顔と、さわられてる女の子の顔、それに男が点数を発表するときの女の子の顔だけが映る。にしてもレツアクすぎる。）パムがブチ切れた：うちがこんなに大変なときに、その態度はいったい何なの？

子どもたちが生まれたとき、おれもパムもすべて（旅行とか冒険とか、そんな青春時代の夢のすべて）をあきらめ、子育てをがんばってきた。楽しいことなんか一つもない、しんどいばかりの生活だった。やるべきことが山積みで、夜おそくまでかかってへとへとになってもまだ終わらないなんてことがしょっちゅうだった。疲れはて服もヨレヨレ、シャツやブラウスは赤ん坊のウンチやゲロやその両方にまみれ、美容院は高くて行けないので髪はボウボウ、流行おくれのメガネは金具を直すヒマがないので鼻からずり落ち、怒ったような、ほとほとうんざりしたような苦笑いを浮かべて相手が構えるカメラに納まる、そんな日の連続だった。

そこまで自分をギセイにしてきた結果が、これなのか。

泣けてくる。

いまちょっと部屋を出て、子どもたちの様子を見てきた。トーマスはファーバーといっしょに寝ていた。これは禁止行為だ。エバはリリーと一つベッドで寝ていた。これも禁止だ。この大惨事を引き起こした張本人のエバは、赤ん坊みたいにすやすや眠ってた。今すぐエバを起こして、大丈夫だからな、お前は根はいい子だ、ただまだ子どもでちょっとまちがえただけなんだと言ってやりたかった。

でもやらなかった。

エバも眠らせてやらないと。

リリーの机の上に、「わたしの好きなもの」という宿題で作ったポスターがのっていた。ポスター＝ＳＧ一人ひとりの写真＋出身国の地図＋リリーがＳＧたちにしたらしいインタビュー（！）。グウェン（モルドバ）＝すごくタフ、モルドバの若者はみんなタフ：ゴミ捨て場に捨ててあった血のついたシーツとガムテープでサッカーボールを作った、その血まみれシーツのボールでうんと練習して、あと少しでオリンピックの選手（！）になれるところだった。ベティ（フィリピン）には娘が一人いて、海で泳ぐとき、ときどき海ガメの背中に乗った。リーサ（ソマリア）は叔父さんの〝ミニトラック〟の上にライオンが乗ってるのを見たことがある。タミ（ラオス）は水牛をペットで飼っていて、その水牛に足を踏まれたせいで今も特別なクツをはいている。〝豆知識〟コーナー：ＳＧたちの名前（ベティ、タミｅｔｃ．）は本当の名前ではない。それらは〝ＳＧネーム〟で、アメリカに来たときにグリーンウェイがつけた名前である。〝タミ〟＝ジャヌカ＝〝幸せな太陽の光〟。〝ベティ〟＝ネニータ＝〝聖なる愛されし者〟。〝グウェン〟＝エヴィエニア（自分の名前の意味はわからない）。〝リーサ〟＝アイヤン＝〝幸福な旅人〟。

未来の読者よ。今夜のおれは、ＳＧたちのことが頭からはなれない。

今ごろどこにいるだろう？　なぜ逃げてしまったんだろう？

どうしてもわからない。

手紙が来る。家族はみんな大喜びする。女の子は涙を流すが、けなげに荷づくりをする。思う：行かなきゃ、わたしが家族のたった一つの希望なんだから。歯をくいしばって笑顔を作り、契約が終わったらすぐに帰ってくるからねとみんなに約束する。母親は思う、父親も思う：この子を行かせるなんてできない。でもそうする。せざるを得ない。

町じゅうの人々が駅／バス停留所／フェリーの発着所？まで彼女を見送る。それとも地元の小さな空港行きの派手な色の乗合のバンに乗る？　さらなる涙、さらなる約束。列車／フェリー／飛行機が動きだすと、女の子は最後にもう一度だけ周囲の山々／川／採石場／ほったて小屋ｅｔｃ．を——彼女がそれまで知っていた小さな世界を目に焼きつけ、そして自分に言い聞かせる：さあ前を向こう、きっとまた戻ってこよう、お金持ちになって、お土産を山ほどもってｅｔｃ．ｅｔｃ．そしてここにまた戻ってくるのよ。

それが今じゃどうだ？

金もない、ビザもない。マイクロラインをはずしてくれる人はいるんだろうか？　彼女に仕事をくれる人はいるんだろうか？　職を探すときは〝貫入ポイント〟の傷を髪で隠さないといけないだろう。いつかまた故郷＋家族に会えるんだろうか？　なんだってあんなことをしたんだろう？　どうして何もかもメチャクチャにしてまで、うちの庭を出ていったんだろう？　おれたちとなら、ずっとうまくやっていけたかもしれないのに。いったい彼女は何を求めて出ていったんだろう？　あんなムボウなまねをしてまで、いったい何がそんなにしたかったんだろう？

ジェリーがやっと帰っていった。

空っぽのラックが、月夜に不気味に照らされて庭にぽつんと立っていた。

自分メモ：グリーンウェイに電話して、あのおぞましい代物をとっとと片づけてもらうこと。

ホーム

1.

昔みたいに、裏の干上(ひあ)がった川床から家の前にまわりこみ、台所の窓をコツコツやった。

「入んな」おふくろが言った。

中に入ると、ガス台の上には古新聞、階段には雑誌が山と積まれていて、壊れたオーブンにはハンガーがまとめて突っこんであった。何もかも昔のままだった。変わったことといえば、冷蔵庫の上のあたりに猫の顔みたいな形の雨もりの染みができているのと、古いオレンジ色の敷物が半分めくりあげてあることぐらいだ。

「ピーッたれの掃除屋が見つからなくってさ」おふくろが言った。

おれはわけがわからずおふくろの顔を見た。

「〝ピーッたれ〟?」おれは言った。

たっ
「馬鹿だね、このピーッ」おふくろは言った。「職場の連中がうるさいんだよ」
たしかにおふくろは昔から口が悪かった。そしていまの職場は教会だ。で、こうなったってわけだ。

おれたちはしばらく無言で互いの顔を眺めた。

そこに知らない男が二階からドカドカ降りてきた。おふくろよりさらに老けていて、ボクサーパンツいっちょうにハイキングブーツ、ニット帽をかぶって、長いポニーテールを後ろにたらしていた。


「誰だ？」そいつが言った。

「息子だよ」おふくろが恥じらって言った。「マイキー、こちらハリス」

「あっちでやった一番ひでえことって何だ？」ハリスが言った。

「アルベルトはどうしちゃったんだよ？」とおれは言った。

「アルベルトはとんずらこいたよ」おふくろが言った。

「アルベルトはケツを割ったのさ」ハリスも言った。

「あたしゃあのピーッたれ野郎には何のうらみもないけどね」とおふくろは言った。

「おれはあのクソったれ野郎にうらみ大ありだがね」とハリスは言った。「貸した十ドルも返ってこねえしよ」

「ハリスの口の悪いのには困ったもんだよ」おふくろがおれに言った。

「こいつは仕事でしょうことなく直しただけなのさ」ハリスがおれに説明した。

「この人なんて仕事もしないんだからね」おふくろがおれに言った。

「仮に働くにしても、こっちの口のききかたにいちいち文句つけるような職場は願い下げだね」とハリスは言った。「おれの好きにしゃべらせてくれるとこ。ありのままのおれを受け入れてくれるとこ。そういうとこなら、ま、働いてやってもいいけどな」

「そんなところがあるもんか」おふくろが言った。

「おれの好きにしゃべらせてくれるとこがか？」とハリスが言った。「それともありのままのおれを受け入れてくれるとこ？」

「あんたが働く気になるようなところがだよ」おふくろが言った。

「こいつ、いつまでいるんだ？」ハリスが言った。

「本人の好きなだけさ」おふくろがおれに言った。

「遠慮はいらないぜ」ハリスがおれに言った。

「ここはあんたの家じゃないよ」おふくろが言った。

「飯ぐらい食わせてやれよな」とハリスが言った。

「あんたに言われなくたってやるよ」とおふくろは言って、おれたちを台所から追い出した。

「まったく最高の女だぜ」とハリスは言った。「ずっと前から目ぇつけてたんだ。そしたらアルベルトの奴が出てった。おれには解せないね。せっかく最高の女とめぐり会ったってのに、その女が病気になったとたん出てっちまうなんてよ」

「おふくろ、病気なのか？」おれは言った。

「なんだ、聞いてねえのか？」ハリスが言った。

ハリスはむずかしい顔つきになって片手でげんこつを作り、それを頭の上に当てた。

「腫瘍だよ」彼は言った。「おれが言ったって言うなよ」

おふくろが台所で歌っていた。

「ベーコンぐらい出してやれよな」ハリスがそっちに声をかけた。「せっかく息子がご帰館あそばしたんだ、せめてベーコンは食わしてやろうや」

「ごちゃごちゃうるさいね！」おふくろの声が返ってきた。「さっき会ったばっかりのくせに」

「自分の息子みたいに愛してんだよ」ハリスが言った。

「は、アホらし」おふくろが言った。「実の息子のことは嫌ってるくせに」

「息子は二人とも嫌いさ」ハリスが言った。

「きっと娘のことも嫌いになってただろうよ、会わせてもらってりゃね」おふくろが言った。

ハリスは笑みを浮かべた。おれが自分のこしらえた子供はみんな嫌いになるとわかってるなんてさすがおれの女だぜ、みたいな感じに。

おふくろが紅茶カップの受け皿にベーコンエッグをのせて持ってきた。

「髪の毛が入ってたらごめんよ」おふくろは言った。「さいきん髪がピーッみたく抜けんのさ」

「遠慮せずに食えよ」ハリスが言った。

「何様のつもりだい、このピーッ！」おふくろが言った。「あんたは何もしてないじゃないか。あっちに行って皿くらい洗いなよ。口だけじゃなくさ」

「言ったろ、皿は洗えねえって」ハリスが言った。「手がかぶれるんだ」

「水アレルギーなんだとさ」おふくろがおれに言った。「なんで皿を拭けないのか、ちょっと聞いてごらん」

「腰がな」ハリスが言った。

「この人は〝でもだって王〟なんだ」とおふくろは言った。「〝ほんとにやる王〟には逆立ちしたってならないのさ」

「マイキーが消えたら、おれが何の王だったかたっぷり思い出させてやるさ」ハリスがおふくろに言った。

「ちょっとハリス！　お下品にもほどがあるよ！　いいかげんにしとくれ！」おふくろが言った。

　ハリスが両手を高々とあげた。チャンピオン、またもや防衛！

「昔の部屋を使いなよ、マイキー」おふくろが言った。

2.

おれのベッドの上には弓矢と、幽霊の面がくっついたハロウィンの紫色のかぶりものが置いてあった。

「ハリスのピーッだよ」おふくろが言った。

「おふくろ」とおれは言った。「ハリスから聞いたよ」

おれは片手でげんこつを作り、それを頭の上に当てた。

おふくろはきょとんとしておれを見た。

「いや、おれの聞きちがいかな?」とおれは言った。「腫瘍?　あいつたしかにそう——」

「まったくあの大ウソつきのピーッの穴野郎」とおふくろは言った。「あたしのことでとんでもないピーッを、あることないことふれ回るんだ。もう趣味みたいなもん。郵便屋にはあたしの脚が片っぽ義足だって言うわ、デリのアイリーンには片目が義眼だって言うわ、ホームセンターのおっさんにはあたしがキレると口から泡ふいてぶっ倒れるって言うわ。おかげでおっさん、あたしの顔見るたびに血相変えて店から追い出そうとする」

　自分が元気なことを証明するために、おふくろはその場でぴょんぴょん跳びはねてジャンピング・ジャックをしてみせた。

ハリスがどすどす階段を上がってきた。

「あんたが腫瘍のことバラしたのあの人に内緒にしといてやるからさ」おふくろがおれに言った。「あたしがあの人を嘘つき野郎って言ったこと、黙っておくれよ」

何もかも昔とおんなじだ。

「おふくろ」とおれは言った。「レネとライアンって、いまどこに住んでるんだ?」

「あーっと」とおふくろが言った。

「すんげえ豪邸にお住まいよ」ハリスが言った。「うなるほど金あんだろうな」

「やめといたほうがいいと思うがね」おふくろがおれに言った。

「ライアンのこと暴力亭主だと思ってるのさ、こいつは」とハリスが言った。

「ライアンは暴力亭主だよ」おふくろが言った。「暴力亭主は見りゃ一発でわかる」

「ライアンが?」おれは言った。「あいつ、レネを殴ってるのか?」

「あたしが言ったって言うんじゃないよ」おふくろが言った。

「そのうち赤んぼにも手を上げたりしなきゃいいけどな」ハリスが言った。「めんこいめんこいマートニー。赤んぼはあんなに可愛いのにな」

「にしても、なんてピーッな名前だろ」おふくろは言った。「あたしゃレネにもそう言ってやったよ。ほんとに、はっきりそう言ったんだ」

「だいいち男か女かもわからねえ」ハリスが言った。

「なに言ってるのさ、このピーッ?」とおふくろが言った。「あんたあの子に会ったじゃないか。抱っこだってしたでしょうが」

「エルフみてえだったよな」とハリスは言った。

「でさ、男のエルフだったの、それとも女のエルフだったの？」おふくろは言った。

「見てな。きっと答えらんないから」

「緑色の服着てたからな」ハリスは言った。「だからわかんねえよ」

「考えるんだよ」おふくろは言った。「あたしら、プレゼントに何を買った？」

「おれに男か女かなんてわかるかよ」とハリスは言った。「いくらおれの孫だからってよ」

「あんたの孫なもんか」おふくろは言った。「ボートを買った、そうだろ？」

「ボートに男女の別なんかないぞ」とハリスは言った。「偏見は良くないな。女の子がボートを好きだっていいし、男の子が人形を好きだっていい。それとかブラとか」

「とにかくあたしたちはあの子に人形もブラも買わなかった」とおふくろは言った。

「買ったのはボートだ」

おれは下に降りていき、電話帳を開いた。レネとライアンはリンカーンに住んでいた。リンカーン二十七番地。

3.

リンカーン二十七番地は、街の中心部の一等地にあった。

たまげた家だった。たまげた小塔だった。裏門はレッドウッドで、油圧式みたいに音もなく開いた。

たまげた庭だった。

おれは網戸で仕切ったポーチのそばの植え込みの陰にしゃがんだ。中で何人かの話し声がした。どうやらレネとライアンとライアンの両親らしかった。ライアンの両親はよく通る&堂々たる声をしていたが、それは元の大してよく通らない&堂々ともしていない声に、成り上がりパワーでゲタをはかせたみたいな感じの声だった。

「ロン・ブリュースターのことを誰が何と言おうとだ」とライアンの父親が言っていた。「あいつは私がフェルドスパーでタイヤがパンクしたとき、わざわざ馳せ参じてくれたんだからな」

「あのひどい暑さのなかをねえ!」ライアンの母親が言った。

「しかも嫌な顔ひとつせずにだ」ライアンの父親が言った。「最高にチャーミングな人物だよ、彼は」

「チャーミングと言えば——ほら、ね、あなた——フレミングさんのとこもねえ」母親が言った。

「そう、フレミング夫妻はすさまじくチャーミングだ」父親が言った。

「あのチャリティ精神ときたら！」母親が言った。「赤ちゃんを飛行機何杯ぶんもこっちに連れてきて」

「ロシアの赤ん坊だ」父親が言った。「兎唇の」

「赤ちゃんたちは、着いたそばから国じゅうの手術室に送られて」母親が言った。「そのお金を誰が払ったと思う？」

「フレミング夫妻だ」父親が言った。

「おまけにあの方たち、それに加えて大学に行くお金まで用意してたのよね？」母親が言った。「ロシア人のために？」

「傾きかけたポンコツの国で障害もちだった子供たちが、世界一偉大な国で将来を約束されたんだ」父親は言った。「誰がその偉業をなし遂げたのか？　企業か？　それとも国か？」

「民間のいち夫婦よ」母親は言った。

「じつに見上げた人物だよ、あの二人は」父親が言った。

しみじみと感じ入ったような沈黙が流れた。

「でもご主人が奥さんにあんなとげとげしい物言いをするところを見たら、とてもそうとは見えないわよね」母親が言った。

「まあ、嫁さんも旦那に恐ろしくとげとげしい態度を取ることがあるようだがね」父親が言った。

「ご主人がとげとげしい態度を取るので、奥さんもお返しにとげとげしい態度を取った、っていうこともあるみたいだけれど」母親が言った。

「ニワトリか卵か、みたいなもんだな」父親が言った。

「そうね、それのとげとげしい版ね」母親が言った。

「だがじつに愛すべき人々だよ、フレミング夫妻は」父親が言った。

「あたしたちも見習わないといけないわねえ」母親が言った。「あたしたちが一度でもロシアの赤ちゃんを救ったことがあったかしら」

「しかしまあ、われわれもよくやってるさ」父親が言った。「ロシアから赤ん坊を山ほど空輸する金はとてもないが、われわれだってそれなりに頑張ってると思うね」

「山ほどどころか、一人の赤ちゃんだってあたしたちにはとても無理」母親が言った。

「カナダから兎唇の赤ちゃんを一人連れてくる飛行機代もない有り様」

「車で行って連れてくることならできんでもないが」と父親は言った。「だが、それでどうなる？　われわれには手術の金も大学の金もない。赤ん坊はただカナダからアメリカに来ただけで、唇はそのまんまだ」

「あなたたちに言ったかしらね？」母親が言った。「あたしたち、こんどさらにお店を五つ増やすのよ。隣接する三つの市に計五店。ぜんぶ噴水つき」

「それはすごいや、ママ」ライアンが言った。

「ほんとにすごいです」レネが言った。

「そしてだな、もしその五店がうまくいったら、あと三つか四つさらに店を増やして、まあロシアの兎唇のことは、それから考えるんでも遅くはないだろう」ライアンの父親が言った。

「二人とも、ほんとにいつもすばらしいよ」ライアンが言った。

レネが赤ん坊を連れて外に出てきた。

「ちょっと赤ちゃんを連れて外に出てきます」そう言いながら。

4.

赤ん坊はレネからいろんなものをごっそり奪っていた。レネは前よりも太って、生気がなくなっていた。色味を飛ばす照明を当てたみたいに、顔も髪も色が薄くなっていた。

赤ん坊は本当にエルフっぽかった。

エルフ赤んぼは鳥を見て、その鳥を指さした。

「鳥よ」レネが言った。

エルフ赤んぼがど派手なプールを見た。

「あれは泳ぐもの」レネが言った。「でもまだだめよ。だあめ、わかった?」

エルフ赤んぼが空を見た。

「雲ね」レネが言った。「雲は雨を降らせるのよ」

赤ん坊はまるで目で命令しているみたいだった。さっさとあれが何なのか教えろよ、そしたら僕のものにして、店を二、三個出すからさ。

赤ん坊がおれを見た。

レネはあやうく赤ん坊を取り落としかけた。

「マイク。マイキー。マジなの?」レネは言った。

それから急に何かを思い出したような顔になって、ポーチのドアに早足で戻った。

「ライ?」レネは言った。「ライ王ちゃま? わるいけどマーティ・ハーティを預かってくれる?」

ライアンが赤ん坊を受け取った。

「愛してるよ」ライアンが言った。

「それの二倍愛してる、ダーリン」レネが言った。

それから手ぶらでこっちに戻ってきた。

「ライ王ちゃまって呼んでんのよ」レネはきまり悪げに言った。

「聞こえたよ」おれは言った。

「マイキー」とレネは言った。「あれ、ほんとにやったの?」

「中に入っていいか?」おれは言った。

「今日はだめ」レネが言った。「明日。ううん、木曜。ライアンの親が水曜に帰るから。だから木曜に来て。そしたらちゃんと話し合お」

「何を話し合うんだよ」おれは言った。

「中に入ってもいいかどうか」レネは言った。

「そこかよ」おれは言った。

「で、どうなの」レネは言った。「やったの？」

「ライアン、いい奴っぽいな」おれは言った。

「ああん、もう」レネが言った。「ほんっと、世界で一番いい人」

「殴りさえしなけりゃな」おれは言った。

「何さえしなけりゃ？」レネが言った。

「おふくろから聞いたよ」おれは言った。

「お母ちゃんがなに言ったの？」レネは言った。「ライアンが殴るっての？　あたしを？　お母ちゃんがそう言ったの？」

「おれが言ったって言うなよ」昔みたいに少しあわてた言い方になった。

「お母ちゃん頭おかしいのよ」レネは言った。「頭のネジがイカれてんの。あの人なら言いかねない。誰が殴るって？　あたしだよ。あたしがお母ちゃんをぶん殴る」

「どうして手紙におふくろのこと書かなかったんだよ」とおれは言った。

「お母ちゃんのこと？」レネがけげんそうに言った。

「病気なんだろ」おれは言った。

「お母ちゃんがそう言ったの？」レネは言った。

おれはげんこつを作って、それを頭の上に当てた。

「何それ」レネが言った。

「腫瘍？」おれは言った。

「お母ちゃんは腫瘍なんかないよ」レネは言った。「あの人がイカれてんのは心臓。誰が腫瘍なんて言ったの」

「ハリスだよ」おれは言った。

「あー、はいはい。ハリスね」レネは言った。

家の中で赤ん坊が泣きだした。

「もう帰って」レネは言った。「木曜に話そ。でもその前に」レネはおれの顔を両手ではさんで、キッチンの窓のほうにぐいと向けた。ライアンがシンクの前に立って哺乳瓶を温めているのが見えた。

「あの人が暴力ふるうように見える？」レネが言った。

「いや」おれは言った。

たしかに見えなかった。一ミリも。

「ちくしょう」おれは言った。「おれの周りにほんとのこと言う奴は一人もいねえのかよ」

「あたしがいるじゃない」とレネが言った。「それにお兄ちゃんも」

おれは妹の顔を見た。すると瞬間レネは八歳、おれは十歳にもどって、おふくろと親父とトニ叔母さんがキノコでラリって中庭をめちゃくちゃにぶち壊すのを、犬小屋に隠れて見ていた。

「お兄ちゃん」レネが言った。「お願いだから教えて。やったの?」

おれは頭を後ろに引いてレネの手をほどき、背を向けて歩きだした。

「さっさと自分の奥さんに会いに行きなさいよ、大ばか!」レネが後ろから声を浴びせた。「自分の子どもたちに会いに行きなよ!」

5.

家の前庭におふくろが立って、短足のでっぷりしたおっさんに向かってわめき散らしていた。その後ろにはハリスが仁王立ちになり、自分を怒らせるとどれほど恐ろしいことになるかを思い知らせるために、ときどきそのへんのものを殴ったり蹴ったりしてみせていた。

「これ、あたしの息子だよ!」おふくろが言った。「戦争に行って戻ってきたばかりなんだ。なのにこの仕打ちかい?」

「お務めに感謝します」おっさんはおれに言った。

ハリスがブリキのゴミバケツを蹴った。

「あれやめるよう、息子さんから言ってもらえませんかね」おっさんがおれに言った。

「おれが本気でキレたらあいつにだって止めらんねえぜ」ハリスが言った。「誰にもだ」

「私が好きでこんなことやってると思うか?」おっさんが言った。「こっちは四か月も家賃を滞納されてるんだ」

「三か月だよ」おふくろが言った。

「これが国の英雄の家族にする仕打ちかよ」ハリスが言った。「こいつはあっちで戦ってくれてるってのに、あんたはこっちでその母親を虐待してるんだ」

「お言葉だがね、これはべつに虐待じゃないぞ」おっさんが言った。「ただの追い立てだ。奥さんが家賃を払ってるのに追い立てたってんなら、そりゃ虐待だろうが」

「あたしはピーッたれ教会に勤めてるんだよ!」おふくろがわめいた。

短足でデブな割に、おっさんは肝が据わっていた。家の中にずんずん入っていき、中からテレビを運び出すと、つまらなそうな顔つきで庭の芝生の上に置いた。そのテレビはおっさんのもので、家の中じゃなく庭に置こうと決めた、みたいな感じだった。

「よせよ」おれは言った。

「お務めにはほんとに感謝してますよ」おっさんは言った。

おれはおっさんの胸ぐらをつかんだ。誰かの胸ぐらをつかみ、まっすぐ目を見て至近距離で話すのがすっかり板についてしまっていた。

「ここは誰の家だ？」おれは言った。

「私んだ」おっさんは言った。

おれはおっさんに足ばらいをかけて地面に倒した。

「ちょ、もうちょい優しくいこうぜ」ハリスが言った。

「易しかったぜ」おれは言って、テレビを家の中に戻した。

6.

その日の夜に保安官が引っ越し業者を引き連れてやってきて、家の中のものをいっさいがっさい芝生の上に放り出した。

おれは連中が裏口から入ってきてまた出ていくまでの一部始終を、ハイ・ストリートの「ネストンズ」の裏手にある鹿撃ちスタンドにのぼって眺めていた。

おふくろは顔を両手でおおい、積み上げられたガラクタのまわりをおろおろ歩きまわっていた。その様子は涙を誘うようでもあり、そうでもなかった。どういうことかというと、おふくろは何か深く感じることがあると必ずこれをやる——お涙頂戴を。そのせいで、何というか、逆にお涙頂戴でなくなってしまうのだ。

最近、おれの体に妙なことが起きていた。何かを思いつくと、それがいきなり手や足に伝わってしまうのだ。それが始まれば、あとは信じて身をまかせるだけだ。顔がカッと熱くなり、体全体がこんな感じになる——ゴーゴーゴー！

たいていの場合は、それでうまくいった。

いまおれの中を流れてる思いつきはこうだ。おふくろをつかまえ、家の中に押しこんで無理やり座らせ、ハリスを家の中に追い立ててやっぱり座らせ、そうして家を燃やす。本当に燃やさないまでも、火を点けるところぐらいまではやる。二人を正気に返らせるために。二人にいいかげん大人になってもらうために。

おれは猛然と丘を駆けおりると、おふくろを家に押しこんで階段に座らせ、それからハリスの胸ぐらをつかみ、足ばらいをかけて床に倒した。そしてマッチの火を階段のカーペットに近づけ、カーペットに火が燃えうつると、指を一本立ててみせた——おっと何も言うな、おれの中にはいま戦場帰りの暗い力がみなぎってるんだぜ。

二人はすっかりびびって一言も口をきかなくなり、そんな二人を見ているとおれの中に後悔が、今さらあやまったところでもう打ち消すことのできない後悔の念がわき上がってきて、そうなるともうできることは一つしかなかった。行って、さらなる後悔を重ねること。

おれはカーペットの火を踏み消すと、グリーソン通りを目指して歩きだした。ジョイと子供たちが、あの糞ったれと暮らしている場所に。

7.

おれは頭をぶん殴られたみたいな気分だった。奴らの家はレネの家よりさらに立派だった。

家の中は暗かった。車寄せには三台の車。ということはみんな家にいて、もう眠っているんだろう。

おれは家の前でそれについてちょっと考えた。

それからダウンタウンに引き返し、店に入った。店だったんだろうと思う。ただ何を売っているのかがよくわからなかった。内側から光を放つ黄色のカウンターの上に、青いプラスチックの重たい板みたいなものが並んでいた。一つ手に取ってみた。字が書いてある――〈Mii VOXMAX〉。

「これ、何だ?」おれは言った。

「というよりむしろ、これで何をするか、だと思うんですよね」若い店員が言った。

「何ができるんだ?」おれは言った。

「ていうか」そいつは言った。「お客さんにはこっちのほうがお勧めかもです」

そいつは前のとそっくりな、〈Mii VOXMIN〉と書いてある板きれをおれに渡した。

べつの若いのがエスプレッソとクッキーを運んできた。

おれは〈Mii VOXmin〉を置いて〈Mii VOXmax〉を手に取った。

「いくら?」おれは言った。

「ええと、それはお金的な意味で?」店員は言った。

「これで何するんだ?」おれは言った。

「もしもデータ・レポジトリなのかそれとも情報階層ドメインなのかっていう質問でしたら」と若者は言った。「答えは『イエスでもありノーでもある』、ですかね」

二人ともまぶしいくらい若かった。皺ひとつなかった。おれが言う〝若い〟っていうのは、おれとだいたい同い年ぐらいっていう意味だ。

「長いこと国を離れてたんだ」とおれは言った。

「おかえんなさい」最初の若者が言った。

「どちらに行ってたんです?」二番めの若者が言った。

「戦争ってものなんだけどさ」おれはせいいっぱいの皮肉をこめてそう言った。「聞いたことあるかな?」

「あります」一番めがかしこまって言った。「お務め、ご苦労さまです」

「どっちのです?」二番めが言った。「たしか二つなかったでしたっけ?」

「一個はやめにしたんじゃなかった?」一番めが言った。

「僕のいとこが行ってるんです」二番めが言った。「どっちかに。たしか行ってたと思うな。すくなくとも行くって話は聞きました。そんなに親しくなかったんで」

「とにかく、サンキューです」一番めが言っておれに手を差し出したので、おれたちは握手した。

「僕は賛成じゃなかったけど」と二番めが言った。「でも、お客さんだって好きで行ったわけじゃないですよね？」

「そうだな」とおれは言った。「ま、好きで行ったってことになるのかな」

「賛成じゃなかったの、それとも今も賛成じゃないの」一番めが二番めに言った。

「両方だよ」二番めが言った。「てか、今もやってんのか？」

「どっちのこと？」一番めが言った。

「お客さんが行ったほうって、まだ続いてるんですか？」二番めがおれに言った。

「まあな」おれは言った。

「いまどっちなんですかね？」と一番めが言った。「お客さん的に見て、おれたちって勝ってるんですか？　てか、おれ何言ってるんだろな。正直どうだっていいんですけどね、はは」

「とにかく」二番めが言っておれに手を差し出し、おれたちは握手した。

二人ともすごく感じがよく親切で無邪気だったので――つまり、おれに〝賛成〟してくれていたので――おれはにこにこしながら店を出て、一ブロックほど歩いたあたりで〈Mii VOXMAX〉を持ったままだったことに気がついた。街灯の下まで行ってもう一度よく見た。ただのプラスチックの札にしか見えなかった。〈Mii VOXmax〉をもらうためにこの札を持っていくと、引き換えに〈Mii VOXmax〉をくれる、みたいな。

8.

ドアを開けたのは糞ったれだった。

ほんとの名前はエヴァンだ。小学校でいっしょだった。インディアンの羽根飾りを頭にかぶって廊下を全速力で駆けていく奴の姿を、今もうっすら覚えている。

「マイクか」奴は言った。

「入ってもいいか?」おれは言った。

「悪いがそれは無理だ」奴が言った。

「子供たちに会いたいんだよ」おれは言った。

「もう真夜中すぎだぜ」奴が言った。

嘘にちがいないとおれは思った。真夜中すぎに店が開いてるか? だがたしかに月は高く、空気はしっとりともの悲しく、〝ま、早い時間ではないよな〟的な雰囲気があたりに漂っていた。

「明日は?」おれは言った。

「そうしてもらえるかな？」と奴は言った。「おれが仕事から戻るころ？」冷静になるべく冷静にやりあおうという暗黙の了解がお互いのあいだにできていた。冷静にやりあう一つの方法として、おれたちはすべてを疑問形で話していた。

「六時ごろ？」おれは言った。

「六時でそっちは構わないか？」奴が言った。

おかしな話だが、おれは二人がいっしょにいるところをまだ一度も見ていなかった。いま家の中で奴のベッドに寝ている誰かは、まったくの赤の他人なのかもしれなかった。

「つらい気持ちはわかるよ」奴は言った。

「おれをだましやがって」おれは言った。

「言わせてもらうが、それは誤解だ」奴は言った。

「だろうよ」おれは言った。

「おれはお前をだましたわけじゃないし、彼女だってそうだ」奴は言った。「誰にとっても非常につらい状況だったんだ」

「誰かにとってはすごくつらかったが、ほかの誰かにとってはそうでもなかった」おれは言った。「それくらいは認めろよ」

「これ、本音トークか？」と奴は言った。「それともモめないように回りくどくいくか？」

「本音でいこうぜ」とおれが言ったときの奴の顔の動きに、一瞬また奴のことが好きになりかけた。

「おれは自分が許せなくてつらかった」奴は言った。「彼女も自分が許せなくてつらかった。おれたちは二人ともつらかった、そうやって自分のことを許せないと思いながら、同時にすばらしく幸せな気分も味わっていた。その気持ちに嘘はなかったし、今もそうだと胸を張って言える」

だんだんとおれは体よく丸めこまれているような気がしてきた。大勢の人間に寄ってたかって押さえつけられたところにべつの奴がやって来て、ケツの穴にニューエイジな拳を突っこまれながら、君のケツの穴に拳を突っこむことはこちらとしても不本意であり、正直非常に苦悩しているのだとご説を聞かされ続けているみたいな。

「じゃあ六時に」おれは言った。

「六時で了解だ」奴も言った。「さいわい、おれもフレックスタイムだから」

「べつにお前はいなくていいぜ」おれは言った。

「お前がおれでおれがお前だったら、やっぱり自分がその場にいたほうがいいって思うんじゃないか?」奴は言った。

車の一台はサーブ、もう一台はキャデラック・エスカレードで、三台めはもっと新しいサーブだった。中にチャイルドシートが二つあって、おれの知らないピエロのぬいぐるみが置いてあった。

大人二人に車三台か、とおれは思った。なんて国なんだよ。おれの元妻と新しい亭主はなんて自己中なクソなんだ。おれの赤んぼたちがじわじわと自己中なクソ三歳児に変わっていき、さらにクソ子供、クソ高校生、クソ大人と育っていくさまが目に見えるようだった。そしてその間ずっと薄汚れた胡散臭い叔父さんみたいに、その周りをうろちょろしているおれ自身の姿も。

このへんの家はそろいもそろって豪邸だった。一軒の家の中では夫婦が抱き合っていた。べつの家の中では、女の人がミニチュアのクリスマスハウスを、棚卸しでもするみたいにテーブルの上に九百万個ぐらい並べていた。川を一つ越えると、豪邸はひと回り小さくなった。おれたちが住んでいるあたりまで来ると、家はどれも百姓小屋みたいだった。一軒の百姓小屋の中では子供が五人、ソファの背もたれの上に立ってじっとしていた。それからせーので一斉にジャンプし、飼い犬どもが狂ったように吠えたてた。

9.

おふくろの家の中は空っぽだった。おふくろとハリスは居間の床にじかに座り、居場所を求めてあちこちに電話をかけていた。

「いま何時だ?」おれは言った。

おふくろは時計がかけてあった場所を見た。

「時計は外の歩道だよ」おふくろは言った。

おれは外に出た。時計はコートの下にあった。十時だった。エヴァンの奴、やっぱりだましてやがった。引き返して子供たちに会わせろと言おうかとも思ったが、あっちに着くころには十一時になっていて、そうしたらもう遅い時間だという奴の言い分がけっきょく正しくなってしまう。

保安官が入ってきた。

「立たないで」保安官はおふくろに言った。

おふくろは立った。

「立って」保安官がおれに言った。

おれは立たなかった。

「クリーズさんを転ばせたってのはきみか？」保安官が言った。

「この子は戦争から戻ったばかりなのよ」おふくろが言った。

「お務めご苦労さまです」保安官は言った。「今後は誰かを転ばせるのは遠慮してもらえませんかね？」

「こいつはおれのことも転ばせたんだぜ」ハリスが言った。

「私はな、帰還兵を逮捕してまわるようなことはできればしたくないんだ」と保安官は言った。「私も元軍人だからな。だからきみが私に協力して、もうこれ以上誰のことも転ばせないでいてくれるなら、私もきみに協力して逮捕はしないでおくよ。どうだ？」

「この子は家も燃やそうとしたんだ」おふくろが言った。

「物を燃やすのはあまりいい考えとは言えんな」保安官は言った。

「この子はいま普通じゃないんだ」おふくろが言った。「見てわかるだろう」

保安官は以前のおれに会ったことはなかったが、今のおれと比較する判断材料を持っていないと認めるのは、保安官の沽券にかかわるらしかった。

「たしかに疲れているようだな」彼は言った。

「でも力は強いぜ」とハリスは言った。「おれをかるがる倒しちまったもんな」

「あんたたち、明日どこか行くあてはあるのか？」保安官が言った。

「何か案でもあるのかい」おふくろが言った。

「知り合いとか、親戚とかは？」保安官が言った。

「レネんちだ」おれは言った。

「それも駄目なら、フリステンのシェルターはどうだ？」保安官が言った。

「レネんとこだけは死んでも行かないよ」おふくろが言った。「あの家の連中はみんなたいそうご立派で、ただでさえあたしらのことを下に見てるんだから」

「ま、じっさい下だよな」ハリスが言った。「あいつらに比べりゃ」

「それに、ピーッたれシェルターに行くのも死んでもお断り」おふくろは言った。「あんな、ケジラミがいるところ」

「おれたちが付き合いはじめたころ、ちょうどおれがシェルターでケジラミ伝染されててさ」ハリスがしたり顔で解説した。

「まあ、悪く思わんでくれよ」保安官が言った。「何もかもがあべこべででたらめな世の中さ」

「あんまりだ」とおふくろは言った。「あたしゃ教会で働いて、息子はお国のために戦ってさ。銀星章だよ。海兵隊（マリーン）の片足を引っぱって助けてやったんだ。感謝状だってある。なのにどうだい。こんなふうに放り出されてさ」

保安官はもう聞いちゃいなかった。早くここから出ていって、もっと大事な用事に戻りたがっているのが見え見えだった。

「ま、とにかく住むとこを見つけるんだな」そう親身にアドバイスすると、彼は行ってしまった。

おれとハリスはマットレスを二枚家の中に引きずっていった。まだシーツや毛布がかかったままだった。だがシーツは隅のほうが草の汁で汚れ、枕は泥くさかった。がらんどうの家で、おれたちは長い夜を過ごした。

10.

次の朝、おふくろはママ友時代からの古い知り合いに何人か電話をかけた。だが一人は椎間板の手術をしていて、もう一人はガン、三人めは双子がどっちも躁鬱病と診断されたばかりだった。

明るくなると、ハリスはまた威勢のよさを取り戻した。

「例の軍法会議の件だがよ」とハリスは言った。「あれがお前のやった一番ひでえことなのか？　それとももっとひでえこともやったけどバレてねえのか？」

「あれはもう疑いが晴れたんだ」おふくろが短く言った。

「おれも押し込み強盗がお咎めなしになったことがあったな」ハリスは言った。

「どっちみちあんたにゃ関係ないよ」おふくろが言った。

「でもこいつは言いたいのかもしれないぜ」ハリスが言った。「言って楽になっちまいなよ。精神衛生に悪いぜ」

「あの子の顔を見なよ、ハル」おふくろが言った。

ハリスはおれの顔を見た。

「わるい、もう言わないよ」ハリスは言った。

そこに保安官が戻ってきた。彼はおれとハリスにマットレスを外に戻すように言った。ポーチに立つおれたちの目の前で、保安官はドアに南京錠をかけた。

「さよなら、十八年間住んだあたしの家」たぶん映画に出てくるスー族かなんかの真似をして、おふくろが言った。

「バンを呼ぶかなにかしたほうがいいぞ」保安官が言った。

「あたしの息子は戦争に行ってたんだ」おふくろは言った。「なのにこんな仕打ちをするなんて」

「私は昨日来たのと同じ人間だよ」保安官はそう言って、何のつもりか両手で自分の顔を枠みたいに囲った。「奥さん、忘れたか？　その話は昨日もう聞いたんだ。息子さんのお務めにも感謝した。とにかくバンを呼ぶんだな。でなきゃこのガラクタ、みんなゴミで持ってかれちまうぞ」

「教会で働いてる人間をつかまえて、なんてひどいことを」おふくろは言った。

おふくろとハリスはガラクタの山の中からスーツケースを発掘し、服を詰めた。

それからみんなで車に乗ってレネの家に向かった。

おれの気持ちはこうだった――面白くなってきやがったぞ。

11.

そうとも言い切れなかった。おれの中ではいろんな気持ちがごちゃごちゃになっていた。

べつの気持ちはこうだった――ああおふくろ、若いころのおふくろは髪を三つ編みにしてたっけ。今の落ちぶれたおふくろを見たら、あのころのおれはきっと死んじまうだろう。

またべつの気持ちはこうだった――この気ちがいババア、ゆうべはよくもチクりやがったな。いったい何のつもりなんだよ?

こうも感じていた――おふくろ。母さん。あんたの前にひざまずいて、アルラズでおれとスメルトンとリッキー・Gがやったことを何もかも話してしまいたい。そして優しくおれの髪をなでて、いいんだよ、きっと誰だって同じようにしたよと言ってほしい。

車がロール・クリーク橋を渡るあたりでは、おふくろの顔つきはこうだった――レネのやつ、あたしを拒絶してみやがれ、あのピーッなピーッのピーッを洗いざらい全部ぶちまけてやる。

ところが車が橋を渡りきり、ひんやりとした川の空気が引くと、おふくろの顔は急に変わった――ああ、ああ、もしレネがライアンの両親の目の前であたしを拒絶して、あの人たちにまたゴミを見るような目で見られたら、あたしは死ぬ、その場で死ぬ。

12.

じっさいレネはおふくろをライアンの両親の目の前で拒絶したし、ライアンの両親はおふくろをゴミを見るような目で見た。

でもおふくろは死ななかった。

おれたちが入っていったときのあいつらの顔ときたら、じつに見ものだった。レネはぎょっとなった。ライアンもぎょっとなった。ライアンの両親はぎょっとなっていることを顔に出すまいと焦るあまり、そこらじゅうのものを壊しまくった。ライアンの父親は、ハッピー&ウェルカムな感じでぎこちなく前に進み出たとたんに花瓶を倒した。ライアンの母親は油絵に正面から突っこみ、赤いセーターの両腕を交差させて額縁を抱える恰好になった。

「それが赤ん坊か？」おれは言った。

おふくろがまたおれに嚙みついた。

「じゃなきゃ何だってのさ？」おふくろは言った。「口のきけない小人かなんかか？」

「そうよ、マートニーよ」レネが言って、おれのほうに赤ん坊を差し出した。

ライアンが咳払いをして、これについてはすでに話し合って決めたはずだよね、ラブマフィン？　という目でレネを見た。

レネは急に赤ん坊の進路を変えてぐいっと真上に向けた。赤ん坊をおれよりも天井のライトに近づければ、それでおれが抱っこする必然性も消え失せるとでもいうように。

おれは傷ついた。

「クソが」おれは言った。「おれがそいつに何かするとでも思ってんのかよ」

「この家で〝クソ〟とか言うのはやめてくれないか」ライアンが言った。

「あたしの息子に何を言えとか言うなとか、あんたみたいなピーッにいちいちピーッされる筋合いはないよ」とおふくろが言った。「この子は戦争から帰ってきたばかりなんだ」

「お務めご苦労さまです」ライアンの父親が言った。

「ねえ、あたしたちがホテルに行けば済むことじゃない」ライアンの母親が言った。

「ママたちがホテルに行くことなんかないよ」とライアンが言った。「この人たちがホテルに行けば済むことだ」

「あたしらはホテルには行かないよ」おふくろが言った。

「行けばいいじゃないの、お母さん。ホテル、好きでしょ」とレネが言った。「こっちのおごりで泊まるんだったら、よけいに」

さすがのハリスも居心地が悪そうだった。

「ホテル、いいんじゃないか」ハリスは言った。「ホテルなんて洒落たふいんきの場所で羽を伸ばすなんざ、ずいぶん久しぶりだよ」

「教会で働いてる実の母親と、戦争から帰ってきたばかりの銀星章の兄を、どっかの安宿に放り込もうっていうのかい」おふくろが言った。

「そうよ」レネが言った。

「せめて赤ん坊を抱かせてくれないか?」おれが言った。

「それはこの僕が許さない」ライアンが言った。

「家内も私も、きみたちの向こうでの働きを全面的に支持してきたし、今も支持しているんだよ」ライアンの父親がおれに向かって言った。

「あなたたちが向こうでたくさん学校を建てたこととか、世間の人は誰も知らないのよね」ライアンの母親も言った。

「世間はみんなマイナス面にばかり気を取られすぎだ」ライアンの父親が言った。

「ほら、何かそういうことわざがあったじゃない？」ライアンの母親が言った。「何だったかを作ろうと思ったら、まず何だったかをたくさん壊さなくちゃいけないとか何とか、そんな感じの」

「わたしはお兄ちゃんがこの子を抱っこしてもいいと思う」とレネが言った。「だって、こうしてみんなで見てるんだし」

ライアンが身を硬くしてかぶりを振った。

赤ん坊までが、まるで自分の命運が尽きかけているのを察したように身をよじりだした。

その場にいる全員から赤ん坊に危害を加えるような人間だと思われたせいで、おれは赤ん坊に危害を加えることについてついつい考えてしまった。赤ん坊に危害を加えることについて考えるということは、実際に赤ん坊に危害を加えることとイコールなんだろうか？　おれは赤ん坊に危害を加えたいんだろうか？　まさか。しかし、だ。おれが赤ん坊に危害を加えるつもりがないからといって、何かの拍子にまかりまちがって赤ん坊に危害を加えることが絶対にないと言い切れるだろうか？　げんに、Aという行為をするつもりがなかったのに気づくとAをやっていたということが、つい最近までちょいちょいあったじゃないか？

「赤ん坊は抱きたくない」とおれは言った。

「賢明だな」とライアンが言った。「感謝するよ」

「おれはこの水差しを抱く」おれはそう言って水差しを持ち上げ、中のレモネードをばしゃばしゃこぼしながら赤ん坊みたいに抱っこした。そしてハードウッドの床にレモネードの水たまりがたっぷりできると、水差しを下に叩きつけた。

「バカにしやがって！」おれは言った。

そうして通りに出て、大股に歩きだした。

13.

そしてまた例の店に来ていた。

前とはちがう、前よりさらに若い店員が二人いた。高校生と言われても信じそうだった。おれは〈Mii VOXmax〉と書かれた板きれを渡した。

「あ、これこれ！」片方の店員が言った。「どこ行っちゃったんだろって思ってたんすよ」

「警察に届けようかって言ってたところです」もう一人がエスプレッソとクッキーを運んできて言った。

「そんなに高いものなのか？」おれは言った。

「えーっと、ははは、まあ」一番めの奴が言って、カウンターの下から何か特殊な布を出して板きれをぬぐうと、ディスプレーしなおした。

「これ、何なんだ？」おれは言った。

「ていうかむしろ、これで何をするか、だと思うんですよね」一番めの奴が言った。

「これで何をするんだ？」おれは言った。

「もしかしたら、お客さんにはこっちのほうがいいかもです」そいつは言って、〈Mii VOXmin〉のほうの板きれをおれに渡した。

「長いこと国を離れてたんだ」おれは言った。

「僕らもですよ」二番めが言った。

「おれたち、軍隊から出てきたばかりなんです」一番めが言った。

それからおれたちは、向こうでどこにいたかをそれぞれ言い合った。

一番めの奴とおれはほぼ同じ場所にいたことがわかった。

「待てよ、てことはあんたもアルラズにいたの？」おれは言った。

「もろアルラズだよ」一番めが言った。

「正直、おれはそこまでの修羅場じゃなかったんだよね」二番めが言った。「でも一度フォークリフトで犬を轢いちゃったことがあって」

おれは一番めの奴に、子ヤギのことや、あの穴だらけの土壁や、泣いてる小っちゃい子供や、アーチ形の黒いドアや、ペンキの剝げかけた灰色の屋根の下から爆発するみたいに一斉に飛び立つハトの群れのことを覚えているかと訊いた。

「おれがいたのはそっちのほうじゃないな」そいつは言った。「もっと川寄りのほうだ。裏返ったボートとか、どっちを向いても必ず見える赤い服着た小っちゃい家族連れとか、覚えてないか？」

おれには彼がどのあたりにいたか、ありありとわかった。嘘みたいな話だが、ハトの群れが爆発みたいに飛び立つ前や後に、地平線に近い川のほとりで、命乞いしたりうずくまったり走り去っていく赤い人影を、何度も見たことがあった。

「でもその犬もけっきょく大丈夫だったんだ」二番めが言った。「死ななかったしね。おれが帰るころには、フォークリフトの横にいっしょに乗るようになってたぐらいだ」

インド系の家族九人連れが店に入ってきたので、二番めがエスプレッソとクッキーをもってそっちに行った。

「アルラズか、驚いたな」おれは探りを入れるように言った。

「おれにとっちゃさ」一番めが言った。「アルラズは人生最悪の日々だったよ」

「おれもだ」とおれは言った。

「おれ、アルラズでひどいヘマをやらかしたんだよ」そいつは言った。

おれは急に息ができなくなった。

「メルヴィンって、おれの相棒なんだけど」そいつは言った。「砲弾のかけらを股間にくらっちまって。おれのせいだったんだ。応援を呼ぶのが遅れたんだ。すぐそばに女の集団がいてさ。角の店のところに十五人ぐらい固まってた。ガキも何人かいた。それで待ちすぎた。メルヴィンに悪いことをした。あいつの股間に」

彼はそう言って、おれがおれのやらかしたヘマについて話すのを待った。

おれは〈Mii VOXMIN〉を置き、手に取り、また置いた。

「でもメルヴィンは大丈夫だったんだ」そいつは言って、自分の股間を二本指でとんとんと叩いた。「今はこっちに戻って、大学院に行ってる。女ともヤれてるらしい」

「そりゃよかった」おれは言った。「もしかしたらお前のフォークリフトの横に乗ったりもするかもな」

「へ？」彼が言った。

おれは壁の時計を見た。時計には針が見当たらなかった。ただ黄色と白の模様がぐにゃぐにゃ動いているだけだった。

「いま何時かわかる？」おれは言った。

そいつは壁の時計を見た。

「六時だな」そう言った。

14.

通りに出ると公衆電話があったので、レネに電話をかけた。

「ごめん」とおれは言った。「水差しのこと、あやまるよ」

「うん、そうだね」レネは素の声で言った。「新しいの、こんど買ってよね」

レネが何とか仲直りしようとしているのがわかった。

「いや」とおれは言った。「それはできない」

「お兄ちゃん。いまどこにいるの？」レネが言った。

「どこでもない」おれは言った。

「どこに行くの？」レネが言った。

「家（ホーム）だよ」おれはそう言って電話を切った。

15.

グリーソン通りに入ると、例の感じがやってきた。手足が自分で何がしたいのかわからないまま、ただずんずん前に進んでいく感じ。目の前に立ちはだかる人やモノを押しのけ、中に入っていき、そこらじゅうのものをめちゃめちゃに壊し、思いついたことをでたらめに叫んで、考えるのは何かが起こったあとだ。

おれは、何ていうか、どんどん昔のイヤな気分に逆もどりしていった。どういうことかって？　高校のころ、人んちの池のヘドロをさらうバイトをしたことがあった。熊手でヘドロをすくい上げ、放り投げる。あるとき、熊手の先がすっぽ抜けてヘドロごと飛んでいった。ヘドロの山の上に落ちた先っぽを取ろうとして、気がついた。あれはどれくらい育ったやつだったんだろう、妊婦みたいに腹がぱんぱんにふくらんだオタマジャクシが何万匹とヘドロの中にいて、死んだり、死にかけたりしていた。死んでるやつも死にかけのやつも、高いところから急に降ってきたヘドロの衝撃で白く柔らかな腹が破けていた。まだ死んでないやつらだけは、恐怖とパニックで激しくのたうちまわっていた。

おれは何匹かだけでも救おうとした。だがオタマジャクシは柔らかすぎて、いじったせいでよけいにひどく苦しめることになった。

べつの奴だったら雇い主のところに行って、「悪いけどもうやめます、こんなにたくさんオタマジャクシを殺すなんて残酷すぎます」と言えたかもしれない。でもおれには言えなかった。だからヘドロを放りつづけた。

一回放るごとに、またたくさん腹を破いてしまった、と思いながら放った。

自分がやめずにヘドロを放りつづけたということが、しだいにおれの内にカエルに対する憎しみを生んだ。

いったいどっちなんだろう。（A）おれが血も涙もない人間で、だからこれがおぞましいことだとわかっていながら何度も何度もやり続けられるのか、それとも（B）これはべつにそんなにおぞましいことじゃなく、ごく普通のことで、普通のことだと証明するには何度も何度もやり続けるしかないのか。

それから何年も経ったアルラズで、おれはあのときとそっくり同じ気分を味わった。目指す家に着いた。

あいつらが料理し、笑い、セックスしてる家。何年かしておれの名前が出たときに、一瞬ぎこちない間があってから、ジョイが「そうね、たしかにエヴァンはあなたたちの本当のパパじゃないわ。でもママとエヴァン・パパは、あなたたちがマイク・パパとそんなにしょっちゅう会うべきじゃないって考えているの。ママとエヴァン・パパにとっては、あなたたち二人がすこやかに育つことが何より大事なの。そのための環境を整えてあげることも、親のつとめなのよ」と言う家。

車寄せにちゃんと車が三台あるかどうか確かめた。三台あるということは、全員家にいるということだ。おれは全員にいてほしいのか？　そう全員だ、子供たちもだ、みんなにその場にいて、おれがどんなになってしまったかを見て、そして後悔してほしかった。

だが、車寄せには三台ではなく五台の車があった。

ポーチには思ったとおりエヴァンが立っていた。ポーチにはジョイもいた。それから二つのベビーカー。それにおふくろ。

それにハリス。

それにライアン。

レネが車寄せを家に向かっておたおた走り、ハンカチで額を押さえたライアンの母親がその後に続き、最後にライアンの父親が、足をひきずっているせいで少し遅れて二人の後を追った。足が悪いなんて、そのときまで気がつきもしなかった。

お前らか?とおれは思った。何の冗談だよ? 神様がおれを止めるためによこしたのが、このふざけた連中の寄せ集めなのか? ケッサクだな。笑わせてくれやがる。どうやっておれを止めるつもりだよ? その肥満体でか? 善意とやらでか? 〈ターゲット〉のジーンズでか? 贅沢三昧のお気楽生活でか? いつものあのうんざりするような〝話セバワカル〟だの〝マズオ話シシマショウ〟だの、クソの役にも立たないピーチクパーチクでか?

すぐそこまで迫った惨劇の輪郭が一挙にふくれあがり、その場にいる全員の死という形をとった。

顔がカッと熱くなり、頭の中で声がした、ゴーゴーゴー。

おふくろがポーチのブランコ椅子から立ち上がりかけて、すぐにまたへたりこんだ。

ライアンが礼儀正しくその肘を支えて、立たせてやった。

おれの中でふいに何かが折れた。おふくろの弱った姿を見たせいだったかもしれない。おれは頭を垂れ、すっかりおとなしくなって、この何も知らない無邪気な人々の輪の中に歩み寄っていった。いいよ、わかったよ、お前たちがおれをあそこにやったんだろ、じゃあ今度はこっちに戻してくれよ。頼むからどうにかしておれを戻しやがれよ糞ったれめ、それができないっていうんなら、お前らはもうどうしようもない、世界一情けない馬鹿野郎どもだよ。

わが騎士道、轟沈せり

恒例の〈松明(たいまつ)ナイト〉の夜だった。

九時ごろ、小便をしに外に出た。裏の森には、園内の人工の川に水を流してるでかいタンクと、使わなくなった古い甲冑(かっちゅう)が積んであった。

ドン・マレーが泡くった様子で走ってきて、おれとすれちがった。ついで誰かが泣くような声が聞こえた。甲冑の山のそばに、〈洗い場〉のマーサがあおむけに倒れていた。農婦ふうのギャザースカートが腰までめくれあがっている。

マーサ：あの人、あたしのボスなのに。ああ。なんてこと。

ドン・マレーがマーサのボスなのは知っていた。おれのボスもドン・マレーだったからだ。

そこではじめて、マーサはそこにいるのがおれだということに気がついた。

テッド、このこと誰にも言わないで、とマーサは言った。お願い。平気よ、たいしたことじゃないから。ネイトにだけは知られたくない。知ったらあの人、気が狂っちゃう。

そうしてマーサは涙で目の下を真っ黒にして、駐車場のほうにあたふた去っていった。

〈第四楼閣〉のふもとでは、調理部が一枚板のテーブルに盛大に料理を並べていた。本物のブタの頭、トリの丸焼き、血のソーセージ。

そばにドン・マレーが立って、むっつりとコールスローをつついていた。

そしておれを見ると、今まで見たこともないほどフレンドリーな顔で会釈した。

まったく女ってやつは。そう彼は言った。

次の朝、おれのロッカーに〈オフィスまで来るように〉というメモが貼ってあった。

ドン・マレーのオフィスに行くと、マーサがいた。

さてテッド、とドン・マレーが言った。ゆうべきみは、見方によっては誤解を招きかねないようなものを見たと思う。マーサと私のあいだで、そのことが笑い話になっていてね。そうだな、マー？　じつは今、マーサに千ドル渡したところだ。見解の相違がないよう、念のためにね。あれは一時のアバンチュールだったと、すでにマーサも認めている。お互い配偶者のある身で、あれはどちらにとっても軽率だった。酒が入っていたし、〈松明ナイト〉のロマンチックな雰囲気も手伝って、で、何が起こったんだったかな、マーサ？

マーサ：わたしたち、ちょっと羽目をはずしました。あれはただのアバンチュールでした。

ドン：合意の上のアバンチュール、だな？

マーサ：合意の上のアバンチュールでした。

ドン：それからなテッド。マーサは昇進することになった。今の〈洗い場〉から〈遊軍俳優〉に格上げだ。だがくれぐれも言っておくが、マーサ、きみはゆうべの合意の上のアバンチュールのことがあったから昇進するわけではない。これは単なる偶然だ。きみはなぜ昇進するのかね？

マーサ：単なる偶然です。

ドン：単なる偶然、プラス日頃のすばらしい勤務態度のたまものだ。そしてテッド、きみも昇進する。〈雑役夫〉から〈歩哨(ほしょう)〉に配置換えだ。

びっくりした。おれはもう六年も〈雑役夫〉でくすぶっていたのだ。おれほどの器の男が。というのはMQと二人でよく言う冗談だ。

たとえばエリンが来て言う：MQ、〈嘆きの森〉んとこに誰かがゲロ吐いてんだけど。するとMQはこう返す：おれほどの器の男がか？

あるいはエリンが言う：テッド、お客さんがブタ小屋にネックレス落としたってねじ込んできてるんで、よろしく。

おれ：おれほどの器の男がか？

エリン：いいから早く行って。全っ然おもしろくないからそれ。お客さん、もうブチ切れまくってて大変。

ここのブタは作り物、ぬかるみも作り物、フンも作り物だったが、それでもやっぱり胴長を着て〈ふるい君デラックス〉を持ってブタ小屋に入り、ネックレスなり何なりを探すのは愉快なことじゃない。〈ふるい君デラックス〉を使うためには、まず作り物のブタを隅のほうに寄せなきゃならない。ブタは機械じかけなので、こっちがえっちらおっちら抱えて運ぶあいだもブヒブヒ鳴きつづける。ブタの抱え方をまちがうと、見ている人間にはえらく面白く見えてしまう。

たまたま見ていた誰かが言う：見ろよあいつ、ブタにおっぱい飲ませてるぜ。

みんながどっと笑う。

そんなわけだから、〈歩哨〉への昇格というのは、おれにとっては非常に喜ばしかった。

おれの家でいま働いてるのはおれだけだ。おふくろは病気だし、妹は病的に神経質、親父は修理していた車の下敷きになって、脊髄をやられてしまった。おまけに家の窓も何枚か割れたままだ。冬のあいだじゅう、神経質な妹のベスが雪を掃除機で吸っていた。ベスが掃除機をかけてるときにうっかり入っていくと、あまりに神経質すぎてかけるのをやめてしまう。

その晩親父は、これでもうじき母さんに電動ベッドを買ってやれるな、と皮算用をした。

親父：この調子でお前が出世してくれりゃ、そのうちおれの背中のブレースも買えるかもしれんな。

おれ：ああもちろんだよ。おれ、がんばるよ。

晩めしのあと、おふくろの痛み止めの処方薬と妹の神経質の処方薬と親父の痛み止めの処方薬を買いに車で町まで行く途中、マーサとネイトの家の前を通りかかった。おれはクラクションを鳴らし、身を乗り出して手を振って、家の前で停まって車を降りた。

よおテッド、とネイトが言った。

調子どうだい、とおれは言った。

家がひでえよ、とネイトが言った。見てくれよ。ひでえと思わないか？　なんかもう気持ちが落ちちゃってよ。

たしかに家はかなり悲惨なありさまだった。屋根はあちこちブルーシートでふさいであったし、子供たちはぐらつく手押し車の上からぬかるみに飛びおりて遊んでたし、ガリガリにやせたポニーはブランコの下で、いつかここを逃げ出してもっとマシな家で飼われたときの身だしなみのつもりなのか、皮が赤むけになるくらい自分の体をなめ狂っていた。

まったく、ここらに大人ってものはいないのかよ、とネイトは言った。

ネイトは地面に落ちてたグリーンスライムの空（から）パックを拾い、捨てる場所を探してあたりを見まわしてから、またぽとりと落とした。空パックは彼の靴の上に落ちた。

は、と彼は言った。おれの人生そのものだな。

もうやめてよ、とマーサが言って、それをつまんで取った。

お前までおれを見放すのかよ、とネイトが言った。おれにはお前しかいないってのに。

なに言ってるの、とマーサが言った。子供たちだっているじゃない。

もしもう一回でもなんか嫌なことが起こったら、おれ自分の頭を撃ち抜くよ、とネイトが言った。

本気で言ってるとは思えない。だが、ないとも言い切れなかった。

で、そっちの職場はどうだい、とネイトが言った。こっちは超どんよりだよ。カミさんのほうは出世したみたいだけどな。

マーサが〝テッド、あたしの運命はあんたにかかってんのよ〟的な目でおれをじっと見ているのがわかった。

たぶんマーサの言うとおりにするべきなんだろう。今までのおれの、お世辞にも大ホームランとは言えない人生経験からいって、例のあの格言はかなり正しいとおれは思っている――〝もしまだ壊れてないんなら、いじるな〟。さらに一歩進めて、こう言ったっていい――〝もしもう壊れてても、いじるな。いじればよけいに悪くなる〟。

だからおれは、うん、まあ出世ってのも良し悪しだよな、すごくストレスが増えるだろうしさ、みたいなことを言った。

マーサの無言の感謝の念がひしひしと伝わってきた。彼女はおれを車のところまで見送り、自分たちの庭でとれたトマトを三つくれた。小さくて、ひねこびて、しわしわで、病気っぽいようなトマトだった。

ありがとね、とマーサは小声で言った。あんた命の恩人よ。

次の朝ロッカーを開けると、〈歩哨〉の衣装と、黄色い錠剤が一つ入った紙コップが置いてあった。

やったぜ、とおれは思った。ついにおれも〝薬職(ヤクシヨク)〟かよ。

衛生安全課のミセス・ブリッジズが、服用上の注意書きをもってやってきた。

ミセス・ブリッジズ：はい、これナイト・ライフ®一〇〇mg錠ね。効能はアドリブ力(りよく)の向上。副作用として脱水状態になりやすいので、気をつけて。

おれは薬を飲み、〈王の間〉に行った。扉の向こうでは王が考え事にふけっている、という設定になっていて、その扉の前をガードするのがおれの役目だった。扉の向こうには実際に王＝エド・フィリップスがいた。というのもそこでやる寸劇の一つが「伝令登場。伝令、歩哨の横をすり抜けて扉を開く。王、伝令を無礼なと一喝、歩哨をうつけ者と叱る。伝令、すくみ上がって扉を閉め、歩哨と短いやり取りを交わす」という筋書きだったからだ。

やがて〈アトラクション・コーナー〉は観客でほぼ満員になった。〈伝令〉（＝カイル・スパーリング）があたふたとおれの横を通りすぎ、扉を開けた。エドがカイルを〝無礼な〟と一喝し、おれを〝うつけ者〟と叱った。カイルがすくみ上がり、扉を閉めた。

カイル：さきの狼藉（ろうぜき）、まことに失礼つかまつった。

おれは「御身の不調法、猛（たけ）る心意気のあらわれであろう」と言うことになっていたが、完全にセリフが飛んでしまった。

で、言った：あー、いや、大丈夫。

だがさすがプロ、カイルは動じなかった。

カイル（おれに封書を手渡しながら）：殿にこれをお目通し願いたい。火急の用件にて候（そうろう）。

おれ：王は考え事の最中であられる。

カイル：物案じに沈んでおられるのか？

おれ：物案じに沈んでおられるのだ。

そのとき、ナイト・ライフ®が効き出した。口の中が急にカラカラになった。おれのヘマを受け流してくれたカイルの優しさが身にしみた。ふいにカイルのことが非常に好ましく思えてきた。愛しているとさえ思った。兄弟同士として。同胞（はらから）として。気高き同胞。カイルといくつもの嵐をいっしょにくぐり抜けてきたような気がした。いつか遠い異国の地で、城壁の下に共に身を寄せ合い、上からざんざと浴びせられる煮えたタールをしのぎつつ、大丈夫すぐ終わる、こんなところで死んでたまるか、と泣き笑いの顔を見合わせた過去が、たしかにあった気がした。そして…いざ進め！　突撃した。丸木の梯子をよじ登り、荒々しき罰当たり言葉をわめき散らしながら——といって、それが具体的にどのような罰当たり言葉であったかも、その突撃がいかなる結末に終わったかも、思い出せはしなかったが。

ほどなくカイルは去った。おれは我は軽口と道化た身振りをもって観客たちを良く楽しませ、そしてしみじみと思った。ああ幾多の辛苦の末に、ついに衆生の民に斯く喜びを分け与える身になったものよ！

すでに存分に高まりし幸福感は、わが恩人たるドン・マレーの登場によりいや増しに増した。

ドン・マレー、うれしげに片目をつむりて曰く…テッドよ、どうだろう、今度二人でどこかに遠出でもしないか？　たとえば、釣りとか？　それかキャンプでも？

わが心の臓は大いに高鳴った。この殿上人と、魚を釣り、獲物を狩り、あまつさえ〝きゃんぷ〟をするとは！　共に野をさすらい、緑深き森に分け入りて！　夕べにはせせらぎの傍の静かなる木陰に休らい、駿馬どもの低きいななきを聞きながら、こもごも語り合う——義について、愛について、危機について、みごと果たせし使命について！

されど災いは起こった。

なんとなれば、件のマーサが亡霊に扮し——正確には〝亡霊その三〟——二人の白衣の女人（メガンおよびティファニー）と共に登場したからだ。これら三人の女人は賑やかしの役目を負うていた。城に棲みつく幽霊に扮して、鎖を鳴らし恨めしげな声を上げるなどし、〈あとらくしょん・こーなー〉の紅の仕切り綱の前に集える客人らは、その恐ろしさに大いに驚き、叫び、どよもすなどした。

マーサの面を見やると——表向き陽気を装ってはいたものの、そこには我のみが知る痛ましき悲痛の痕がありありと浮かんでいた——此度のわが身の仕合わせにもかかわらず、何とはなしに気鬱に襲われた。

わが心中の変化を察したのであろう、マーサが小声にて囁めいた。

マーサ：あたしなら大丈夫よ。もう立ち直ったから。マジで。だからもう忘れて。

嗚呼、何というあっぱれな心根の婦人であることか！　かかる辛苦に遭いながら、いみじくも、斯く気安くあけすけな言葉にて我に話しかけ、自らの辱めを胸の内に納めんとするとは！

マーサ：あの、テッド、大丈夫？

我は答えて曰く：いかにも拙者、これまで甲斐なき痴れ者でござった。されど、たった今目が覚めてござる。女人よ、これまでそなたをゆるがせにせしこと、謹んでお詫び申し上げる。

マーサ：ちょ、やめて、ほんと。

とその時、ドン・マレーみずから歩み出て、掌を前に突き出し、制するが如くわが胸に押し当てた。

おいテッド、とドンは言いなした。その口を閉じないか。でないと貴様を今すぐ便所に流してやる。

わが胸の内に、己を諫める声が鳴り響いた：我は何としてもこの怒りを収めねばならぬ。一時の気の迷いで、折角の仕合わせを悲哀に変えてはならぬ。

されど男子の心臓はかかる浅知恵に屈する臓物に非ず、おめおめと手なずけられるものにも非ず。

ドン・マレーの姿を見るうちに、数多の思いが暗雲のごとく胸中にわだかまった。己の義とするところを求めず、悪を糺さずして、何の男子の人生か？　その為に神に賜りし力を正しく使わずして、何とする？　悪が何の咎めも受けずのさばることが、果たして善と言えようか？　か弱き者たちは何の庇護も受けぬまま、この麗しき地球を永遠に行き惑わねばならぬのか？　斯く考えるうちに、真の勇気の如きものがわが身内に湧き上がってきた。義を見てせざるは騎士に非ず。我は広間の中央に進み出るや、満場の客人たちに向かいて、朗々たる大音声にて偽りなき真実を述べ立てた。すなわち‥

――これなるドン・マレーは、〈松明の宵〉に嫌がるマーサをかどわかし、女の部分に己の陽物を挿し入れし卑劣の輩である！

――しかもこの見下げ果てし卑劣漢は、袖の下にてマーサの沈黙を購い、あまつさえ現在の職を与えし者なり！
――更に、この者は同様の手口にてわが口をも封ずるを企て（くわだ）てしが、もはや黙ってはおれぬ。なんとなれば、いかな犠牲を払おうとも正義を成すことこそ、男子の本懐だからである！

我はマーサの方を顧み、頭を傾けて、わが言葉の正しきをうべなうよう促した。されど、嗚呼！　女はわが言をうべなわなかった。ただ恥じ入るがごとく俯（うつむ）き、〈王の間〉より走り去った。

そこにドン・マレーの呼び寄せたる〝せきゅりてぃ〟の者どもが到着し、ここぞとばかりに我をなぶり、頭といわず体といわず手荒に打擲（ちょうちゃく）した。しかるのちに我を城より引き出（い）だし、街道に打ちやり、足で泥土をはねかけ、わが〝たいむかーど〟を千々に破り、撒き散らしながら、我を口ぎたなく罵り、彼らが羽根の一本をへし折りしわが羽根付き帽を指さし、獣のごとく嘲笑った。

しばらく傷つき、血を流して座りおりしが、ありたけの気力をふり絞って立ち上がり、わが家を、唯一心安らぐ場所を目指して歩き出した。〝ばす〟の為の路銀すらこれ無く（わが〝ばっくぱっく〟は、かの忌まわしき城に置いてきた）、一時（いっとき）近くも徒歩（かち）にて行った。やがて日が西の空に傾くなか、悲しく思いいたした。我は分別をしくじり、わが家族を窮地におとしいれた。彼等を奈落の底に突き落とし、既にある困窮をさらに倍加させてしまった。

もはや父の背中の〝ぶれーす〟もなく、母の〝電動べっど〟もない。更には、必要不可欠の種々の薬をこの先いかにして購(あがな)うべきか、手だては杳(よう)として知れなかった。

街道の〝うぇんでぃーず〟を過ぎ、廃れし〝あうとばっく〟を過ぎるほどに、我はますます落ち込んだ。じきに秘薬(エリクサー)の効力も切れるであろう。さすれば我は、映りの怪しい〝てれびじょん〟の前に立ち、日頃の己の野卑な言葉で、家人(いえびと)らへの説明に四苦八苦することになろう……じきに冬になり雪が降るというに（且つ、先に述べたごとく、雪は住居(すまい)の中にまで入りこんでくる）、いかなる救いも我らには与えられないであろうと。なぜなら我は馘(くび)になった——馘になり、さんざん辱められたゆえに！

と、そこにとどめの一撃が訪れ、わが愚行はさらに極まった。マーサその人がおれの〝けーたい〟に掛けてきて悲痛な声で告げしその言葉が、我をどん底に突き落とした……なんてことしてくれたのよテッド。忘れたの？　この町は狭いのよ。ああ、ああ、もうおしまいよ。

しかる後、マーサはいとも悲痛な声で激しく泣きはじめた。

然り。この城下では、噂と讒言(ざんげん)は千里を走る。さすれば、じきにあの阿呆のネイトの耳に入るも必定(ひつじょう)。己の妻(さい)が手込めにされたことを知らば、ネイトは間違いなく発狂しちまうならん。

なんてこった。

我はどうしようもない大バカ野郎だ。

高校の〝ぐらうんど〟を突き切って近道をした。影絵になった〝たっくる〟用の人形（ひとがた）が、沈黙の尊さを知れる者のごとく、我をあざ笑っていた。せめて自分を慰めようと、胸の内でつぶやいた‥おれは正しいことをしたんだ、義に奉じ、肝ッ玉を見せてやったのだ。されど心は少しも慰まらなかった。意味がわからねえ。なぜあの様なことをしたのか？　我はおれは救いがたいアホなりし乎（や）？　余計な口出しなんかせず、ほどほどにしておけば良きものを？　やらかしちまった。取り返しがつかぬほど。それは間違いない。されどまた、悪魔とて必要とあらば〝ほどほど〟の皮をかぶってみせるんじゃないのか？　ドン・マレーに天誅（てんちゅう）が下るを見るこそ、世の為になるのではあるまいか？　でも、じゃあそういうお前はいったい何様なんだ？　そんなにお前は偉いのかよ？

くそ。

くそっくそっ。

ザマあない。

立ち直れる気がしない。

いまや、おれはすっかり素のおれに戻っていた。どん底の気分だった。秘薬（エリクサー）の最後の一かけらがおれの中で弾（はじ）けたらしい。最後にひときわでかい揺り戻しがやって来て、さっきまでの自分がほんのいっときよみがえった。愚直なまでに高潔で勇敢だったおれ、そのせいでおれを路頭に迷わせた、あのおれが。

我は川原に降りて行き、しばしそこにたたずんだ。沈みゆく日が水面（みなも）と一つになりて数多の色を惜しみなく注ぎ、荘厳が四辺に満ち、やがてこの上なく美しい静寂があたりを包んだ。

十二月の十日

プリンス・バリアント風*の残念なおかっぱ頭の色白の少年が、犬の仔みたいにのそのそと家の裏口の靴ぬぎ場までやって来ると、クローゼットを開けて父親の白いコートを接収する。ついで自分でスプレーペンキで白く塗った長靴も接収する。空気銃を白く塗るのはできなかった。クロエおばさんからのプレゼントだったからだ。うちに来るたび、おばさんは彼に空気銃をもってこさせて、木目調の見事さについて熱弁をふるうのだ。

本日の任務：徒歩で湖まで行き、ビーバーのダムをシサツする。今日はひょっとすると敵に捕らえられるかもしれない。古い石垣の中に住んでる、例の種族だ。奴らは小さいけど、地上に出てくるとそれなりの大きさになる。そして追跡をかけてくる。連中のやり方はいつも同じだ。こっちがタイゼンとジジャクしてるものだから、向こうはあわてる。彼は百も承知だ。承知の上で楽しんでる。振り向きざまに空気銃をかまえ、こう呼ばわる：お前たち、人間様のこの道具が何だか知らないか？

バン！

奴らは地底王国の住人だ。略して地底人。彼とは妙なクサレエンで結ばれてる。時には彼が一日じゅう奴らの傷の手当てをしてやることもある。逃げてく一人の尻を、彼がたまにふざけて撃つ。するとそいつは以後の地底人人生を、ひょこひょこ歩きで送るはめになる。つまり九百万年ものあいだ、ずっとそれが続くということだ。

石垣の中に逃げ帰ると、撃たれた奴は仲間に言う、よう、おいらの尻、見とくれよ。するとみんなはわらわらと集まってきてグジモンの尻を見て、そして深刻な面持ちでうなずく…まっこと、グジモンどんは残り九百万年をひょこひょこ歩きで過ごさねばならん。気の毒にの。

そう…地底人どもは『メアリー・ポピンズ』のあの男みたいなしゃべり方をする。となると、あいつらももしかしたら、魔法かなんかを使ってこの世界にやってきたのかもしれないな。

地底人が彼を捕らえるのはシナンの業だ。なにしろこっちが一枚も二枚もかしこいのだ。おまけに大きすぎて、奴らの石の入口を通らない。地底人たちが彼をしばりあげ、中に入って体を小さくする秘薬を調合しているあいだに、びしっ！——彼は独自に考案した武術〝トイ・フォイ〟、またの名を〝必殺前腕拳〟の動き一つで、古っちいロープなんかたちどころに断ち切ってしまう。そして石の出入口におそろしいチッソク岩を置

＊　アーサー王時代の騎士を描いた同名のコミックの主人公。

き、地底人どもを閉じこめる。

でもしばらくして、奴らのダンマツマの苦しみを思ってあわれをもよおし、戻ってきて岩をどけてやる。

なんとまあ、地底人の一人が言う。ありがとうごぜえます、旦那。敵とはいえあっぱれなり。

たまにゴーモンされることもある。彼があおむけに寝かされ、流れる雲をながめてるあいだに、向こうがいろんなゴーモンをしてくるんだが、どれもこれも手ぬるい。奴らはまず歯には手出ししない。もっけのラッキーだ。なにしろこっちは歯石を取られるのだってイヤなのだ。あいつら、そういうところが抜け作なんだ。ちんちん、それから爪にも何もしない。彼はゴーモンに果敢に耐え、スノーエンジェル*をやってみせたりして敵を挑発する。たまにとどめの一撃のつもりなんだろう、同じことを学校の馬鹿たれどもにもう百億万回言われてるとも知らずに、地底人どもがこう言うことがある。へへーん、ロビンが男の名前だなんて知らなかったなあ。でもって、ゲタゲタと地底人笑いをするんだ。

今日あたり、地底人どもがスーザン・ブレッドソーを誘拐してそうな予感がする。スーザンはクラスに新しく来た転校生で、モントリオールから来た。しゃべり方がすごく素敵な子だ。どうやら地底人も同じ考えらしくて、彼女を使って激減してしまった地底人の人口を増やし、さらには作り方のわからないいろいろなお菓子を作ろうというコンタンらしかった。

ＮＡＳＡ、こちら装備完了した、どうぞ。それからぎこちない動作でドアの外に出る。

了解。そちらの座標を確認した。気をつけて行け、ロビン。

ううっ、めっちゃ寒い。

玄関のアヒル温度計はマイナス十二度をさしている。おまけに外は冷たい風だ。上等じゃないか。面白くなってきやがったぜ。プール通りが突きあたってサッカー場になる手前のところに、グリーンのニッサンが停まっている。どこかの変態の車だったら面倒だな。もしそうならひと泡吹かせてやらなきゃならない。

それか、人間に化けた地底人か。

空はどこまでも青くて明るくて寒い。サッカー場を突っ切ると、ざくり、足の下で雪が鳴る。こんな寒い日に走ると、どうして頭が痛くなるんだろう？　おそらくスーパーハイパーハイレベルな風速と速度の影響にちがいない。

森の中を抜ける道はちょうど人間ひとりぶんくらいの幅がある。やはりこの地底人はスーザン・ブレッドソーを誘拐したみたいだ。おのれ、憎き地底人め！　奴も、奴の同類も！　足跡が一組しかないところから見て、あいつはスーザンをかついで行ったらしい。ぬぬぬ、無礼な。スーザンにいやらしい感じでさわってみろ、ただじゃ済まないか

＊　雪の上に寝て手足を扇状に動かし、天使の形を作る遊び。

らな。もっとも、もしそうならスーザンは眉をふり立てて、手がつけられないほど抵抗するに決まってるけど。

由々しい。これはじつに由々しいことだ。

二人に追いついたら、まずこう言おう：スーザン、きみがぼくの名前を知らないのはわかってる、こないだちょっと横にずれてって言うときにぼくのこと〝ロジャー〟って呼んだもんね、それでも言わせてほしい、きみとぼくはふしぎな運命で結ばれてるっていう気がするんだ。きみもそう感じないかい？

スーザンの瞳はすばらしくきれいなブラウンだ。その目が恐怖と、たったいま気づいた真実にうるんでいる。

おっと、この娘に話しかけるのはやめてもらおうか、と地底人が言う。

やだね、とぼくは言う。ねえスーザン？　たとえきみがぼくとの運命を感じてなくても、ご安心めされよ。いまからこいつをやっつけて、きみをぶじに家まで送りとどけてあげるからね。きみの家、どこだったっけ？　エルシーロのへんだっけ？　給水塔のそばの？　あのへん、すごくきれいな家が多いよね。

ええ、とスーザンが言う。うちにはプールもあるのよ。夏になったらぜひいらして。シャツを着たまま泳ぐととても気持ちいいの。それに、ええ、たしかにあなたとわたしは運命で結ばれてると思うわ。あなたって、クラスで群を抜いてソウメイな子だもの。モントリオールで知っていた男の子を数に入れてたって、あなたが断然一番よ。

やあ、照れるな、とぼくは言う。でもそう言ってくれてうれしいよ。ただまあ、ぼくってあんまりスリムなほうじゃないけど。

ねえ、知ってる?とスーザンは言う。女の子って中身重視なのよ。

お二人さん、おしゃべりはそのくらいにしてもらおうか、と地底人が言う。そろそろ死んでもらう時間だぜ。

ああ、たしかに死んでもらう時間だが、死ぬのはぼくたちじゃないぜ、とロビンが言う。

ただいやんなっちゃうのは、けっきょく誰のことも救えたためしがないってことだ。去年の夏、このあたりでアライグマが死にかけてるのを見つけた。家まで引きずって帰って、ママに獣医さんに電話してもらおうと思った。でも近よって見たら、すごくおっかなかった。アライグマって、アニメで見るよりずっと大きいんだ。それにそいつは、なんだかかみつきそうな感じだった。だからせめて水を飲ませてあげようと思って、家まで走って取りに行った。でももどってみると、アライグマは息絶えたあとだった。最後にものすごくダンマツマをしたあとがあった。悲しかった。僕は、悲しみは苦手だ。その日、森の中で、泣きの一歩手前という事態が彼によってボッパツした。

それはあなたが広い心の持ち主だということよ、とスーザンが言う。

いや、それほどでもないさ、と彼は謙譲する。

古いトラックのタイヤのところまで来た。高校生たちがいつもパーティしてるところだ。タイヤの中には、うっすら雪におおわれて、ビールの空き缶が三つと、くしゃくしゃに丸まった毛布がある。

あんたもパーティが好きなんだろ。いまから少し前にここを通りかかったとき、地底人がスーザンにそう言った。

いいえ、とスーザンは言った。わたしは遊ぶのが好き。そしていっしょにぬくぬくするのが好き。

は、たまげた、と地底人は言った。そりゃまたなんとも退屈そうだ。

この世の中には、遊んで、そしていっしょにぬくぬくするのが好きな男の人もいるのよ、とスーザンは言った。

森を抜けると、自分の知ってるなかでいちばんきれいな景色が目の前に広がった。湖は凍って真っ白だ。スイスっぽいな、とロビンは思った。いつかこの目でたしかめる時がくるだろう。スイスがぼくのためにパレードかなんかを開いてくれたときに。

地底人の足跡は、ここで道からそれていた。もしかして、あいつも湖をながめてしばし物思いにふけるとかしたのかな。もしかしたら、この地底人はそんなに悪いやつじゃないのかもしれない。もしかしたら、自分の背中であっぱれな抵抗を続けるスーザンに、ふと良心がかんしゃくを起こして、気弱になったのかもしれない。すくなくとも、自然を愛(め)でる心は持ってるらしい。

やがて足跡は道にもどり、湖をまわりこんで、レクソー・ヒルのほうに向かっていた。

この不審な物体はなんだ？　コート？　ベンチの上に？　地底人どもが人間をいけにえにするのに使う、ベンチの上に？

コートの上に積雪なし。内側がまだ少しあたたかい。

結論：これはあの地底人がついさっき脱ぎ捨てたコートだ。

はてメンヨウな。なんとも難解な謎かけだ。こういうのには前にもお目にかかったことがある。一度は自転車のハンドルバーのところにブラジャーが引っかかっているのを見た。べつの時には「フレズノ」の裏に、手つかずのステーキがまるまるのった皿が置いてあるのも見た。でも食べなかった。すごくおいしそうだったけれど。

誰かが何かをたくらんでいる。

すると見よ、レクソー・ヒルの中腹に、人の姿を発見。

コートを着てない、頭のはげた男の人だ。ガリガリにやせてる。パジャマみたいなのを着てる。とぼとぼと、カメみたいにゆっくりした歩みで丘をのぼってく。白いむきだしの腕がパジャマのシャツから突き出てるのが、白い二本の木の枝がパジャマのシャツから突き出てるみたいに見える。それか、墓石。

こんな寒い日にコートを脱いじゃう人って、どんな人なんだろう？　精神病だ、まちがいなく。たしかに精神病の人っぽく見える。それかアウシュビッツか、頭がボケちゃったお爺さんか。

パパが前に言ってた。ロビンよ、自分の心の声を信じるんだ。もしクソそっくりのにおいがするが、上に「ハッピーバースデー」と書いてあってロウソクが一本立ってるものがあったら、それは何だ?

アイシングはかかってる?とロビンは訊いた。

するとパパは、彼の答えが満足いくものではなかったときにいつもやる、あの眉間にしわをよせるような顔つきをした。

ぼくの心の声はいま何て言ってるだろう?

これは非常事態だ。こんな日にコートなしじゃ、人は死ぬ。たとえ大人だってだ。湖は凍ってる。アヒル温度計ではマイナス十二度だった。もしあの人が精神病なら、なおのこと助けてあげなきゃ。イエス・キリストだって言ってなかったっけ、精神病だったり、ヨボヨボだったり、障害があったりして自らを助けれない人を助ける者はさいわいである、とかなんとか?

彼はベンチのコートをつかんだ。

ぼくは誰かを助けるんだ。たぶん、今度こそ、本当に。


それよりさかのぼること十分前、ドン・エバーは湖のほとりで立ち止まり、荒い息を整えた。

もうへとへとだ。なんてこった。まいったなこりゃ。昔、サスカッチを散歩させてたころには、この湖のまわりを六周したあと丘の上まで軽々のぼり、てっぺんの岩にタッチしてまた軽々下りてきたものだが。

急いだほうがいいぞ、朝からずっと頭のなかで議論を続けている二人組のうちの一人が言った。

もしもまだてっぺんの岩の案で行くつもりならな、もう一人が言った。**おれたちに言わせりゃ、ちょっとキザに過ぎるけどな。**

どうやら一人はおれの親父、もう一人はキップ・フレミッシュのようだ。ペテン師コンビめ。互いの女房をとっかえっこし、そのとっかえた女房を捨てたあげく、二人でカリフォルニアにとんずらした。二人はゲイだったのか？　それともただのスワッパー？　ゲイのスワッパー？　ドン・エバーの頭の中の父親とキップは自分たちの罪を認め、三人のあいだで取り引きが成立した。すなわち…二人がゲイのスワッパーかもしれないことと、ソープボックスダービー*に母親と二人きりで出なければならなくなったことをドンが許すかわりに、二人は彼に大人の男として必要な助言を与える。

美しい感じにしたいんだよ、こいつは。

いまのは親父だ。親父はどっちかと言うとおれに味方してくれているらしい。

美しい？　キップが言う。**ぼくならそういう言葉は使わんね。**

＊　手作りカートで坂道を下る速さを競うカーレース。エンジンはなく、動力は重力のみ。

カーディナルが一羽、陽光を突っ切って飛んでいった。

それにしても驚きだ。いまだに信じられない。おれはまだ若い。たったの五十三だ。もうおれは、全国民の前で思いやりの大切さについて演説することもない。ミシシッピ川をカヌーで下る、あの夢はどうだ？　一九六八年にオザーク湖の土産物屋で出会ったヒッピー娘二人と、緑ふかい小川のほとりの三角屋根の小屋でいっしょに暮らす、あの夢は？　その店で継父のアレン、イカれたサングラスをかけたアレンが、袋いっぱいの化石を買ってくれた。そしたらヒッピー娘の一人がおれに言った、坊や大きくなったらきっとすごくセクシーになるわよ、そしたらあたしたちのことを呼んでくれる？　そうして二人は黄色の頭を寄せあって、セクシーに成長した未来のおれを思い描いてくすくす笑った。だがそれももう――

もう永遠に――

あなたは次のＪＦＫを目指しなさい、とシスター・ヴァルはおれに言った。だからおれは学級委員に立候補した。アレンはおれに発泡スチロールのカンカン帽を買ってくれた。そうして二人で、帽子のリボンに油性マジックでスローガンを書いた。〈エバーに勝利を！〉そして後ろには〈イカしてるゥ！〉。アレンに手伝ってもらって録音もした。ちょっとしたスピーチ。アレンはそのテープをどこかに持っていき、三十本ダビングして戻ってきた。「これを配れ」

「お前のメッセージ、すごくいいぞ」とアレンは言った。「それに演説がものすごくうまい。天性の才能だな」

そして、おれは勝った。当選した。アレンは祝賀パーティを開いてくれた。ピザパーティ。クラスのみんなを呼んで。

ああ、アレン。

あんなにいい人間はいなかった。おれを泳ぎに連れてってくれた。デコパージュをいっしょに習った。おれが外でシラミをもらって帰ってきたときは、髪をクシで根気よく梳(す)いてくれた。一度も声を荒らげたりしなかった、ｅｔｃ．ｅｔｃ．

病苦とともに、それが一本した。一変。ああ。アレンの言葉。どんどんおかしくなっていった。おれが耳たくないものに変わっていった。

聞きたく。

病苦がはじまると、アレンは荒れ狂った。人としてけっして言うべきでないことを言った。おふくろに。おれに。水を届けにきた人にまで。いつも背中をぽんと叩いてくれた心やさしい男が、ベッドの上で**カント！**とどなり散らす、やせ衰えて青ざめた鬼になった。

ただ、おかしなニューイングランドなまりのせいで、それが女のあそこ(CUNT)ではなく哲学者(KANT)の名前に聞こえた。

はじめてアレンが**カント！**と叫んだとき、おれとおふくろと、どっちがカント呼ばわりされたのかわからず、二人で顔を見合わせる妙な間(ま)があった。するとアレンは正確を期すためにこう叫びなおした。カンツ、カンツ！

そうか、両方だったのか。なあんだ。

それで二人で吹き出した。

いかん、ここに何分ぐらい突っ立ってた？　早くしないと日が枯れる。暮れる。

正直、あたしどうしていいかわからなかった。でもパパがすべて解決してくれた。ぜんぶ一人で背負いこんで。

でも、パパはいつだってそうだった。

うん、そうだね。

今度はジョディとトミーだ。

やあ、子供たち。

今日はパパの大一番だ。

でもたしかに、ふつうにお別れできたらもっとよかったかなって思うけど。

でも、それだとすごく大変よ？

そうだね。それに――それにパパだってきっとわかってるよ。

父親だもの。父親として当然のことをしたまでよ。

家族の重荷をすべて取り去って。

父親の痛々しい姿を見て一生のトラウマにならないように、わたしたちを守ってくれ

たのね。

やがてアレンは**それ**になった。誰だってあの場にいれば、**それ**から逃げたいと思っただろう。ときにはおれとおふくろと、二人で台所でただ縮こまっていた。病室に行って、**それ**の怒りを買うのが恐ろしかった。**それ**自身でさえ、そのことを理解していた。水を一杯もっていって枕元に置き、うんと丁寧な声で言う、アレン、ほかに何かしてほしいことはある？　すると**それ**が考えているのがわかる、おれは今までずっとお前たちに親切にしてやって、なのにその成れの果てが**それ**なのか？　時には元のやさしいアレンもそこにいて、目でこう訴える、お願いだ、早く出ていってくれ、たのむ、お前のことをまた**カント！**と言ってしまいそうになるのを、いま必死で抑えているんだ。

ガリガリにやせて。あばらが浮いて。

カテーテルの管をペニスにテープでとめられて。

大便の臭いをもわっとさせて。

あなたはアレンじゃないし、アレンはあなたじゃない。

モリーはそう言ってくれたけれど。

スパイヴィ医師（せんせい）はと言えば、さあ、どうでしょう。何とも言えませんねえ。ポスト・イットにお花の落書きをするのでお忙しい。そしてやっと言ったことが‥ま、正直申し上げて、こういうのは大きくなるにつれて、たしかにいろいろ変な症状が出ます。でもね、必ずしもひどい例ばかりじゃないんですよ。以前の患者さんで、やたらスプライトを飲みたがるだけって人もいましたしね。

おれは思った。おお、わがドクター／救い主／命綱よ、スプライトを飲みたがるだけ、いまそうおっしゃいました？

こうして患者はまんまとだまされる。こっちは思う、そうか、スプライトを飲みたがるようになるだけなんだな。で、気づいたときにはもう**それ**になって**カント！**とわめき散らし、ベッドを糞(くそ)まみれにし、その始末をしてくれている人に向かって手を上げるようになる。

いやだ。

それだけは、絶対に、いやだ。

水曜日、おれはまた医療用ベッドから落ちた。真っ暗な床に寝ころがって、ふいにひらめいた。家族を苦しめない方法が一つある。

あたしたちを？　あなた自身をじゃないの？

サタンよ、退け。

退いてくれ、ダーリン。

風が吹いて、上のほうで巻きあげられた雪が筋になっていくつも流れていく。きれいだ。人間はどうして、日々目にするいろいろなことを美しいと思うようにできているんだろう？

彼はコートを脱いだ。

うおっ、冷える。

帽子と手袋を脱ぎ、脱いだ帽子と手袋をコートの袖につっこみ、コートをベンチの上に置いた。

こうすれば、だれかが見つけるだろう。車を見つけ、道をたどって、このコートを見つけるだろう。

奇跡だな。ここまで来れたことが。昔のおれは体力自慢だった。片方の足を骨折したままハーフマラソンを走り抜いた。パイプカットの手術をしたすぐ後にガレージの掃除をして、ピンピンしていた。

寝室の医療用ベッドで、彼はモリーが薬局に行ってくれるのを待った。そこの部分がいちばんつらかった。ふつうのお別れができなかったことが。

モリーのほうに気持ちが傾きかけるのを、ぐいと引き戻した。祈りながら。神よ、どうかやり通す力をおれにください。どうかヘマをさせないでください。ぶざまなことになりませんように。きれいに、スカートに、やれ通れますように。

スマートに。

やり通せますように。

あの地底人に追いついてコートを渡すのにかかる推定予測時間は？　およそ九分。湖をぐるっとまわる道を進むのに六分、そこから丘を一気にかけあがるのにさらに三分。恵みの精霊か救いの天使のように、コートの贈り物ひとつをたずさえて。

　今のはただの予測だ、NASA。ヤマカンで言った。

わかっているさロビン。きみのボウニャクブジンな働きっぷりには、我々ももう慣れっこだからな。

月面で屁(へ)をこいたときもそうだった。

メルをだまくらかして、大統領に「はい閣下、閣下のケツの穴(ユラヌス)を周回する小惑星を発見したのは、まさに望外の喜びでありました」と言わせたときもそうだった。

　この予測時間はかなりマユツバだ。なにしろこの地底人は驚くほどすばしこい。かたやロビンは棒の中で最速の杭とは言いがたい。若干胴まわりが太めだからだ。パパの予言によれば、いまにこれがぎゅっと引きしまって、アメフトのラインバッカーみたいな固太りになるはずだった。そうだといいな。なにしろ今はちょっと〝雄(お)っぱい〟があるくらいなんだ。

ロビン、急いで！　スーザンが言う。あの人、とても気の毒だわ。

あいつは愚か者さ、とロビンは言った。きみはまだ若いだろうからわからないだろうけれど、愚かな男というのは、自分よりもっと賢い男を迫害するものなんだ。

　彼にはもうあまり時間がないの、スーザンがほとんど半狂乱になって言う。

まあ、まあ、落ちついて、ロビンは彼女をなだめる。

あたしこわいの、スーザンが言う。

だが奴は幸運さ、こうしてコートをかついであの巨大な丘をのぼっていく、ぼくという人間がいるんだからね。ただまあ、あそこまでケンノンな山は、あんまりぼくの得意とするところじゃないけれど。

それこそがまさに〝英雄〟の何たるかじゃない、とスーザンが言う。

ああ、まあね。

あんまり出すぎたことを言いたくないんだけれど、と彼女が言う。だんだん差が開いてきてるみたいよ。

きみはどうするべきだと思う？

じゃあはっきり言わせてもらうけれど、というのもあなたとわたしは対等の関係だけれどタイプがちがうでしょ、わたしは頭脳方面担当で、道具の発明なんかが得意よね？

うん、うん、わかってるよ。で？

簡単な幾何学にもとづいて計算してみると——

スーザンが何を言わんとしているかはわかっていた。そしてそれが正解だった。やっぱり彼女は最高の女だ。湖を横切る。そうすることでぐるっと大回りするところを斜めにショートカットし、追いつくまでの貴重な何秒かをかせぎ出す。

待って、とスーザンが言う。でもこれって危険じゃない？

心配ないさ、と彼は言う。今まで百億万回やってきた。

気をつけてね、スーザンが祈るような声で言う。

ほんとは一回だけど、彼は言う。

ずいぶんタイゼンがジジャクとしてるのね、スーザンが不満げに言う。

ほんとははじめてなんだ。彼女を心配させたくなくて、彼はそっとつぶやく。

あなたってほんと、言語（ごんご）ドーダンに勇敢なのね、とスーザンがうっとりと言う。

彼は湖の上を歩きだした。

水の上を歩くのって、ちょっと面白い。夏はこのあたりにカヌーが浮いてた。ママが見たらヒス起こすだろうな。ママはぼくのことをガラス細工みたいに扱う。ちっちゃいころ手術したからだってママは言うけど。ぼくがホチキスを使うだけで、ママはものすごくハラハラする。

でもママはいい人だ。なんでも安心して相談できるし、しっかりぼくを導いてくれる。ばく大な量の白髪を長く伸ばしていて、声はガラガラ声だ。でもタバコは吸わないし、それどころかヴィーガンなのに。学校の馬鹿たれどもはママのことをバイカーの女みたいだって言うけれど、実際はバイクなんか乗ったこともない。

ママのことは、すごく好きだ。

湖のおおよそ四分の三、ということはつまり六十パーセントぐらいのところまで来た。いま立ってるところから岸までのあいだが、いちめん灰色っぽくなってる。夏には川が流れこむあたりだ。ちょっとヤバそうな感じがする。彼は灰色部分のきわに立ち、空気銃の台尻で氷を叩いてみた。だいじょうぶ、硬そうだ。

歩きだす。足の下で氷がちょっとたわむ。たぶんこのあたりは水深が浅いはず。だといいんだけど。うわ。

調子はどう？　スーザンがおそるおそる訊く。

あんまりよくないよ。

引き返したほうがいいんじゃないかしら。

でも昔の英雄たちだって、若いころみんなこういう恐怖に直面したんじゃないだろうか？　この恐怖を克服することこそ、真の勇気の証（あかし）なんじゃないだろうか？

引き返すなんて、あり得ない。

いや、どうだろう。ありかも。てか、引き返すべきだ。

氷が割れ、少年は落ちる。

吐き気のことなんて、『大いなる大草原（ステップ）』のどこにも書いてなかったぞ。

　クレバスの底に倒れて、私はめくるめく幸福感に包まれ、心地よい眠気にいざなわれていた。恐れも、苦痛もない。ただやり残してしまったことへの漠とした哀しみがあるだけだった。これが死？　私は思った。これはただの無だ。

この本の作者、もう名前も忘れちまったが、あんたに一つ言いたいことがある。

クソったれ。

体が阿呆みたいにふるえる。激震だ。首から上がぐらぐら揺れる。一瞬止まり、雪の上に吐いた。薄青い白の上に、薄黄色い白。

怖い。今おれはたまらなく怖い。

一歩一歩が勝利なのだ。そのことを忘れるな。一ステップごとに、おれはどんどん離れていく。父親（ファーザー）から離れ（ファーザー）ていく。継父（ステップ・ファーザー）。歯を食いしばって、勝利をもぎ取るのだ。ぎりぎりの瀬戸物から。

喉（のど）の奥で、正しい言い回しが出てきたがっていた。

瀬戸際、だ。ぎりぎりの瀬戸際から。

おお、アレン。

あんたが**それ**になってしまってからも、あんたはおれにとってアレンだった。

どうかそのことを知ってほしい。

転ぶぞ、親父が言う。

どこに着地するだろう、痛みはどれくらいだろうと考える明瞭な一瞬があり、気づくと腹に木があった。木の根元に、胎児みたいに丸まってひっかかっていた。

ちっきしょう。

痛いよう、痛いよう。あんまりだ。おれは手術の後も泣かなかったし化学療法のときだって泣かなかった、でもいまほんとに泣きたい気分だ。ひどいじゃないか。それは誰にも等しく起こる、それはわかっている、だがいまそれはおれに、おれだけに起こっている。ずっと自分にはなにか特別な免除が与えられるんじゃないかと期待してきた。でもちがった。おれよりも大きな何か／誰かは決してそれを与えようとはしなかった。大きな何か／誰かはあなたのことを特別に愛してくださっているのです、ずっとそう言われてきたが、最後の最後にそうじゃないとわかった。その大きな何か／誰かはニュートラルなんだ。まったくの無関心。それはただ無頓着に動き、人々を押しつぶす。

もう何年も前、モリーと観た「イルミネイテッド・ボディ」展で輪切りにされた脳を見た。その輪切りの真ん中に、コインほどの大きさの茶色の染みがあった。たったそれっぽっちの染みが、この誰かさんの命を奪ったのだ。彼には夢も希望もあっただろう、ズボンでいっぱいのクローゼットや、子供のころの宝石みたいな思い出だってあっただろう――ゲージパークの池の柳の下に群れていた鯉や、チューインガムのにおいのするハンドバッグをかき回してティッシュを探していたお祖母ちゃんや、そんな記憶が。その茶色の染みさえなければ、この男はこっち側にいて、この展示の横を通ってランチを食べようとアトリウムに向かっていく人々の一人だったかもしれない。だがちがった。彼は亡き者になり、脳をなくしたまま、どこかで土に還りかけているのだ。

その脳のスライスを見下ろして、おれは優越感を感じていた。かわいそうにな。こんなことになっちまって、よっぽど運が悪かったんだ。

それからおれとモリーはさっさとアトリウムに行き、熱いスコーンを食べ、リスたちがプラスチックのカップの中を漁るのをながめた。

木の根元に胎児みたいにからまったまま、エバーは頭の傷痕にさわってみた。地面に座ろうとした。だめだ。木を使って体を起こそうとした。手がうまく握れない。両腕で木を抱え、手首どうしをつかみ、体を引き上げて木に寄りかかった。

これでどうだ？

悪くない。

かなりいい感じだ。

ここでいいのかもしれない。ここまでが限界なのかもしれない。丘のてっぺんの岩に脚を組んで寄りかかる感じをイメージしていたが、ここだって大したちがいはないんじゃないか？

あとおれがやるべきことは、ただここにじっとしていること。寝室の医療用ベッドを抜け出し、車に乗り、サッカー場を横切り、森に分け入るあいだじゅう、歯をくいしばって何度も何度も思い浮かべて脚を前に動かす原動力にしてきた、その同じイメージを使ってここにじっとしていること。おれへの嫌悪と憐憫でいっぱいになって台所で縮こまっているモリートミージョディ。おれが言ったひどい言葉に凍りつくモリートミージョディ。トミーがおれのやせ細った胴を両手で持ち上げているすきに、モリージョディがタオルでその下の――

だがそれももうなくなる。人としての尊厳を奪われる前に、おれは先手を打ったのだ。この先に起こることを思ってもだえることも、もはやないのだ。

おびえることも。

終わった。本当にか？　まだ終わってはいない。だがあと少しだ。あと一時間？　四十分？　本当におれはこれをやってるのか？　嘘(うそ)だろ？　やってるのだ。ほんとか？　だがもしも気が変わったとして、これから車まで戻れるか？　無理だろう。だからいいんだ。これでいい。威厳をもってすべてを終わりにするこのすばらしい権利を、おれはいま手にしているのだ。

あとはただじっとしているだけでいい。

私は、もう、永遠に、戦わない。[*]

意識を集中しよう。湖の美しさに。森の美しさに。やがておれが還っていく美、無心になりさえすれば周りじゅういたるところにある――

待て。

うわ、なんてことだ。

湖の上に子供がいる。

＊　白人と最後まで戦った北米ネイティブ・アメリカン、ネス・パース族のジョゼフ酋長が残した言葉。

白い服着た、太った子。銃を持って。おれのコートを抱えて。

おい馬鹿、そのコートを置くんだ、いいから帰れ、おれなんかのことより――

わあ。よせ。

氷を銃の尻で叩いてる。

子供にこの姿を見せてはならない。一生のトラウマになる。もっとも子供ってのはしょっちゅうグロいものを見てしまうもんだ。ガキのころ、おれは親父とキップの奥さんの裸の写真を見つけてしまった。あれはグロかった。もちろん、そんなのよりも苦悶(くもん)の表情で脚を組んだ男の――

子供が泳いでる。

ここは遊泳禁止だ。看板にはっきり書いてある。〈遊泳禁止〉と。

ひどく下手な泳ぎだ。盛大にばしゃばしゃやっている。ばしゃばしゃやるせいで、水の黒い部分がどんどん広がっていく。一回ばしゃっとやるたびに、加速度的に黒の面積が――

気づくより先に丘を下りはじめていた。子供が湖に、子供が湖に、小股で進みながら、その言葉が何度も何度も頭の中をまわる。木から木へ、前進は一本ずつだ。そこに立ってぜいぜいいっていると、木のことがよくわかる。この木にはこぶが三つある：目、目、鼻。こっちのこれは最初一本だったのが途中で二つに分かれた。

ふいに彼は、夜中に医療用ベッドで目を覚まし、ああどうか夢であってくれ、どうか夢であってくれと願う死にかけの男ではなくなりかけていた。彼の中にふたたび、冷凍庫に入れて凍らせたバナナをカウンターで割って上からチョコレートをかけるのが好きだった男、ざんざん降りの日に教室の窓の外に立って、読書の時間に好きな本を取るのをじゃまするあの赤毛の悪ガキとジョディがうまくやっているか覗きこんでいた男、大学のころ、小鳥の餌箱にペンキで絵を描いては休みの日にボールダーで売っていた男、鈴のついた道化の帽子をかぶってジャグリングをしながら——

彼はまた転びかけ、踏んばり、前のめりの姿勢で一瞬静止し、ばたばたっと進んで顔から地面に倒れ、あごを木の根に強打した。

笑える。

むしろ笑えてきた。

彼は立ちあがった。執念で立ちあがった。右の手は血の手袋だった。悪いね、おれはしぶといんだ。昔、フットボールの試合中に歯が一本取れた。ハーフタイムにエディ・ブランディクが見つけてくれた。彼はエディから歯を受け取ると、遠くに放り投げた。それもまたかつての彼だった。

スイッチバンクのところまで来た。もうすぐそこだ。スイッチバック。

だがどうする？　あそこに着いたら？　子供を湖から引き上げる。子供を歩かせる。無理やりにでも立って歩かせて、森を抜け、サッカー場を横切り、プール通りの家のどれかまで行く。もし家に誰もいなければ、子供をニッサンに乗せ、ヒーターをつけて、それからどこに行く？――悲しみの聖母病院？　救急センター？　救急センターへの一番の近道は？

道の出口まであと五十メートル。

道の出口まであと二十メートル。

神よ、力をありがとうございます。

水の中で、彼にあるのはただ獣の思考だ、言葉もない、自分もない、ただ闇雲なパニック。彼は何とかしようとこころみた。へりをつかんだ。へりは折れた。彼は沈んだ。底に足がつき、泥を蹴って浮き上がる。へりをつかむ。へりは折れる。沈む。水から出るのはしごく簡単なことに思えた。なのになぜかそれができなかった。まるでお祭りのときみたいだ。棚に並んだ三つの犬のぬいぐるみを落とすのは簡単に見える。そしてじっさい簡単だ。ただ、もらえる玉の数で落とすのが簡単じゃないのだ。

彼は岸を求めた。あそこが自分のいるべき場所だと思った。なのに湖は何度もダメだと言った。

いや、どうしようかな、湖が言った。

氷のへりがまた折れたが、折れた反動で彼の体はほんのわずかばかり岸のほうに引き寄せられ、ふたたび沈んだとき、足が前よりも早く底についた。岸はなだらかなスロープになっていた。とつぜん希望が見えてきた。彼は狂喜した。有頂天になった。そして彼は出た、体から水をしたたらせ、コートの袖口に窓ガラスのような氷の破片をくっつけて。

不等辺四辺形（トラピゾイダル）だ、と彼は思った。

彼の頭の中で、湖は自分の背後にある有限の円形ではなく、自分を取り囲む無限の広がりだった。

このまましばらく横になっていたほうがいいかもしれない。さっきぼくを殺そうとしたものが、また何かしてくるかもしれないから。彼を殺そうとしたものは湖の中だけでなく、外にも、自然界のあらゆるものの中にもあって、そこには彼も、スーザンも、ママも、何もなく、ただおびえて赤ん坊のように泣く子供の声があるだけだった。

エバーはよろめき走りながら森を出て、そして見た：子供がいない。あるのはただ黒い水、そして緑色のコート。おれのコート。かつておれのものだったコート。それが氷の上に。水面はすでに静まりかけていた。

くそっ。

お前のせいだ。

あの子が湖を渡ったのは、お前の——

岸辺に裏返して置いてあるボートの横に、どこかの痴れ者がいた。うつぶせに寝て。のんべんだらりと。何もせず。あの子が溺れているあいだじゅう、こいつはきっと――

待て。巻き戻し。

あの子だ。ああ神よ、ありがとうございます。南北戦争の死体写真みたいにうつぶせに倒れている。両脚はまだ水の中だ。這い出たところで力尽きたみたいに。全身ずぶ濡れで、白いコートが濡れて灰色に変わっている。

エバーは子供を引き上げた。とぎれとぎれに四度引っぱって、やっとだった。体を仰向かせる力はなかったが、せめて頭を横に向けて、口を雪からどけてやった。

まずい状態だ。

ずぶ濡れで、気温はマイナス十二度。

このままじゃ死ぬ。

エバーは片膝をつき、威厳に満ちた父親の声で言った、立て、立って歩きなさい、でないと両脚を失うかもしれない。死ぬかもしれない。

子供がエバーを見あげて目をしばたたき、だが動かなかった。

彼は子供のコートをつかんで転がし、荒っぽく上体を起こした。この子のふるえに比べれば、自分のふるえなど無に等しかった。手持ち削岩機で掘削しているみたいだった。体を温めないと。どうやって？　体を抱く、それとも上に覆いかぶさる？　だがそれじゃアイスキャンディにアイスキャンディを重ねるみたいなものだ。

エバーは自分のコートを思い出した。氷の上、黒い水のへりにある。

ううっ。

木の枝を探せ。木の枝はどこにもない。いい枝なら落ちてたじゃないか、昔――

オーケイオーケイ、枝なしでなんとかしよう。

彼は岸に沿って十五メートルほど歩き、氷の上に乗り、硬い部分を選んでうんと大回りし、岸のほうに向きを変えて黒い水のほうに進みはじめた。膝がふるえた。なぜふるえる？　落ちるのが怖いからだ。は。くだらん。愚問だ。コートまであと五メートル。

脚が言うことをきかない。逆らってくる。

ドクター、脚が逆らうんです。

でしょうなあ。

よちよちと小刻みに進む。コートまであと三メートル。両膝をつき、膝立ちで、にじっていく。腹ばいになる。片手を伸ばす。

腹で滑って前に出る。

あとちょっと。

もうちょっと。

二本指で端っこをつまむ。たぐり寄せ、逆向きの平泳ぎのような動きで後退し、膝立ちになり、立ちあがり、二歩、三歩あとずさり、三メートル下がって、やっと安全になる。

そこから先は、まるで昔、眠たくてぐったりなっているトミーやジョディの服を脱がせてやったときのようだった。「腕」と言うと、子供が片腕を上げる。「反対の腕」と言うと、子供がもう片方の腕を上げる。コートを脱がせてみると、子供のシャツは氷に変わりかけていた。シャツを脱がせた。かわいそうに。人間なんて、骨組みに巻きつけたただの肉だ。この寒さでは長くはもつまい。エバーは着ていたパジャマの上着を脱ぎ、それを子供に着せ、子供の腕をコートの袖に通した。片方の袖に自分の帽子と手袋が入っていた。帽子と手袋を子供に着けさせ、コートのファスナーを上げた。

子供のズボンはカチカチに凍っていた。靴は長靴の形の氷の彫刻だった。

きちんと順序よくやらねば。エバーはボートの上に座り、自分のブーツと靴下を脱ぎ、パジャマのズボンを脱ぎ、子供をボートに座らせ、子供の前にひざまずき、長靴を脱がせた。凍ったズボンを小刻みに叩くと少し柔らかくなり、まず片方の脚が少しおろせた。おれはマイナス十二度の寒空に子供の服を脱がせている。それこそが命取りなんじゃないか。もしかしてこのせいで子供が死んでしまうかもしれない。わからない。何もわからない。無我夢中でさらにズボンを叩く。やがてズボンは脱げた。

エバーはパジャマのズボンをはかせてやり、それから靴下、ついでブーツをはかせた。

子供はエバーの服を着て彼の前に立ち、目を閉じたままぐらぐら揺れていた。

ここから歩くぞ、いいか？　エバーが言った。

返事なし。

エバーは気合を入れるように子供の両肩をぽんと叩いた。フットボールでよくやるみたいに。

きみの家まで歩いて帰ろう、と彼は言った。家は、この近く？

返事なし。

さっきより強く両肩を叩く。

子供がきょとんとした顔でこちらを見返す。

ぽん。

子供は歩きだした。

ぽん、ぽん。

何かから逃げるように。

エバーは後ろから追い立てるように子供を歩かせた。牛飼いと牛さながら。子供ははじめ肩を叩かれる恐怖に突き動かされて歩いていたが、そのうちやっとパニックが作動して、走り出した。エバーはもう追いつけなくなった。

子供がベンチを過ぎる。森の小径に入る。

いいぞ、家まで走れ。

子供は森の中に消えた。

エバーは我に返った。

わは。こりゃきつい。

今まで知っていた寒さなんて、寒さのうちに入らなかった。疲れは疲れのうちに入らなかった。

彼はパンツいっちょうで裏返ったボートのそばの雪に立っていた。

よろよろとボートに近づき、雪の上にへたりこんだ。

ロビンは走った。

ベンチを過ぎ、森に入り、森の中の見慣れた小径を走った。

なに？　いったいなにが起こったんだ？　湖に落ちて？　ジーンズがカチカチに凍って？　もうブルージーンズじゃなくなってた。ホワイトジーンズだった。下を見ると、ジーンズはやっぱりホワイトジーンズのままだった。

彼はパジャマのズボンをはいていた。裾は巨でっかいブーツの中にたくしこまれて、ピエロのズボンみたいになっていた。

ぼく、いま泣いてなかったか？

泣くのは健全なことなのよ、とスーザンが言った。自分の感情ときちんとつながっているってことだもの。

よせ。もうこんなのやめだ。バカみたいだ。現実世界でぼくのことロジャーって呼びまちがえるような女の子と頭の中で会話するなんて。

くそ。

すごく疲れた。

ここに切株がある。

彼は座った。休むのは素敵だった。脚はたぶんなくならない。痛みもぜんぜんない。ていうか、脚がある感じがしない。たぶん死んだりもしない。まだ子供なんだから、死ぬなんてあるはずがない。より効果的に休むために、彼は横になった。空が青かった。松の木々が揺れてる。揺れ方が木によってちがう。手袋をはめた手を上にあげて、それがぶるぶるぶるふるえるのを眺めた。

ちょっと目を閉じてみようかな。生きてると、ときどき消えてしまいたいような気持ちになることがある。そうすればきっとみんな気づくだろう。いじめは良くないってことに気づくだろう。ときどき、もうこんないじめられてばかりの生活はカンニン袋の限界だって思うことがある。もうあと一回だってあんなみじめな昼休みは耐えられないと思うことがある。食堂の隅っこに置いてある折れた平行棒の横で、丸めたレスリングマットの上に小さくなって座ってお昼を食べるなんて。べつにそこに座れと言われるわけじゃない。そのほうが楽なんだ。もしほかの場所に座れば、きっと何かイヤな言葉が飛んでくる。そしたら、その日はずっと頭の中でそのことをくよくよ考えてしまう。からかわれるのは、たとえば彼の家の中がひどくぐちゃぐちゃなことだ。前に一回うちに来たプライスが言いふらしたのだ。しゃべり方をからかわれることもあった。母親の妙ちきりんなファッションのことで何か言われることもあった。妙ちきりんなんじゃない、ただ八〇年代っぽいだけなんだ。

ママ。

ママのことを悪く言われるのはすごくイヤだ。ママはぼくが学校でこんな最低の地位に追いやられてるだなんて、夢にも思わないだろう。ぼくのことを理想の子供、誰からも愛される人気者だと思っているから。

いちど、ママの電話をこっそり録音したことがあった。偵察隊の秘密のミッションとして。会話のほとんどはどうということのない退屈なもので、自分とは何の関係もなかった。

ただ一つ、友だちのリズに話したことを除いては。

わたし、自分がこんなに誰かを愛せるなんて思ってもみなかった、とママは言っていた。いつも心配なの、自分はあの子にふさわしい母親だろうかって、ね、わかる？　あの子はほんとにいい子なの、親思いで。あの子は――あの子にはどんなことでもしてあげたいし、するべきだと思ってる。もっといい学校に通わせたいけれど、うちにはそのお金がない。外国とか、どこか旅行に連れていってあげたいけれど、それもうちの家計じゃ無理。わたし、あの子をがっかりさせたくないのよリズ、ねえわかる？　それだけがわたしの望みなの。人生の最後に、ああ自分はあのすばらしく偉大な子に見合うだけのことをしたんだって思いたいの。

このあたりで、リズが掃除機をかけはじめたらしい音がする。すばらしく偉大な子。

やっぱり家に帰ろう。

〝すばらしく偉大な子（マグニフィセント・リトル・デュード）〟って、ぼくのインディアン・ネームみたいだ。

彼は立ちあがり、足手まといな長い衣をまとった王のようにだぶだぶの服をかき合わせると、また家を目指しはじめた。

トラックのタイヤを過ぎ、森の小径がちょっと幅広になっているところを過ぎ、頭上で木々が両側から交差している場所を過ぎた。透かし天井、とママが呼んでるところだ。サッカー場まで来た。信じられない。サッカー場の向こうには彼の家が、大きな優しい動物のようにうずくまっていた。ほんとにやりとげた。湖に落ちたのに、生きてもどってきたんだ。たしかにちょっと泣いちゃったけど、でも一瞬見せてしまった人間らしい弱さもすぐにふりはらい、皮肉な余裕の笑みさえたたえて、帰還を果たしたんだ。むろん、あの見知らぬ親切な老人の助けあってこその――

衝撃とともに、あの老人の記憶がよみがえった。え、いまの何？　自分の前に立つおじさんの映像が、フラッシュバックのようによみがえった。打ちひしがれた顔をして、まっ青な体に白いパンツいっちょうで、まるで輸送トラックに載せきれないからと鉄条網のそばに放り出された戦争捕虜みたいだった。それか、傷つき悲しみにくれてヒナたちに別れを告げるコウノトリ。

ぼくは逃げ出したんだ。あのおじさんを残して。あの人のこと、思い出しもしなかった。

なんということ。

なんて卑怯な、恥ずかしいことをしちゃったんだ。

もどらなきゃ。すぐに。あのおじさんをなんとか連れ出さないと。でも、ひどく体が疲れてる。とてもできる気がしない。きっとあのおじさんは大丈夫だよ。きっとおじさんなりの考えがあるんだ。

でもぼくは逃げたんだ。そのことが自分で許せなかった。逃げたことを帳消しにするには、あそこにもどっておじさんを助けるしかない、頭はそう言っていた。けれども体はちがうことを言っていた…あそこまでは遠すぎる、お前はまだ子供だ、ママを呼べ、ママならきっとなんとかしてくれる。

サッカー場の端っこで、だぶだぶの服を着せられたカカシのように、彼は棒立ちになったまま動けなくなった。

エバーはボートにもたれかかってへたりこんでいた。

天気がさっきとはまるでちがう。おおぜいの人たちがパラソルやら何やらを抱えて、公園の開けた場所を歩きまわっている。メリーゴーラウンドがある、バンドが演奏している、あずまやがある。メリーゴーラウンドの馬の背中で食べ物を焼いている人たちがいる。だがべつの馬には子供たちが乗っている。どうやって見分けるんだろうな？　どの馬が熱いかを？　今はまだ雪があるが、この景気じゃ長くはもたないだろう。

陽気。

いま目を閉じたら、それきりだぞ。わかってるな？

ああ、うれしいな。

アレンだ。

本当のアレンの声。何年ぶりだろう。

ここはどこだ？　アヒルのいる湖だ。子供たちと何度も来た。そろそろ行かないと。

あばよ、アヒルの湖。だが待て。立てそうにない。それにちっちゃい子二人を置いてくわけにはいかない。しかもこんな水のすぐそばに。まだ四つと六つだ。ああ、おれは何を考えてたんだ？　ちっちゃいわが子を水辺に置いてくなんて。二人ともいい子だ、おとなしくしててくれるだろう、でも退屈しやしないだろうか？　泳いだり？　ライフジャケットもなしに？　だめだだめだだめだ、考えただけで吐き気がする。ここにいなければ。かわいそうに。ほったらかしにされて——

待て。巻き戻し。

うちの子たちは泳ぎが得意だ。

うちの子たちはほったらかしになんかされてない。

うちの子たちは、もう大人だ。

トムは三十歳だ。ひょろひょろやせて背ばかり高い。何かについて知ろうといつも一生懸命だ。だが何かについて知ったつもりになっても（けんか凧のやり方や、ウサギの繁殖のしかたや）、トムはじきに現実を思い知らされる。自分が優しくて心根のいい、だが並の人間がほんの十分ほどネットでちょいちょいと調べた以上のことは何も知らない（けんか凧についても、ウサギの繁殖についても）人間に過ぎないのだと。だがトムは馬鹿じゃない。トムは賢い。呑み込みがとても速い。ああトム、トミー、トミキンズ！　なんという思いやり深い子だ！　ほんとうにいつも一生懸命だった。ただひたすら愛する父親を喜ばせたくて。ああ、トム、トミー、お前はすごい子だ、昔も、今も。お前のことを今でも思ってる。とても気にかけている。

そしてジョディ、ジョディはいまサンタフェにいる。仕事を休んでこっちに来ると言ってくれた。必要なら。だが必要なんかない。無理強いはしたくなかった。子供たちには子供たちの生活がある。ジョディ・ジョード。あのちっちゃなソバカス顔。いまは身重だ。結婚はしていない。彼氏すらいない。ラーズの阿呆め。あんなにかわいい娘を捨てるだなんて、いったいどういうつもりだ？　愛しいわが娘。やっと仕事で芽が出はじめたところだ。これからというときに、仕事を休むなんて絶対に――

頭の中で子供たちを呼び戻すうちに、生身の二人がまたありありとよみがえってきた。それは――よせ、もうそのことは焼き直すな。ジョディにもうじき子供が生まれる。蒸し返すな。あともうちょっと長く生きれば、その子を見られたのに。この手に抱けたのに。つらい、ああそうだ。心を鬼にしてあきらめなければならない。そのことはもう遺書に書いた。書いたか？　いや。遺書は残さなかった。残せなかった。何か残せない理由があった。あったんじゃないか？　たしか、はっきりした理由があって——

生命保険。意図的にやったと思われるわけにはいかないのだ。

大変だ。

おれは大変なことを。

おれは自殺しようとしている。自殺しようとしている、知らない子供まで巻きこんで。冷えきった体で森に消えていった、あの子。クリスマスまであと二週間という日に、おれは自殺しようとしている。モリーが一年でいちばん好きなクリスマス。モリーは心臓が弱い、パニック症の気もある、もしもこんなことが——

ちがうんだ——これはおれじゃない。おれはこんなことする人間じゃない。おれだったら絶対にこんなことしない。だが——おれはやった。今もやってる。まだ途中だ。だがもし今ここを動かなければ、それで——終わりだ。ジ・エンド。

今日汝は我とともに神の御国に——

だめだ、あきらめるな。

だがもう目が開けられそうにない。

彼はモリーに向かって最後の念を送った。ダーリン、許してくれな。ひどいヘマをやらかしちまった。そこのところは許してほしい。おれの最後がこんなふうだったたってことは忘れてくれ。わかってくれるだろ。おれがこんなつもりじゃなかったってこと。

彼は自分の家にいた。家のはずはなかった。頭ではわかっていた。だが何もかもがはっきり見えた。空っぽの医療用ベッドがある。おれモリージョディトミーが作り物のロデオの柵の前でポーズをとっているスタジオ写真がある。小さなベッドサイドテーブルがある。薬の入った薬ケース。モリーを呼ぶときに鳴らすベル。なんてことだ。おれはなんてひどいことを。彼は急に自分がいかにひどいことをしているかに気がついた。そして自分勝手な。ああ、ああ。おれはいったい何様なんだ？　玄関のドアが開く。モリーが彼の名前を呼ぶ。サンルームに隠れて待ち伏せしよう。わっと飛び出してモリーを驚かせる。おや、いつの間にサンルームを模様替えしたんだろう。家のサンルームは、彼が子供のころピアノを習ったミセス・ケンダルのサンルームに変わっている。子供たち面白がるだろうな、おれがピアノを習った同じ——

もしもし？　ケンダル先生が言っている。

こう言っているのだ：まだ死んではだめよ。あなたにきついお灸を据えたい人が、サンルームでたくさんお待ちかねですからね。

おおい、おおい！　先生が叫んでいる。

湖をぐるっとまわって、白髪の女の人がこっちにやって来る。

とにかく叫び返せ。

叫んだ。

彼を生かすために、女はありとあらゆる品、見知らぬ家の匂いのするそれらを彼の体にありったけかぶせた——何枚ものコート、セーター、雨のように降り注ぐ花、帽子、靴下、スニーカー——そして驚くほど強い力で彼を立たせ、彼を歩かせた。木々の迷路を、おとぎ話の森を、つららの下がる木々のあいだを。彼は山ほどの服に埋もれていた。パーティでみんなが脱いだコートをのっけるベッドみたいに。彼女は何もかも承知していた。どこをどう歩くかも、ひと息つくタイミングも。彼女は雄牛みたいに力強かった。彼を赤ん坊みたいに腰で支え、両腕で胴をかかえて、木の根につまずかないよう彼を持ち上げた。

何時間も歩いたような気がした。彼女は歌った。なだめすかした。叱るような調子で、うちの子供が家にいるの、凍えかけてる、だからとっとと歩かないと、と言い、それに合わせて彼のおでこを（額のちょうどまんまん中を）指でくいくいと押した。

やれやれ、これからやらなきゃならないことが山積みだ。もし生き延びられれば。生き延びるさ。生き延びないなんてことを、この人が許してくれそうにない。まずモリーにわかってもらわないと——なぜこんなことをしてしまったか、説明しなければ。**怖かったんだ、おれは怖かったんだモリー。**もしかしたらモリーはトミーとジョディには言わずにおいてくれるかもしれない。自分が怖がっていたことを、子供たちには知られたくなかった。自分がどんなに愚かだったか、子供たちに知られたくなかった。いや、そんなの糞くらえだ！　みんなに言ってやれ！　ああおれはやったとも！　追い詰められ、やらずにいられなくなり、そしてやった、それだけだ。それがおれだ。それもまたおれという人間なんだ。もう嘘もおしまい、黙ってるのもおしまい、たった今から新しい人生だ、ここを生き延びさえすれば――

サッカー場を横切った。

ニッサンがあった。

まず思ったのは：これに乗って、家に帰ろう。

あらあらダメよ、彼女がしわがれた声で笑い、彼を一軒の家に連れていった。公園の向かいにある家。何百万回と見た家だ。いまその中に入る。男の汗とスパゲッティ・ソースと古い本の匂いがする。図書館で汗だくの男がスパゲッティを作ってるみたいな。女は彼を薪ストーブの前に座らせ、薬の匂いのする茶色の毛布を持ってきた。そこから先は会話ではなくぜんぶ命令形だった。これを飲んで、それこっちによこして、これ肩にかけて、あなた名前は、電話番号は？

なんとまあ！　雪の中、パンツいっちょうで死にかけていたさっきと、なんという違い！　暖気、たくさんの色、壁に鹿の角、サイレント映画に出てくるみたいな古い手回し式の電話。驚いた。毎秒毎秒が驚きだ。おれはパンツいっちょうで湖の雪の上で死ななかった。あの子供も死ななかった。おれは誰も殺さなかった。は！　これで何もかももとどおりだ。何もかもＯＫだ、すべては――

彼女が手を伸ばし、彼の傷痕に触れた。

わあ、痛そう。これ、あそこでやったんじゃないわよね？

それで彼は思い出した。あの茶色の染みがあいかわらず自分の頭の中にあることを。

これから先にはきっといろんなつらいことがある。

それでもおれは望むのか？　それでもまだ生きたいか？

ああそうとも、生きたい、おれは生きたい。神様、どうかおれを生きさせてください。

なぜならおれにはわかったんだ、今やっとわかった、少しずつわかりかけてる――もしも誰かが最後の最後に壊れてしまって、ひどいことを言ったりやったり、他人の世話に、それもすごいレベルで世話にならなきゃならなくなったとして、それがなんだ？　なんぼのものだ？　奇妙なことを言ったり、やったり、不気味で醜い姿になることの、なにが悪い？　糞が脚をつたって流れて、なにが悪い？　家族に抱きかかえられ、向きを変えられ、食べさせてもらい、下（しも）の世話をしてもらうことのなにが悪い、逆だったらおれは喜んで同じことをするのに？　おれはずっと怖かったんだ、抱きかかえられたり向きを変えられたり食べさせてもらったり下の世話をされたりすることで自分の尊厳が失われることが、今だってまだ怖い、それでもおれにはわかったんだ、そこには同時にたくさんの――たくさんの良いことのしずく、そうおれには思えた――何滴もの幸せな、良い絆のしずくがきっとこの先にはあって、そしてその絆のしずくは――今までも、これからも――おれが勝手に距離できるものじゃないんだ。

拒否。

子供が台所のほうからやってきた。エバーの大きなコートに埋もれ、足元はブーツを脱いで、パジャマのズボンの裾がだぶついていた。子供はエバーの血まみれの手をそっと取った。ごめんなさい、と子供は言った。森の中で、バカなことしてごめんなさい。逃げたりしてごめんなさい。頭がボーッとしてたの。なんか、すごくこわくて。

よく聞くんだ、エバーはかすれ声で言った。きみはすばらしかった。パーフェクトだった。おじさんはちゃんと生きてる。誰のおかげだと思う？

ほら。おれにもできることがあるじゃないか。この子を元気にしてやれたじゃないか？　おれが言った一言で？　だからだよ。だから生きる意味がある。そうじゃないか？　生きてなかったら、誰のことも勇気づけられないじゃないか？　死んじまったら、なに一つできないじゃないか？

アレンが死ぬすこし前、おれは学校でマナティについて発表をした。それでシスター・ユースタスからAをもらった。シスター・ユースタスはおっかない先生だった。芝刈機の事故で右手の指が二本なくて、ときどき子供をおどかして黙らせるのにそれを使った。

思い出すの、何十年ぶりだろうな。

シスターはおれの肩に右手を置いたが、それはおどかすためではなく、称賛のしるしだった。**素晴らしい発表でしたよ。いいですかみんな、みんなもドナルドみたいに全力**

でやらなければいけません。ドナルド、お家に帰ったらご両親にもこれを発表してあげなさい。おれは家に帰り、おふくろの前で発表した。するとおふくろはアレンにもやってあげるといい、と言った。今日のアレンは**それ**じゃなくて、いつものアレンに近いから。そしてアレンは――

ああ、はは、アレン。彼は人間だった。

薪ストーブの前に座るエバーの目に涙があふれた。

アレンは――アレンはおれにすごいなと言ってくれた。いくつか質問もした。マナティについての。マナティは何を食べるんだって？　マナティ同士も人間みたいにコミュニケーションできるんだろうか？　あの体で、それがどんなにか大変だったことか！　四十分もずっとマナティの話を聞いて？　おれが書いた詩まで？　マナティについての、おれのあの十四行詩（ソネット）？

昔のアレンとまた会えて、あの日のおれはすごくうれしかった。

おれもああなろう、と彼は思った。アレンみたいになれるよう、努力しよう。

頭の中の声はふるえ、薄っぺらになり、消えかかっていた。

それから‥サイレンの音。

なぜだろう‥モリーの声。

玄関口のほうでモリーが何か言っていた。モル、モリー、おお。結婚したてのころ、おれたちはしょっちゅうケンカした。ひどいことを言い合った。終わると、二人して泣くこともあった。ベッドの中で、泣いて？　それからおれたちは――モリーが濡れた熱い顔をおれの濡れた熱い顔に押しつけて。ごめんね、おれたちは体を使ってそう言った、そうしてもう一度お互いを受け入れなおした。そしてその感じ、何度でも誰かに受け入れなおしてもらう感じ、誰かの自分への愛情がどこまでも広がって、自分の中に新たに見つかったどんなダメな部分もみんな包みこんでくれるあの感じ、それはおれの人生のどんなものよりも深く、尊い――

モリーがこちらに近づいて来る、泡食ったのと、申し訳ないのと、少しの怒りと、そのぜんぶを顔に浮かべて。おれはモリーに恥ずかしい思いをさせてしまった。おれはそう気づいた。おれのしたことは、おれがどんなに彼女を必要としているかに彼女がちゃんと気づいていなかったと言ったのに等しくて、それが彼女の面目を失わせてしまった。モリーはおれを世話するので手一杯で、おれの内心の恐れに気づけなかった。モリーはこんなことをしでかしたおれに怒り、こんなに弱っているおれに対して怒っている自分に怒り、それでもその恥も、怒りも、ぜんぶ投げ捨てて、いまやらなければならないことをしようとしていた。

そのぜんぶが彼女の顔の中にあった。誰よりも彼女をよく知る彼にはそれがわかった。

それに、心配していた。

愛すべきその顔に浮かんでいる他のどんなものにも増して、彼を心配する気持ちがそこにはあった。

彼女がこちらにやって来る。初めての他人の家の床のでこぼこに、ちょっと蹴つまずきながら。

謝辞

この本の執筆期間中、惜しみない援助を作者に与えてくださったマッカーサー基金、グッゲンハイム財団、アメリカ芸術院、そしシラキュース大学に感謝します。

以下の方々にも感謝を捧げます。

この十六年間、作者を友人としてたえまなく導いてくれたエスター・ニューバーグ。あなたがやるべきことはとにかく力のかぎり書くことだ、あとのことは私に任せなさいと作者に言ってくれ、すばらしい判断力と熱意でもってその言葉を実行してくれたことは、作者にとってかけがえのない贈り物だった。

作者の小説を掲載するに際してみごとな編集の手腕を発揮してくれた『ニューヨーカー』誌のデボラ・トレイズマン。彼女の仕事ぶりはつねに優しく丁寧で、与えてくれた助言は作者の小説に大きな影響を与えた。

友人として、優れた助言者として作者を支え、信じてくれたアンディ・ワード。ドバイで、ナポリで、アフリカ、メキシコ、フレズノで、そしてこの本を作っているあいだじゅうずっと、彼のポジティブさは作者を大いに幸せにしてくれた。

ケイトリンとアリーナ。きみたち二人の成長を見てきたことで、善はこの世に本当にある、いや善こそがあるべき状態なんだと信じられるようになった。

そしてポーラ。この二十五年間で私がやった意味のあることはすべて、きみの愛情と、助言と、ゆるぎない信頼感によって生み出され、無私の精神で支えられ、愛情とともに示唆された。百万回のありがとうを。きっと私は何かとてつもない善行を、若いころか子供時代に積んだんだろうな。

単行本版訳者あとがき

『十二月の十日』（*Tenth of December*）は二〇一三年に発表された、ジョージ・ソーンダーズ George Saunders の四冊めの短編集である。

アメリカの出版界において、本書の出現はちょっとした事件だった。刊行数日前の二〇一三年一月三日、『ニューヨーク・タイムズ』紙に「ジョージ・ソーンダーズは、今年私たちが読むことになる最高の本を書いた」と題された長文の熱い評が載ったのを皮切りに、その年のベストセラーリストのトップを独走し、年末に『ニューヨーク・タイムズ』が選ぶ恒例のベスト10リストで最もすぐれた小説の一冊に選ばれた。また全米図書賞のファイナリストに選ばれたのをはじめ、数々の賞を受賞した。

ソーンダーズは現代アメリカを代表する短編小説の名手であり、〝作家志望の若者にもっとも文体を真似される作家〟として知られる。二〇一三年には『タイム』誌の「世界でもっとも影響力のある百人」に選出され、自身が教授をつとめるシラキュース大学の卒業式で行ったスピーチが全米の感動を呼び、のちに書籍化されて、これもベストセラーになった。

と、こう列挙すると、非常に格調の高いものを書く、とっつきにくい作家なのではないかと思われるかもしれないが、実際には正反対だ。これほど親しみやすく、これほど共感を呼び、そしてこれほど笑わせてくれる小説家は、ちょっと他にいないのではないかと思う。

ソーンダーズ作品の登場人物に、順風満帆な人生を歩んでいる人はほとんどいない。困窮していたり、不器用すぎたり、仕事や家庭や生活にのっぴきならない問題を抱えていたり、さまざまな理由で人生の歯車に押しつぶされかけている人々が、そこからなんとか脱却しようとして、ますますのっぴきならなくなっていく。荒唐無稽な設定の物語が多く、しかもそのSF的設定は、しばしば資本主義社会の暴力を痛烈に風刺するための装置として機能しているため、人物たちは往々にして人間の尊厳を奪うような珍妙で過酷な仕事に従事している。

たとえば「パストラリア」(『パストラリア』法村里絵訳、角川書店、二〇〇二年所収)の舞台はさびれた歴史テーマパークで、主人公は原始人に扮(ふん)して洞窟(どうくつ)で暮らしている。病気の子供を抱える彼は、見物客のめったに訪れない洞窟で、唸(うな)ったり、虫を食べる真似をしたりして懸命に原始人らしく振る舞うのだが、そんな彼にも非情なリストラの波が押し寄せる。「シーオーク」(同)の主人公は、ともにシングルマザーの妹と従妹、それにおばを養うために、やむなく男性ストリッパーをしている。暮らしているのは物騒な貧民窟、妹たちは三角形の辺の数もわからないほど勉強ができない。ある日おばが不慮の死をとげ、墓からゾンビとなって戻ってくるが、なぜか生前の優しくてお人好しだったキャラが激変しており、もっと女性客たちにイチモツを見せて稼ぎまくれ、と主人公をどやしつける。描かれるのはたいてい八方ふさがりの現実で、その現実を何とかしようとあがく人物たちのドタバタがどうしようもない悲哀と笑いを誘い、最後には彼らへのいとおしさに、不思議としんみりさせられる。

　このソーンダーズ的エッセンスは、本作『十二月の十日』にも脈々と受け継がれている。特殊な刑務所に服役する若者は、人間モルモットとしてさまざまな薬を投与され、語彙力が飛躍的に高まったり、とつぜん人を愛したり、その愛が跡形もなく消滅したりする（「スパイダーヘッドからの逃走」）。つぶれかけた古道具屋を営む冴えない中年男は、地元商工会議所主催のチャリティ・ショーに出演して失笑を買い、妄想と現実のはざまで自分を見失いかけている（「アル・ルーステン」）。中東から数年ぶりに戻った帰還兵は、故郷の街のどこにも居場所を見つけられず、戦地で味わった暗い暴力の衝動をしだいに身内に膨れ上がらせていく（「ホーム」）。中世ヨーロッパしばりのテーマパークで働く若者は、薬の力で思考も語彙も中世の騎士そのものになるが、それが思わぬ身の破滅を招くことになる（「わが騎士道、轟沈せり」）。

　わけてもディストピア的世界を描いて出色なのは、本書の中でもっとも長い「センプリカ・ガール日記」だ。日記の主の中年サラリーマンは、妻と三人の子供を愛する良き家庭人だ。もっかの彼の憂鬱の種は長女の誕生パーティで、みすぼらしいわが家にクラスメイトを招いて娘に恥をかかせたくないが、家計は火の車。そこにスクラッチくじでひと山当てるという願ってもない幸運が舞い込んで、彼と妻は娘のために念願の〈SG飾り〉を庭に設置する。この社会的ステータスの証、人並みの生活の象徴である〈SG飾り〉が何であるか、それが明らかになったときの背筋の寒くなる感じは忘れがたい。荒唐無稽、たしかにそうだが、アメリカ社会における移民の状況を思うと、けっして単なるファンタジーとは言いきれない。ちなみにソーンダーズはいくつかのインタビューで、何年も前に見た夢がこの作品を書くきっかけになったと語っている。夢の中で家の窓辺に立って外を見ると、庭に〝それ〟が飾ってあった。「そのときに私が感じたのは恐怖や嫌悪ではなく、〝ついにやったな〟という感慨でした。新車を買ったり、子供を学校に入れたときのような、〝おれもいろいろ頑張って、家族にこんないいものを与えてやれる身分になったんだ〟という満足感。それに、ほんのかすかな罪悪感も」（『ニューヨーク・タイムズ』）。

「訓告」は、上司が部下たちに一斉メールで書き送った通達文、という形をとる。自分の部署の成績が落ちていることを上層部から責められた彼は、もっと明るくポジティブに仕事に臨むよう部下たちを叱咤激励するのだが、それがどういう仕事なのかがまったくわからないところがひどく不気味だ。「大義」の名のもとに行われるが人道的に問題があり、そこから出てきた者が精神を蝕まれてしまう「六号室」での仕事とは何なのか。この作品が書かれた時期（二〇一〇年）を考えると、さまざまな想像をかき立てられずにはいられない。

ソーンダーズの代名詞とも言うべきギャグのセンスは今回も炸裂していて、いたるところで笑いをさそう。帰還兵の母親とその連れ合いの、限りなくIQ低めのやりとり（教会で働く口の悪い母親は、fワードをすべて〝ピーッ〟に置き換えて話す）。十六歳の少女や冴えない中年男の脳内で暴走する妄想の数々（〈われらは少しく空腹であるぞよ〉〈うふふ、市長選かあ、素敵だなあ、愉快だろうなあ〉）。薬の作用で語彙が激変するバイトの若者（〈わが〝たいむかーど〟を千々に破り〉）。携帯ショップの店員の口ぶり（〈もしもデータ・レポジトリなのかそれとも情報階層ドメインなのかっていう質問でしたら、答えは『イエスでもありノーでもある』、ですかね〉）。そして今作でも山ほど出てくる、いかにもありそうでなさそうな商品名や固有名詞の数々（ボキャブラリン™、『毒舌ダートバイカー親父、もの申す！』、「パン焼き名人」ゲーム、等々）。

だがいっぽうで本書には、今までのソーンダーズ作品とは明らかにちがう色合いが加わっている。あいかわらず絶望的な状況を描きながら、最後にある種の救済や希望がもたらされる場面が増えたのだ。抑圧的な両親のもと自我を殺して生きている「ビクトリー・ラン」の少年は、ある出来事をきっかけに、内面化された両親の声を打ち破って自分の良心に従うほうを選ぶ。「スパイダーヘッドからの逃走」の語り手はろくでなしの若者だが、ある究極の選択を迫られて、自己犠牲という形で魂を昇華させる。「十二月の十日」では、孤独ないじめられっ子の少年と、病に冒されて自殺しようとしている男が偶然に出会い、知らず知らず互いの人生の救い手となる。ソーンダーズは言う。「(家庭をもち、愛がありながら経済的に非常に苦しい時期も乗り越えてきた)二十五年という時間をくぐり抜けたあとで、それでも不運と失敗しかないような物語世界を描くことは、何かまちがっているし不十分だと感じるようになりました。もしもフィクションが現実世界の縮図であるのなら、何らかのポジティブな要素も――この世界は思ったほど悪い場所ではないと思えるような瞬間も――どこかにはあるべきだと考えるようになったのです」「ただし、過去の自分の作品を否定するつもりもありません。資本主義が時に暴力的なマシンと化し、人々を押しつぶすことがあるという考えに変わりはありませんん。ただ、今度の本にどこか優しさが加わっているとすれば、それはこういうことなんだと思います――その巨大なマシンの支配のさなかにも、喜びや正義や安堵はきっとあるはずだ、マシンの車輪と車輪のあいだをうまくすり抜けられることだって時にはあるはずだ、と」(『ニューヨーカー』誌)。

登場人物たちを取り巻く状況が劇的に向上するわけではない。だが彼らには彼らの愛情や、優しさや、夢や、尊厳があり、あるぎりぎりの局面で、彼らの生は束の間、光を放つ。その光は無類に美しく、思いがけない強さで読む者の胸をうつ。

ジョージ・ソーンダーズは一九五八年、米国テキサス州に生まれた。コロラド鉱山大学で地球物理学を学んだあと、石油採掘クルー、ドアマン、屋根職人、食肉加工業者、ギタリスト、コンビニの店員等々さまざまな職を経たのち、三十歳を前に小説家を志してシラキュース大学創作科に入学、トバイアス・ウルフらに師事した。卒業後は『ニューヨーカー』や『マクスウィーニーズ』などの雑誌に精力的に小説を発表し、現在までに短編集が *Civil Warland in Bad Decline: Stories and a Novella*（『斜陽の南北戦争ランド』、未訳、一九九六）、『パストラリア』（*Pastoralia*）、*In Persuasion Nation*（『説得の国で』、未訳、二〇〇六）、そして本書と計四冊、ほかに絵本『フリップ村のとてもしつこいガッパーども』（*The Very Persistent Gappers of Frip*、青山南訳、いそっぷ社、二〇〇三年）、中編『短くて恐ろしいフィルの時代』（*The Brief and Frightening Reign of Phil*、拙訳、河出文庫、二〇二一年）などの著作がある。二〇一七年に発表した初の長編『リンカーンとさまよえる霊魂たち』（*Lincoln in the Bardo*、上岡伸雄訳、河出書房新社、二〇一八年）でブッカー賞を受賞したほか、〝天才賞〟の異名をとるマッカーサー賞、グッゲンハイム賞など数々の賞を受賞している。現在は創作活動のかたわらシラキュース大学で教鞭（きょうべん）をとっており、二〇一三年に同大教養学部の卒業式でした約十分間のスピーチが書籍化され（『人生で大切なたったひとつのこと』*Congratulations, by the way: Some Thoughts on Kindness*、外山滋比古・佐藤由紀訳、海竜社、二〇一六年）、大きな話題を呼んだ。

　最後になったが、この本を訳すにあたっては、たくさんの方々のお世話になった。訳出上の疑問点に丁寧に答えてくださった満谷マーガレットさん。なかなか上がらない原稿を辛抱強く待ってくださり、的確なアドバイスを与えてくださった河出書房新社の島田和俊さん。すばらしい装丁に仕上げてくださった川名潤さんとQ－TAさん。本当にありがとうございました。

二〇一九年十月

岸本佐知子

付記――二〇二二年十月に短編集『解放の日』*Liberation Day: Stories* が刊行された。

文庫版訳者あとがき

本書の原書が刊行されたのは二〇一三年、ブッシュ政権の仕掛けたアフガニスタン侵攻が出口の見えないトンネルに迷い込んでいるさなかで、そのことへの強い危機感から書かれたであろう作品が、この中にはいくつか収められている。

それから十年が経ち、世の中は良い方向に向かったかというと、とてもそうは思えない。戦争は国や名目を変えて今も続いており、世界はますます出口の見えない緊迫感に押しつぶされかけているように見える。

二〇二三年という今このときに、このすばらしい短編集が文庫版という手に取りやすい形になったことは、だから、とても意義あることだと思う。ソーンダーズの描いてみせるディストピア世界と希望はますます生々しく、ますます「今」のこととして、胸に迫ってくるのだから。

二〇二三年五月

岸本佐知子

本書は、二〇一九年十二月に弊社より刊行した単行本『十二月の十日』を、文庫化したものです。

十二月の十日

二〇二三年 七 月一〇日 初版印刷
二〇二三年 七 月二〇日 初版発行

著 者 G・ソーンダーズ
訳 者 岸本佐知子
発行者 小野寺優
発行所 株式会社河出書房新社
〒一五一―〇〇五一
東京都渋谷区千駄ヶ谷二―三二―二
電話〇三―三四〇四―八六一一（編集）
〇三―三四〇四―一二〇一（営業）
https://www.kawade.co.jp/

ロゴ・表紙デザイン 粟津潔
本文フォーマット 佐々木暁
本文組版 KAWADE DTP WORKS
印刷・製本 中央精版印刷株式会社

Printed in Japan ISBN978-4-309-46785-6

短くて恐ろしいフィルの時代

ジョージ・ソーンダーズ　岸本佐知子〔訳〕　46736-8

脳が地面に転がるたびに熱狂的な演説で民衆を煽る独裁者フィル。国民が６人しかいない小国をめぐる奇想天外かつ爆笑必至の物語。ブッカー賞作家が生みだした大量虐殺にまつわるおとぎ話。

エドウィン・マルハウス

スティーヴン・ミルハウザー　岸本佐知子〔訳〕　46430-5

11歳で夭逝した天才作家の評伝を親友が描く。子供部屋、夜の遊園地、アニメ映画など、濃密な子供の世界が展開され、驚きの結末を迎えるダークな物語。伊坂幸太郎氏、西加奈子氏推薦！

居心地の悪い部屋

岸本佐知子〔編訳〕　46415-2

翻訳家の岸本佐知子が、「二度と元の世界には帰れないような気がする」短篇を精選。エヴンソン、カヴァンのほか、オーツ、カルファス、ヴクサヴィッチなど、奇妙で不条理で心に残る十二篇。

セロトニン

ミシェル・ウエルベック　関口涼子〔訳〕　46760-3

巨大化学企業を退職した若い男が、過去に愛した女性の甘い追憶と暗い呪詛を交えて語る現代社会への深い絶望。白い錠剤を前に語られる新たな予言の書。世界で大きな反響を呼んだベストセラー。

青い脂

ウラジーミル・ソローキン　望月哲男／松下隆志〔訳〕　46424-4

七体の文学クローンが生みだす謎の物質「青脂」。母なる大地と交合するカルト教団が一九五四年のモスクワにこれを送りこみ、スターリン、ヒトラー、フルシチョフらの大争奪戦が始まる。

親衛隊士の日

ウラジーミル・ソローキン　松下隆志〔訳〕　46761-0

2028年に復活した帝国では、親衛隊士たちが特権を享受している。貴族や民衆への暴力、謎の集団トリップ、真実を見通す点眼女、蒸風呂での奇妙な儀式。ロシアの現在を予言した傑作長篇。